Uri Orlev

Die Krone des Drachen

ab 12

ELEFANTEN PRESS Kinderbücher
herausgegeben von Gabriele Dietz

Umschlag: Sabine Wilharm
Satz: Eigensatz
Belichtung: MSP Satz & Graphik, Berlin
Druck und Bindung: Grafische Werkstatt von 1980 GmbH, Kassel

EP 432
Printed in Federal Republic of Germany
ISBN 3-88520-432-0

ELEFANTEN PRESS
Postfach 360 440, W-1000 Berlin 36
Am Treptower Park 28–30, O-1193 Berlin

Die hebräische Originalausgabe erschien 1990 unter dem Titel »Keter ha-drakon« im Verlag Keter Publishing House, Jerusalem, Ltd.

Die Deutsche Bibliothek - CIP- Einheitsaufnahme

Orlev, Uri:
Die Krone des Drachen / Uri Orlev. Aus dem Hebr. von
Mirjam Pressler. - Berlin : Elefanten Press, 1992
(EP ; 432)
ISBN 3-88520-432-0
NE: GT

Uri Orlev

Die Krone des Drachen

Aus dem Hebräischen
von Mirjam Pressler

ELEFANTEN PRESS

1. KAPITEL
SCHICKSALHAFTE BEGEGNUNG

Zwei Reiter galoppierten zwischen den Bäumen hindurch hinter einem sechsbeinigen Felltier her, das um sein Leben rannte. Der Abstand zwischen ihm und seinen Verfolgern wurde immer kürzer. Der erste Reiter war ein Junge, dem Aussehen nach etwa zwölf Jahre alt, aber in Wahrheit erst neun. Er war auf eine raffinierte Art auf dem Sattel festgebunden und trieb sein Pferd vorwärts, indem er ihm die spitzen, goldenen Sporen so fest in die Flanken schlug, daß dem Tier das Blut aus den Seiten lief. Der Junge spannte seinen Bogen und schoß.

»Getroffen!« rief der zweite Reiter, ein Erwachsener.

Der Junge gab keine Antwort. Er hatte selbst gesehen, daß er getroffen hatte, und brauchte keine Bestätigung seines Dieners. Um seine Unzufriedenheit mit der dummen Bemerkung auszudrücken, zog er einen zweiten Pfeil aus dem Köcher, der ihm über der Schulter hing, und mit einem bösen Lächeln zielte er auf seinen Begleiter. Der schützte sein Gesicht mit beiden Händen, doch der Pfeil war nicht auf seinen Kopf gerichtet. Er schlug gegen die Brust des Dieners und fiel zu Boden.

»Bring mir den Pfeil und das Tier!« befahl der Junge.

»Sofort, edler Prinz.«

Der Diener trug über seiner Kleidung eine elastische, durchsichtige Hülle, eine Art Panzer aus Plastik, der dazu bestimmt war, ihn vor den Launen des kleinen Prinzen und seines Großvaters zu schützen. Früher hatten die Diener nicht solche Panzer getragen, und der kleine Prinz bedauerte es sehr, daß es heute anders war. Doch sein Großvater hatte ihm erklärt, vor seiner Geburt habe es keine Diener mehr im Schloß gegeben, und den Bewohnern des Landes habe man wegen der Gefahr für ihr Leben verboten, in dem geächteten Schloß zu arbeiten, egal, wie hoch der Lohn auch war. Da fand man eine Lösung – die Diener trugen Panzer, und die Schloßherren schossen weiterhin auf sie, warfen mit Messern nach ihnen und schlugen sie mit allem, was ihnen in die Hand fiel. Nur ihre Gesichter mußten die Diener selbst schützen.

Einmal hatte der kleine Prinz, hinter der Küchentür versteckt, auch eine andere Erklärung gehört. Die Köche hatten einem neuen Lehrling die Verhältnisse auf dem Schloß erklärt. So erfuhr er, daß die Einführung der Panzer für die Diener von seiner Mutter ausgegangen war, die man gegen ihren Willen auf das Schloß gebracht hatte. Noch bevor der König des Landes etwas von der Entführung erfuhr, hatte sie den kleinen Prinzen geboren.

Später war sie gestorben. Auch seinen Vater kannte der kleine Prinz nicht. Gerüchten zufolge war er in der Hauptstadt im Gefängnis gestorben. Er sollte versucht haben, ein junges Mädchen zu entführen, um sie zu seiner Frau zu machen, und war dabei gefangengenommen worden. So jedenfalls erzählten es die Diener, wenn sie sich miteinander unterhielten, ohne zu ahnen, daß der kleine Prinz sich in einem der Schränke versteckte und sie belauschte. Sie benutzten dabei auch seltsame Wörter, wie zum Beispiel »Güte« oder »Schönheit«, doch es gab niemanden im Schloß, der ihm die Bedeutung dieser Wörter hätte erklären können. Den Dienern war das unter Androhung schwerer Strafe verboten, und der Großvater reagierte auf die meisten seiner Fragen mit einem harten, bösen Lachen. Nein, der kleine Prinz hielt das Lachen seines Großvaters nicht für hart und böse. Er hatte nie ein anderes Lachen gehört, und für ihn war es einfach das Lachen des Großvaters oder sogar das Lachen schlechthin. Den Dienern war es verboten zu lachen, daher war der Junge sehr erstaunt, als nun plötzlich ein zartes, klingendes Geräusch an seine Ohren drang. Es kam von weit her, und sofort darauf hörte er das Lachen eines Mannes, das ganz anders klang als das Lachen seines Großvaters. Ein bißchen wie die Stimmen der großen Vögel, dachte der kleine Prinz. Was war das für ein Tier, dessen Stimme so ähnlich klang wie das Klirren von silbernen Löffeln?

Der Diener stand bereits neben ihm, den Pfeil und das Tier in der Hand, als ihm der Prinz befahl, schnell auf das Pferd zu steigen. Ohne auf seinen Begleiter zu warten, galoppierte er los, in Richtung der Stimmen. Stimmen, wie er sie noch nie gehört hatte.

Das geächtete Schloß, das »schwarze Schloß«, wie es wegen der schwarzen Kleidung seiner Bewohner auch genannt wurde, stand auf einem kleinen Hügel inmitten von Wäldern, zwischen denen sich nur da und dort Weiden für die Rinder- und Schafherden der Schloßherren befanden. Die Domäne, wie das Gebiet genannt wurde, umfaßte eine Fläche von etwa hundert Quadratkilometern, war bis auf das Schloß unbewohnt und von einer sechs bis zehn Meter hohen Mauer umgeben, je nachdem, wo man stand. Auf beiden Seiten der Mauer zog sich ein zwanzig Meter breiter Streifen entlang, auf dem nichts wuchs. Schon oft war der kleine Prinz zur Grenze der Domäne geritten, hatte sein Pferd am Fuß der Mauer angehalten und auf die Stille gehorcht. Er empfand dabei etwas ganz Ähnliches wie dann, wenn er sich heimlich in den Schloßflügel der Diener schlich und ihre Gespräche belauschte, ihr Geflüster und das seltsame Krähen, das sie manchmal ausstießen, als wäre ihnen etwas im Hals steckengeblieben, ihr schallendes Gelächter, von dem der kleine Prinz nicht wußte, daß es sich um Gelächter handelte.

Zur Mauer ging er, um das Gezwitscher der Vögel zu hören und um sie von weitem zu betrachten. Manchmal schoß er auch auf sie, wenn sie nahe genug an die Mauer kamen oder wenn einer sogar die Mauer überflog und sich auf einen Baum setzte. Wenn es dem kleinen Prinzen gelungen war, einen Vogel zu jagen, trampelte er wild auf ihm herum, aus Wut, weil er selbst nicht fliegen konnte. Doch diesmal schienen die Stimmen eher von Menschen zu stammen, die er nicht kannte.

Der kleine Prinz erreichte die Mauer vor dem Diener, der ihm hinterhergaloppierte, und brachte sein Pferd zum Stehen. Die Mauer hatte einen Riß. Unglaublich! Die Mauer zerbröckelte. Vielleicht war Erde weggeschwemmt worden, vielleicht hatte es auch ein kleines Erdbeben gegeben. Durch den Spalt in der Mauer sah der kleine Prinz andere Menschen, die keine Diener waren. Plötzlich wurde ihm klar, daß er zum erstenmal in seinem Leben Bewohner des Landes sah, »Weiße«, wie der Großvater sie zuweilen nannte. Es waren fünf Reiter, und sie trugen helle Kleidung mit buntem Muster. Die Pferde hatten keine Sättel und kein Zaumzeug, und trotzdem blieben sie ruhig stehen. Einer der Reiter war ein sehr kleiner Junge mit blonden Haaren und großen Augen, der den Prinzen nicht weniger verwundert betrachtete als dieser ihn. Neben dem Jungen stand ein Mann, wie ihn der Prinz noch nie gesehen hatte. Nicht nur wegen seiner langen Haare und der lockeren Kleidung, sondern auch wegen der beiden seltsamen Beulen auf seiner Brust und wegen seines glatten Gesichts. Außer diesen beiden befanden sich dort noch drei bärtige, unbewaffnete Reiter. Sie hatten noch nicht einmal kurze Jagdmesser. Der Prinz trennte sich sogar im Bett nicht von seinem Messer.

Automatisch zog der kleine Prinz einen Pfeil aus dem Köcher, spannte den Bogen und richtete einen Pfeil auf einen der Reiter, den Mann mit dem roten Bart. Sein Diener hielt ihn zurück, noch bevor die Fremden verstanden, was der Knabe vorhatte. Voller Wut schlug der kleine Prinz dem gebückten Diener die Faust ins Gesicht, doch dieser sagte: »Edler Prinz, ich bedauere, Euch zurückhalten zu müssen, aber das dort sind der König, die Königin und die kleine Prinzessin.«

Der kleine Prinz vergaß seine Wut. »Wer ist die Königin?«

»Die Frau, Euer Hoheit.«

»Welches ist die Frau? Der kleine Junge oder der mit den zwei Beulen auf der Brust?«

»Die Prinzessin ist diejenige, die Euer Hoheit als ›kleiner Junge‹ bezeichnet hat. Und die Frau ist diejenige, von der Euer Hoheit sagt, sie habe ›zwei Beulen‹ auf der Brust. Sie ist die Königin.«

»Warum ist sie so blaß?«

»Man sagt, sie sei krank. Doch ich wäre Euer Hoheit dankbar, wenn Ihr aufhörtet, Fragen zu stellen, denn schon jetzt habe ich meinen Kopf verspielt, wenn der alte Prinz es erfährt.«

»Ich werde ihm nicht sagen, daß du geplaudert hast«, sagte der kleine Prinz.

Der Diener neigte den Kopf zum Dank. Manchmal zeigte der kleine Prinz Zeichen von Rücksicht und Treue, vielleicht wegen seiner »weißen« Mutter.

Plötzlich geschah etwas, was den kleinen Prinzen noch mehr verblüffte als der Anblick, der sich ihm bot. Die kleine Prinzessin rief mit der klingenden, zarten Stimme, mit der sie vorhin gelacht hatte: »Wer bist du, Junge? Warum trägst du schwarze Kleidung?«

Ihre Eltern beugten sich zu ihr, um ihr etwas zu sagen, doch sie ritt näher auf den Riß in der Mauer zu, um seine Antwort zu hören.

»Weißt du nicht, wer ich bin? Ich bin der Herr dieser ganzen Domäne. Mein Großvater wird sie mir vererben, wenn er endlich stirbt.«

Plötzlich zog sich sein Herz zusammen vor Kummer, er wendete sein Pferd und galoppierte davon. Doch der Anblick der Menschen, die er gesehen hatte, grub sich tief in sein Herz: der König mit dem roten Bart, das Geschöpf, das »Frau« hieß (so hatte sein Großvater seine Mutter auch genannt), und die kleine Prinzessin, die sicher auch eine Frau werden würde, und die beiden Begleiter. Erst als er schon weit entfernt war und sah, wie die Sonne hinter dem Schloß versank, verstand er plötzlich, daß dies der König gewesen war, der seinen Vater eingesperrt hatte und die Schuld an seinem Tod trug. Ich hätte ihn sofort töten müssen, dachte der kleine Prinz. Das war es, was er beim Anblick des Königs hatte tun wollen, noch bevor ihm dieser Gedanke gekommen war. Aber der Diener hatte ihn zurückgehalten. Es stimmte, er hatte ihm versprochen, seinem Großvater nichts von ihrem Gespräch zu erzählen, doch er hatte nicht versprochen, nichts davon zu sagen, daß er ihn daran gehindert hatte, seinen Bogen zu spannen. Den Diener würde das Gesetz treffen.

Wütend hieb der Prinz dem Pferd die Sporen in die Flanken, obwohl er wußte, daß das Pferd unterwegs zusammenbrechen könnte. Der Diener sah es, doch er riet ihm nicht, langsamer zu reiten, es wäre sinnlos gewesen. Und tatsächlich, im letzten Moment zog der Prinz an dem roten Spezialgurt, um sich vom Sattel zu befreien, und sprang ab. Da ging das Pferd auch schon in die Knie und fiel dann zur Seite.

»Habt Ihr Euch verletzt, Euer Hoheit?«

»Nein, ich habe mir nichts getan«, sagte der Prinz böse. »Runter.«

Der Diener übergab ihm die Zügel seines Pferdes, half ihm beim Aufsteigen und sah den kleinen Prinzen davonreiten. Dann rannte er hinterher.

Schon von weitem winkte der Prinz mit den Händen, zum Zeichen, daß die Wächter die Brücke herunterlassen sollten. Dann galoppierte er in den Hof, bis zur Tür des Pferdestalls. Er warf dem Pferdejungen die Zügel zu, versetzte ihm aber keinen Tritt, wie er es sonst immer tat, sondern rannte sofort in das Schloß. Dort erwarteten ihn die Diener, deren Aufgabe es war, ihn zu waschen und zum Abendessen umzukleiden, doch der kleine Prinz ließ sich nicht aufhalten. Er packte im Vorbeigehen ein großes Schwert, so groß, daß er es mit beiden Händen halten mußte, und schlug auf jeden ein, der sich ihm in den Weg stellte. Schließlich warf er es zu Boden und rannte durch die hohen leeren Gänge, durch riesige Hallen, deren Wände das Echo seiner schnellen Schritte zurückwarfen, stieg zum oberen Stockwerk hinauf und rannte zum Hauptturm hinüber.

»Großvater! Großvater!«

Wie ein Sturmwind platzte er in das Zimmer des alten Prinzen. Sein Großvater saß, wie immer, an seinem Arbeitstisch, las und kicherte vor sich hin. Er war bucklig und verschrumpelt, hatte einen kurzen, weißen Bart und triefende Augen. Böse schaute er den Jungen an.

»Großvater, ich habe den König gesehen, die Königin und ...«

»Ruhe!«

Der kleine Prinz schwieg.

»Das ist früher passiert, als ich erwartet hatte«, sagte der alte Prinz langsam. »Komm her.«

Der Junge ging zögernd zu ihm. Das Zögern war berechtigt, denn er erhielt eine schallende Ohrfeige.

»Jetzt geh und zieh dich um. Wir sprechen beim Abendessen darüber.«

»Gut, Herr«, sagte der Junge und verließ wütend und mit gesenktem Kopf das Zimmer.

Ein Wolfskatzenjunges, das er von einem der Jäger bekommen hatte, sprang ihm entgegen, als er in sein Zimmer hinuntergegangen war. Der kleine Prinz zog sein Messer und stieß es dem Kätzchen ins Herz. Das Tier mit den sechs Beinen und dem silbernen Fell hatte kaum ein Pfeifen ausgestoßen, da brach der kleine Prinz in Weinen aus. Dabei war ihm seit seinem fünften Geburtstag unter Androhung strenger Strafen verboten zu weinen. Er warf das tote Tier in den Flur und knallte die große Tür zu. Dann wischte er sich die Tränen aus den Augen und wusch sein Gesicht. Erst dann klingelte er nach den Dienern. Während sie ihn für das Abendessen mit seinem Großvater umkleideten, schlug er ab und zu mit der kleinen Keule auf sie ein, die er zu diesem Zweck im Ankleidezimmer liegen hatte. Doch er war mit seinen Gedanken nicht bei der Sache, deshalb waren seine Schläge nur leicht und störten die Diener nicht besonders.

*

Die kleine Prinzessin ritt in den Armen ihrer Mutter, ihr Pferd folgte ihnen.

»Was hat der Junge in der Hand gehabt, Mutter?« fragte sie.

»Pfeil und Bogen«, erklärte ihr die Mutter. »Das ist eine alte Waffe, mit der angespitzte Stöcke geschossen werden. Auf dem geächteten Schloß in der Domäne gibt es noch Waffen, Geräte, mit deren Hilfe die Menschen früher einander verletzt oder Tiere gejagt haben. Sicher hast du so etwas schon bei deinen Besuchen im Museum gesehen.«

»Hat er uns verletzen wollen?«

»Ich glaube schon«, antwortete die Mutter.

Der Vater war näher gekommen, ritt neben ihnen her und hörte schweigend ihrem Gespräch zu. Die beiden Begleiter blieben in ehrfürchtigem Abstand hinter ihnen, damit sich die königliche Familie unbekümmert unterhalten konnte.

»Und er hätte uns verletzt?« fragte das Mädchen erstaunt weiter.

»Leider ja«, antwortete die Mutter.

»Und warum schickt man ihn nicht in ein Lager für moralische Reparatur, Vater?«

Die Mutter warf dem Vater einen Blick zu, dann sagte sie: »Es ist Zeit, ihr etwas über die Bewohner der Domäne zu sagen, Teuerster.«

»Es ist zwar noch zu früh«, meinte der König, »aber dieses Zusammentreffen hat alles geändert. Sag es ihr, bitte.«

»Du kennst die Geschichte über den Beginn unseres Reiches«, fing die Königin an zu erzählen.

»Von den Menschen, die in Schiffen zu unserem Kontinent gekommen sind, von einem Stern, der Erde heißt? Natürlich weiß ich das, ich habe diese Geschichten sehr gern.«

»Warum?«

»Ich denke gern an die Menschen, die von den Sternen kommen. Du hast mir gesagt, daß das eine wahre Geschichte ist, stimmt's?«

»Mehr oder weniger«, antwortete die Mutter. »Auch wenn wir nicht alle Einzelheiten wissen. Wir wissen zum Beispiel nicht, ob die Schiffe von einem Ort des Erdballs gekommen sind oder von zwei verschiedenen. Doch ich habe eine andere gemeint, die Geschichte der Teilung.«

»Ja«, sagte das Mädchen, »die Geschichte von dem alten König und seinen beiden Söhnen.«

»Die habe ich gemeint«, bestätigte die Mutter.

Diese Geschichte hatte die Mutter ihrer Tochter schon oft erzählt. Sie berichtete von dem alten König und seinen beiden Söhnen, die einander haßten. Natürlich benutzte sie nicht das Wort »hassen«, das zu den geheimen Wörtern gehörte, wie all die anderen Wörter, die etwas bedeuteten, was gegen die Gesetze des Reiches war. Man konnte zwar sagen »sie liebten einander nicht«, doch das Wort »hassen« war, ebenso wie die Wörter »böse« oder »häßlich«, seit einigen Generationen aus dem Sprachgebrauch gestrichen. Die Geschichte begann damit, daß der alte, kranke König seine beiden Söhne zu sich rief, um ihnen das Königreich zu übergeben. Zu diesem Zeitpunkt wurde ihm erst die Art der Beziehung klar, die die beiden verband. Deshalb teilte der König den Kontinent in zwei Teile und trennte sie durch eine Schlucht, die »Nebelschlucht«, die man nicht durchqueren konnte. Den einen Teil nannte er »Ostreich«, denn dort ging die Sonne auf. Der andere Teil hieß »Westreich«, denn dort ging die Sonne unter. Und so hießen die Länder noch immer.

Die beiden jungen Könige, so erzählte die Geschichte, erließen in ihren Ländern ganz verschiedene Gesetze. Hier im Ostreich mußten die Menschen einander lieben, einander helfen, freundlich und achtungsvoll miteinander umgehen. Im Westreich hingegen verhielten sie sich entgegengesetzt.

Für das Mädchen war dies immer eine Geschichte gewesen, ein Märchen wie andere, deshalb riß sie erstaunt die Augen auf, als sie ihre Mutter nun sagen hörte: »Dieser Junge, den du gesehen hast, ist ein Nachkomme des Prinzen vom Westreich, mein Schatz.«

»Aber Mutter, das kann doch nicht sein«, rief sie.

»Es ist eine Tatsache, mein Liebling. Eine unerfreuliche Tatsache, die allerdings keine Auswirkungen auf unser Leben hat, so hoffen wir wenigstens, denn seit vielen Generationen hat es keine Kontakte zwischen uns und jenen anderen gegeben, außer einem Urvater dieses Jungen, den du gesehen hast.«

»Es hat also wirklich einmal einen alten König gegeben, der den Kontinent aufgeteilt hat? Und die Nebelschlucht gibt es auch? Und wie ist es dann jenem Prinzen gelungen, sie zu durchqueren, Mutter? Und die Drachen! Sind sie wirklich von den Weisen des alten Königs geschaffen worden, damit niemand durch die Schlucht kann?«

Die Mutter unterbrach die Flut der Fragen. »Soweit wir heute wissen«, sagte sie, »leben die Drachen in den Wäldern, wie ihr es in der Schule lernt, und sie kommen wirklich nie über die Grenzen unseres Landes. Es gibt die Schweiger, die Ureinwohner des Kontinents. Bestimmt hast du schon Bilder von ihnen gesehen, in Büchern. Es gibt auch die Nebelschlucht, die niemand überqueren kann außer den Schweigern, und selbst sie können es nur unter ganz bestimmten, schwierigen Bedingungen. Und natürlich gibt es das Westreich, auch wenn wir nichts darüber wissen außer dem wenigen, was die Geschichte erzählt und was uns der Prinz damals berichtet hat. Das sind die Tatsachen, meine Tochter.«

»Aber die Geschichte ...« rief das Mädchen.

»Die Geschichte versucht, auf einfache Art den Anfang der Dinge zu erzählen, Liebling, aber ob es wirklich so war, weiß niemand. Wir wissen nicht, ob wir einmal ein großes Volk waren und die Teilung des Kontinents nur vorläufig ist, oder ob nicht von Anfang an zwei verschiedene Völker auf ihm lebten, mit unterschiedlichen Gesetzen und unterschiedlicher Überlieferung. Ebensowenig wissen wir, ob die Nebelschlucht schon vor der Besiedlung des Kontinents existiert hat oder später entstanden ist, sie und die Drachenwälder.«

»Und die Leute dort tun sich wirklich gegenseitig weh, Mutter?«

»Ja, Liebling. Jedenfalls war das so, als der Prinz zu uns kam.«

»Hat er auch erzählt, wie er durch die Nebelschlucht gekommen ist, Vater?«

»Ja. Er hat erzählt, die Schweiger hätten ihn erst betäubt und dann herübergebracht. Doch wir wissen auch, daß er nicht die Wahrheit gesagt hat, wie alle Söhne seines Landes, mein Schatz.«

»Und weißt du, wie man hinüberkommt?«

Der König ritt eine Weile schweigend weiter, und als er schließlich antwortete, wählte er seine Worte sehr vorsichtig. »Das ist ein Staatsgeheimnis, meine Tochter, ein Geheimnis, das streng gehütet wird. Nur ich und drei Lehrer zur Wahrung des Vermächtnisses wissen etwas darüber.«

»Woher wißt ihr es?«

»Wir erfahren das Geheimnis im Heiligtum der weißen Schweiger«, sagte der König ernst. »Und auch du wirst es auf dem Weg der spirituellen Transmission erfahren, wenn es soweit ist.«

»Was ist spirituelle Transmission?«

»Das erzähle ich dir ein andermal. Jedenfalls ist das eine gute Art, das Geheimnis zu bewahren, es gibt keine bessere.«

»Du weißt, warum dieses Geheimnis so gehütet wird, Liebling?« fragte die Königin.

»Woher sollte ich das wissen, Mutter?«

»Stell dir vor, die Leute aus dem Westreich würden davon erfahren und zu uns kommen!«

Der König mischte sich ein. »Mach dem Kind keine Angst. Niemand kann es erfahren, weder von uns noch von den Schweigern. Aber du wirst es wissen, wenn du meinen Thron erbst und Königin wirst.«

»Ich will deinen Thron nicht erben und Königin werden«, flüsterte das Mädchen.

»Willst du nicht erwachsen werden?« rief die Mutter.

»Nein«, flüsterte das Mädchen. »Ich möchte immer ein Kind bleiben.«

Die Mutter seufzte. Die Worte des Mädchens weckten eine verschwommene Erinnerung in ihr.

»Warum habt ihr den Prinzen aus dem Westreich nicht weggejagt, Vater? Das heißt, warum haben sie ihn damals nicht weggejagt, als er hergekommen ist?«

»Unser Vorvater, meine Tochter, hat einen Pakt geschlossen, eine Art Vertrag mit dem schwarzen Prinzen.«

»Hieß er so, schwarzer Prinz?«

»Ja, wegen der Farbe seiner Kleidung«, sagte der König.

»Schwarze Kleidung!« rief das Mädchen und verstand plötzlich. »Auch der Junge hat schwarze Kleidung angehabt.«

»Ja, bis heute tragen sie dort schwarze Kleidung. Und bis heute töten sie Tiere.«

Das Mädchen seufzte. »Was stand in dem Vertrag, Vater?«

»Unser Vorvater hat ihm die Domäne gegeben und unterschrieben, daß dieses Gebiet nicht mehr zu unserem Herrschaftsbereich gehört. Der schwarze Prinz kann dort tun und lassen, was er will, unter der Bedingung, daß es unserem Land, unserem König und unseren Untertanen nicht schadet.«

»Aber er hätte ihn doch auch zurückschicken können.«

»Das wäre gefährlich gewesen, Tochter.«

Das Mädchen verstand ihn nicht.

»Der Prinz hat uns vom Westreich erzählt, und das war eine wichtige Aussage, wenn auch nicht sehr glaubwürdig. Aber bis dahin hatten wir nichts vom Westreich gehört. Wir kannten lediglich die Geschichte, die auch du von frühester Kindheit kennst.«

»Nur deswegen?« unterbrach ihn die Königin erstaunt. »Nur weil er vom Westreich erzählt hat, hat man ihn bleiben lassen und ihm die Domäne geschenkt und einen Vertrag unterschrieben, der bis ans Ende der Generationen gilt?«

»Es gibt noch einen Grund, der unsere Vorfahren dazu gebracht hat, diesen Vertrag zu unterschreiben«, sagte der König, »einen wichtigeren. Aber über den kann ich nicht sprechen.«

»Ich weiß«, sagte das Mädchen.

Der König schaute sie erstaunt an. »Was weißt du?«

»Die Kinder in der Schule sagen, daß man sie da leben läßt, damit wir ein lebendes Beispiel von einem Menschen haben, der nicht-gut ist.«

Die Mutter lachte, auch über das Gesicht des Vaters flog ein vages Lächeln.

»Aber warum wollte der schwarze Prinz unbedingt bei uns bleiben? Er ist doch nicht hier geboren, und bestimmt ist seine ganze Familie im Westreich geblieben«, sagte das Mädchen plötzlich laut.

»Wir wissen nicht, was für eine Rolle die Familie für die Menschen dort spielt«, sagte die Königin. Dann wandte sie sich an ihren Mann und wiederholte die Frage ihrer Tochter. »Wirklich, warum wollte er bleiben?«

»Darüber steht nichts im Vertrag«, sagte der König. »Aber alte Dokumente sprechen von einer Prophezeiung, die der schwarze Prinz von einer Wahrsagerin erfahren hat. Dieser Prophezeiung zufolge wird einer seiner Nachfahren einmal das Ostreich regieren.«

»Uns?« riefen Mutter und Tochter wie aus einem Mund.

»Man muß diese Prophezeiung nicht so ernst nehmen«, sagte der König und lachte. »Es war zwar eine alte, heilige Schweigerin, aber nicht immer gehen ihre Weissagungen in Erfüllung. Das hoffen wir wenigstens. Der schwarze Prinz hat sie aber geglaubt, und seine Nachfahren scheinen das immer noch zu tun. Jedenfalls war dies der dritte Grund für das Abkommen. Wenn an dieser Prophezeiung etwas dran ist, sollten wir besser wissen, was geschieht.« Damit beendete der König das Gespräch.

Das war keine besonders moralische Überlegung, dachte die Königin, sprach es aber nicht aus.

Schweigend ritten sie weiter. Der König, in seine Gedanken versunken, entfernte sich ein Stück. Das Pferdegetrappel machte das Mädchen schläfrig. Sie träumte, und im Traum sah sie die Drachenwälder und die geheimnisvolle Nebelschlucht. Dann sah sie den kleinen Prinzen in seiner schwarzen Kleidung, der ihr auf langen, bunten Schlangen entgegenritt, noch immer den Bogen in der Hand. Zitternd wachte sie auf.

»Hast du geträumt?« fragte die Mutter.

»Ja, Mutter, etwas ... Nicht-Gutes.«

»Du weißt, daß es keine nicht-guten Träume gibt, mein Kind. Gewiß nicht bei einem guten Mädchen wie dir.«

»Ich weiß, Mutter.«

In ihrer Verwirrung hatte sie vergessen, daß es verboten war, nicht-gute Träume zu träumen, so wie es verboten war, nicht-gute Gedanken zu denken. Doch obwohl sie sich große Mühe gab, schaffte sie das nicht immer. Das blieb allerdings ihr Geheimnis. Wie Vater, dachte sie, auch er bewahrt seine Geheimnisse.

»Wo ist seine Mutter?« fragte sie.

»Hast du von dem kleinen Prinzen geträumt?«

»Ja.«

»Seine Mutter ist zu ihren Vätern versammelt worden, als er fünf Jahre alt war«, sagte die Königin.

Das Mädchen wußte, daß in ihrem Reich nicht alles gut war. Es gab etwas Nicht-Gutes, über das man aber nicht sprechen durfte, wie über bestimmte Gedanken oder Träume. Man sagte einfach »zu den Vätern versammeln«, sonst nichts. Wie wurde man versammelt? Wer versammelte einen dort, und wie empfingen einen die Väter? Wo war jener Ort, wie sah er aus? Einmal hatte die Prinzessin gewagt, danach zu fragen, und der Lehrer hatte ihr erklärt, daß nur die Seele des Menschen versammelt würde, daß sein Körper bei einer Zeremonie verbrannt und die Asche in alle Winde gestreut würde. Doch diese Antwort führte nur zu neuen Fragen. Sieht die Seele, kann sie sprechen? Fühlt sie, daß sie »sie« ist? Ist sie aus etwas ähnlichem wie Luft oder wie Licht? Atmet sie? Doch solche Fragen wagte die Prinzessin nicht zu stellen.

»Und der Vater des kleinen Prinzen?« fragte sie.

»Sein Vater hat den Vertrag gebrochen«, sagte die Mutter, und ihr Gesicht bekam einen ernsten Ausdruck. »Er wurde in den Drachenwald gejagt.«

»Wer hat ihn da hingejagt?«

»Dein Vater.«

»Warum?«

»Er hat eine Frau aus unserer Stadt genommen«, erklärte die Königin. »Gegen ihren Willen. Und damit hat er den Vertrag gebrochen. Er hat eine unserer Staatsbürgerinnen verletzt.«

»Hat sie nicht mit ihm gehen wollen?«

»Nein.«

Die Prinzessin dachte nach. »Aber«, fragte sie dann, »wie ist der Prinz selbst geboren? Ist seine Mutter auch aus dem Westreich und durch die Nebelschlucht gekommen?«

»Nein, mein Schatz, seine Mutter war eine von uns. Aber sie war einverstanden, in dem geächteten Schloß zu leben. Das ist schwer zu verstehen, doch in jeder Generation hat sich eine Frau gefunden, die bereit war, für eine Weile dort zu leben, bis ein Kind geboren war. Manchmal blieb sie auch noch, um das Kind aufzuziehen, doch nie für sehr lange Zeit. Nachdem die Mutter des kleinen Prinzen zu ihren Vätern versammelt war, versuchte sein Vater, eine andere Frau zum Schloß zu bringen, aber keine wollte auf seine Vorschläge eingehen. Und dann passierte das, was ich dir erzählt habe, er nahm eine Frau gegen ihren Willen.«

»Und der Junge? Lebt er dort allein im Schloß, Mutter?«

»Nein, er lebt mit seinem Großvater, einem kleinen, buckligen, lahmen Mann. Der erzieht den Jungen, auf daß er so wird wie er.«

»Bucklig und lahm?«

»Nein.« Die Mutter lachte. »Nicht-gut wie er.«

»Gibt es im Schloß wirklich tausend Zimmer?«

»Niemand kann das nachprüfen, mein Schatz.«

»Glaubst du, daß wir ihn mal besuchen können?«

»Nein, nie!«

»Schade«, sagte das Mädchen.

»Warum ist das schade?«

»Ich hätte gern mit ihm gespielt«, sagte das Mädchen.

»Was ist? Hast du keine Freunde zum Spielen?« rief die Mutter.

»Keine solchen.«

»Was meinst du damit, Kind?«

»Hast du gesehen, daß er überhaupt nicht gelächelt hat? Und wie seine Augen geglänzt haben? Er war so anders. Ich glaube, es wäre interessant, mit ihm zu spielen.«

»Er hätte dich geschlagen«, sagte der König.

Das Mädchen richtete sich auf. Sie hob die Augen und schaute ihren Vater an, der wieder neben ihnen ritt. Sie überlegte. Er würde sie schlagen? Das heißt, er würde die Hand gegen sie erheben und sie auf sie fallen lassen oder so etwas? Das konnte doch nicht sein.

»Er würde es nicht wagen«, sagte sie nachdenklich.

Der Vater lächelte und ritt weiter. Die Mutter beugte sich über sie und sagte: »Du mußt noch viel lernen bis du regieren kannst.«

»Lernen zu schlagen?«

Die Mutter erschrak. »Nein, um Gottes willen. Aber du mußt Dinge wissen, die andere Kinder nie erfahren werden. Die sie auch nicht erfahren dürfen.«

»Ich würde wirklich gerne wissen, wie er mich schlägt«, sagte das Mädchen.

»Wissen und fühlen ist nicht das gleiche«, sagte die Königin.

»Tut das weh?«

»Festes Schlagen tut sehr weh.«

»Könnte ich zurückschlagen?«

»Psst ...«, sagte die Königin und warf einen Blick auf ihren Mann, doch dieser war zu weit entfernt, er konnte nicht gehört haben, was das Mädchen gesagt hatte. Plötzlich war die Königin besorgt, ob im Herzen des Mädchens wohl die Sünde erwacht sei, nur deshalb, weil sie von weitem diesen Prinzen gesehen hatte. Hatte sie nicht auch einen nicht-guten Traum geträumt? Sie beschloß, den Familienarzt zu konsultieren. Der König hat recht, dachte sie. Dieses Zusammentreffen war zu früh geschehen.

2. KAPITEL
DIE HAUPTSTADT

Der Bote kam aus der Hauptstadt zurück. Er brachte die Zustimmung des Königs. Das wird er noch bereuen, der König, dachte der Großvater und kicherte. Das war sein Geschenk zum dreizehnten Geburtstag seines Enkels. Er würde zum erstenmal in seinem Leben die geschlossene Domäne verlassen und das umliegende Land sehen, die Hauptstadt des Reiches. Diesmal nicht nur auf Bildern, diesmal in Wirklichkeit, mit seinen eigenen Augen. Der alte Prinz lud seinen Enkel zu sich in sein Arbeitszimmer, um ihm die Nachricht mitzuteilen. Der junge Prinz kam gerne in dieses Zimmer, obwohl seine Freude immer mit einer gewissen Angst gemischt war: er fürchtete sich vor dem liebevollen Kneifen seines buckligen Großvaters. Nach jedem dieser Besuche hatte er blaue Flecken auf den Wangen und den Armen, die tagelang blieben. Auch diesmal wurde er mit einem kräftigen Kneifen in den Arm empfangen, und dann befahl ihm sein Großvater, sich zu setzen, und teilte ihm die Neuigkeit mit. Wie immer, wenn er seinen Enkel zu einem Gespräch empfing, trug der Großvater auch diesmal Kleidung aus schwarzem Samt und über den Schultern den Umhang aus Purpur.

»Du darfst nie vergessen«, sagte der Großvater immer, »daß wir ihnen nicht ähnlich sind und nie ihre Lehren annehmen werden. Wir beide sind die Nachkommen eines alten Herrschergeschlechts, das zweifellos bis heute im Westreich existiert.«

Und wie immer ließ er den Enkel so sitzen, daß er das Bild des riesigen Drachen vor Augen hatte.

»Hier, im Ostreich, sind wir die einzigen, die diese Tiere jagen können«, sagte er und deutete auf das Bild des Drachen.

»Kann man sie essen?« fragte der junge Prinz.

Der Großvater lachte. »Ich glaube kaum, daß man ihr Fleisch essen kann.«

»Wenn das so ist, warum ist es dann so wichtig zu wissen, wie man sie jagt?«

»Wegen der Kronen, die sie auf den Köpfen tragen. Du weißt doch, daß jeder Drache eine Krone trägt, und du kennst auch die Geschichte von dem ersten schwarzen Prinzen, nicht wahr?«

»Ja«, sagte der Junge. »Er jagte einen Drachen und gab die Krone den Schweigern, damit sie ihn durch die Nebelschlucht führten. Er tat das, um hierher zu kommen, wegen der Prophezeiung.«

»Und du wirst diese Prophezeiung erfüllen«, sagte der Großvater.

Der Junge erschrak.

»Aber die Prophezeiung sagt ...«

Der Großvater kniff ihn fest in den Arm und unterbrach ihn. »Du wirst die Prophezeiung erfüllen«, wiederholte er zornig. »Weißt du, wieviel mich die mechanischen Lehrer gekostet haben, die dich ausbilden? Den halben Schatz. Nicht daß sie selbst so teuer waren, aber die Schweiger haben sich geweigert, sie aus dem Westreich zur Grenze zu bringen. Ich mußte noch etwas drauflegen. Dabei haben sie genug Gold und Silber und Edelsteine. Aber mehr als alles andere lieben sie Perlen. Ich habe ihnen fast alle geben müssen.«

Diese Geschichte hörte der junge Prinz oft. Er wußte auch, daß seine Vorväter, als sie Kinder waren, von ihren Vätern in der Beherrschung der Waffen und der Kunst des Kämpfens ausgebildet worden waren. Doch wegen seiner schweren Behinderung hatte der Großvater seinen Vater und ihn nicht ausbilden können, deshalb hatte er mechanische Trainer für ihn gekauft, Lehrer, die der junge Prinz von Herzen haßte. Eigentlich haßte er nicht alle Übungen, Bogenschießen und Messerwerfen zum Beispiel mochte er sogar sehr, aber er mußte immer stundenlang üben, viel zu lange für seinen Geschmack. Ringen und Boxen haßte er wegen der vielen schmerzhaften Beulen, die er immer davontrug. Doch sein Großvater erlaubte ihm nicht, auch nur eine Unterrichtsstunde zu versäumen, auch nicht im Säbel und im kurzen und langen Schwert. Auch diese Stunden mochte der junge Prinz nicht, weil er oft genug vom Schwert oder dem Säbel seines mechanischen Trainers so schwer getroffen wurde, daß er blutete.

»Aber die Prophezeiung sagt ...«, fing der Junge an, doch wieder wurde er von seinem Großvater unterbrochen.

»Ich habe eine andere Prophezeiung erfahren«, sagte er, »eine neue. Und diesmal bezieht sie sich ausdrücklich auf dich. Vergiß es nie – du bist es, der die alte Prophezeiung erfüllen wird! Du wirst einen Drachen jagen und seine Krone den Schweigern dafür geben, daß sie dich durch die Nebelschlucht bringen. Und wenn du im Westreich ankommst, wirbst du ein kleines Heer an.« Der Großvater lachte böse. »Ein kleines Heer reicht.

Davon wirst du dich heute selbst überzeugen können, wenn wir in der Hauptstadt sind.«

»Aber wie kann ich mit dem Heer zurückkommen, Großvater? Muß ich dann noch einen Drachen jagen und ihnen eine Krone geben?«

»Nein«, sagte der Großvater. »Die eine Krone reicht für alles.«

»Aber wenn sie sie gleich am Anfang bekommen, wie kann ich sicher sein, daß sie ihr Versprechen halten und mich wieder zurückbringen?«

»Wenn sie etwas versprechen, halten sie es auch.«

Der Junge glaubte seinen Ohren nicht. Er wußte, daß jedes Versprechen nur deshalb gegeben wurde, damit man es brechen konnte. Doch der Großvater erklärte ihm, daß die Schweiger alle ihre Versprechen halten mußten.

»Irgendein Defekt ihm Gehirn«, sagte der Großvater. »Ebenso wie bei den Bewohnern dieses Landes um uns herum.«

»Sie halten immer ihr Versprechen?«

»Immer«, sagte der Großvater.

»Warum gehen wir dann nicht gleich los, jagen einen Drachen, geben den Schweigern die Krone und holen zusammen ein Heer aus dem Westreich?« rief der Junge begeistert.

»Das ist nicht so einfach«, sagte der Großvater. »Solange die Schweiger keine Krone brauchen, geben sie nichts dafür. Das heißt, sie würden nicht nur nichts dafür geben, sondern sie würden uns beide auch töten, wenn sie hörten, daß wir einen Drachen jagen. Und sie würden es erfahren, da bin ich sicher.«

»Wie?«

»Ich habe keine Ahnung. Jedenfalls haben sie mich jedesmal entdeckt, wenn ich ihnen zur Nebelschlucht nachgeschlichen bin, weil ich herausbekommen wollte, wie sie die Schlucht überqueren. Sogar wenn ich mich in einer Höhle vergraben habe.«

»Und wann brauchen sie eine Krone?« fragte der Junge.

»Nach der Prophezeiung, die sich auf dich bezieht«, sagte der alte Prinz, »werden sie sich eines Tages an dich wenden.«

»Eines Tages erst«, seufzte der Junge, »wie schade.«

Er bedauerte, daß es noch nicht soweit war. Das Abenteuer der Jagd lockte und erregte ihn. Er fragte: »Wie jagt man Drachen?«

»Das werde ich dir erst kurz vor meinem Tod mitteilen«, sagte der alte Prinz. »Keine Minute vorher.«

»Warum?«

»Damit das Geheimnis nicht nach außen dringt.«

»Aber Großvater!« sagte der Junge beleidigt.

Der alte Prinz hob die Hand, und der Junge hatte die Ehre, eine schallende Ohrfeige zu empfangen. Er zuckte nicht mit der Wimper.

Für die Fahrt hatten die Diener zwei schwarze Pferde vor die alte Kutsche gespannt. Der Kutscher zog seinen Panzer an, obwohl dem Prinzen verboten wurde, ihn anzurühren. Er sollte auch keine Waffen mitnehmen.

»Auch nicht mein Jagdmesser?«

»Nein, auch das nicht«, sagte der Großvater und lachte sein böses Lachen. »Aber wenn du schlau bist, wirst du es mitnehmen können, auch ohne daß es dir erlaubt wird.«

Der junge Prinz dachte einen Moment nach, dann steckte er das Messer in das Futteral und band sich dieses an den Unterschenkel. Es war zwar leichter, ein Messer aus dem Gürtel oder dem Ärmel zu ziehen, doch ein Messer am Bein war besser als gar keine Waffe.

Das große eiserne Tor ging weit auf, und der Prinz und sein Großvater verließen die Grenzen ihrer Domäne.

Alles war anders. Bald lichteten sich die Wälder, und sie sahen Getreidefelder, Äcker und Weinberge vor sich. Auch die Geräusche waren anders. Überall zwitscherten Vögel. Sie flogen über die Kutsche, ohne sich zu fürchten, und ließen sich sogar manchmal auf dem offenen Verdeck nieder. Der Prinz konnte sich nicht beherrschen. Er versuchte, die Vögel mit der Hand zu fangen, und es gelang ihm sogar. Sie machten überhaupt keine Anstalten zu fliehen. Er brach einem oder zweien das Genick und warf sie auf den Boden der Kutsche.

»Deck sie mit etwas zu«, sagte der Großvater. »Hier, außerhalb unserer Domäne, ist das ein strafrechtliches Vergehen.«

Der Prinz hatte ohnehin keine Lust mehr, Vögel zu jagen. Es machte ihm keinen Spaß, wenn ihn die Tiere so dumm und ohne Angst anschauten.

Unterwegs fuhren sie durch kleine Dörfer. Die Bewohner erschraken, wenn sie sie sahen, doch dann beruhigten sie sich und winkten ihnen freundlich zu. Doch die Kinder verhielten sich anders. Sie rannten hinter der Kutsche her, und ein Junge bückte sich sogar und hob einen Stein. Sofort hielt ihn ein älterer Junge zurück und tadelte ihn mit freundlichem Gesicht.

»Schreien sie sich nicht an?«

»Nein«, sagte der Großvater.

»Und sie werden nie geschlagen?«

Der Großvater lachte. »Nein. Möchtest du gerne hier leben?«

»Nein«, antwortete der Prinz, und er meinte es auch so, auch wenn er gern auf das Kneifen verzichtet hätte. »Was für seltsame Geschöpfe das sind«, sagte er laut.

Alle trugen helle Kleidung, ähnlich wie diese Menschen, die er vor einigen Jahren durch einen Riß in der Mauer gesehen hatte, der König, die Königin und die kleine Prinzessin.

»Sehen wir die Königin?«

»Wir fahren dort vorbei. Und wenn sie auf den Balkon kommt oder gerade das Schloß verläßt, werden wir sie sehen. Warum fragst du das?«

»Ich will die Königin sehen. Ja, auch das kleine Mädchen.«

»Schau dich doch um«, sagte der Großvater. »Hier gibt es überall Frauen und kleine Mädchen.«

Als sie durch die Hauptstraße einer kleinen Stadt fuhren, sah der Prinz, daß sein Großvater die Wahrheit sprach. Überall waren Frauen, sogar mehr Frauen als Männer. Und niemand trug Panzer. Dann erblickte er von weitem die Stadt, große Häuser tauchten am Horizont auf. Der Prinz war fasziniert. Nach den Bildern, die er kannte, hatte er sich nicht vorstellen können, wie hoch sie wirklich waren. Es gab Häuser mit fünf oder sogar mit zehn Stockwerken. Auf den Straßen herrschte Lärm, überall sah er Kutschen und Fußgänger und Schaufenster. Nie hatte der Prinz so viele seltsame Dinge gesehen. Der Großvater befahl dem Kutscher anzuhalten und die Pferde anzubinden, und sie gingen zu Fuß weiter.

Niemand außer ihnen trug schwarze Kleidung. Auch in der Hauptstadt erschraken die Leute im ersten Moment, wenn sie sie erblickten. Doch sofort hatten sie sich wieder in der Gewalt, ihre Gesichter wurden freundlich und zeigten das ewige Lächeln, das hier alle zeigten.

»Schau dir diese Heuchler an«, sagte der Großvater verächtlich und haßerfüllt. »Wie sie den ganzen Tag lächeln! Schau, wie sie sich gegenseitig begrüßen und segnen. Sie sind alle gut, sehr gut, denn das verlangen ihre Gesetze.«

Der Prinz schaute sich aufmerksam um. Von Zeit zu Zeit wandte sich jemand auch an sie, grüßte sie, wünschte ihnen Gesundheit und ein langes Leben. Dann antwortete der Großvater: »Stirb bald!«

Bis plötzlich ein kleiner Junge seine Eltern fragte: »Was hat der krumme Mann gesagt? Was ist das, ›stirb‹?«

Sie konnten die Frage nicht beantworten.

»Sterben sie denn nicht?« fragte der Prinz seinen Großvater.

»Natürlich sterben sie. Aber ich hatte vergessen, daß sie das Wort nicht kennen. Bei ihnen werden die Leute ›zu ihren Vätern versammelt‹.« Der Großvater lachte böse.

Der Prinz hielt seinen Großvater vor einem Schaufenster mit Spielsachen fest.

»Nur ›gutes‹ Spielzeug«, sagte der Großvater verächtlich.

Tatsächlich gab es keine Ritter und keine Waffen, nur lächelnde Bauern, Kühe und Schafe, viele Puppen und Bausteine. Auch Glücksspiele gab es nicht.

»Es ist verboten, in den guten Kindern den Hang zum Wettbewerb oder zum Glücksspiel zu wecken«, erklärte der Großvater.

Wie sie da standen und das Schaufenster betrachteten, erregten sie die Aufmerksamkeit der Kinder auf der Straße. Die Erwachsenen schafften es kaum, die Neugier ihrer Kinder zu zügeln und sie weiterzuziehen. Sie hatten noch nie Menschen in schwarzer Kleidung gesehen. Sie hatten noch nie einen Buckligen gesehen.

»Großvater«, fragte der Prinz, »warum hat man dir den Rücken nicht geradegemacht, als du klein warst?«

»Mein Vater wollte keine Gefälligkeiten von ihnen annehmen«, antwortete der Großvater.

Sie aßen in einem Restaurant. Der alte Prinz konnte sich nicht beherrschen und trat mit voller Kraft nach einem Hund, der sich unter ihren Tisch legte. Der Hund jaulte auf und floh, und alle Leute hörten auf zu essen. Zwei Männer mit grünen Anzügen kamen zu ihrem Tisch.

»Die guten Aufseher«, sagte der Großvater. »Die sind hier immer und überall.«

»Glück und Gesundheit mögen in Eurem Haus herrschen«, grüßten sie.

»Krankheit und Unglück sollen über euch kommen«, antwortete der Großvater.

»Der König hat angeordnet, daß wir uns zurückhalten und nicht reagieren, solange Eure Vergehen nur in Worten bestehen, doch er hat verlangt, Euch keine tätlichen Vergehen durchgehen zu lassen«, sagte der Aufseher. »Der Hund wurde von Eurem Fuß verletzt, edler Prinz.«

»Stimmt!« Der Großvater grinste.

»Möchtet Ihr die Strafe bezahlen oder uns zum Haus der guten Sitten begleiten?«

»Ich bezahle«, antwortete der alte Prinz und zog seinen Geldbeutel.

Nachdem er die Quittung erhalten hatte, stand der alte Prinz auf und trat mit aller Kraft nach dem Aufseher. Ein erschrockener Aufschrei war zu hören. Daß jemand einen anderen trat, noch dazu ohne jeden Anlaß, hatte man seit hundert Jahren nicht mehr gesehen.

»Wieviel muß ich jetzt bezahlen?« fragte der alte Prinz.

»Wir haben keinen Preis für ein so schweres Vergehen«, sagte der Aufseher. »Wir müssen Euch bitten, uns zum Haus der guten Sitten zu begleiten.«

»Fällt mir nicht ein«, sagte der Großvater. »Haut ab!«

Er schob die Hand unter seinen schwarzen Mantel und zog von dort ein kurzes Schwert heraus. Der junge Prinz bückte sich und zog das Messer unter seinem rechten Hosenbein hervor. Die Aufseher wichen entsetzt zurück. Nun standen auch die Gäste des Restaurants auf, Männer, Frauen und Kinder, und rannten aus dem Lokal.

»Diese Idioten sind nicht in der Lage, die Hand gegen dich zu erheben«, sagte der Großvater. »Los, setz dich wieder und iß!«

Als sie schließlich das Restaurant verließen, waren die Straßen leer und langweilig, die Läden waren geschlossen, und die Menschen versteckten sich in ihren Häusern.

»Alles uns zu Ehren«, höhnte der Großvater.

Doch als der junge Prinz den Blick zu den Fenstern hob, sah er, daß da und dort jemand hinter dem Vorhang herausspähte. Je weiter sie sich von dem Restaurant entfernten, um so voller wurden die Straßen wieder, und sie konnten ihre Einkäufe erledigen. Nun sah der junge Prinz überall die grüngekleideten Aufseher. Sind die Menschen nur wegen der vielen Aufseher so gut? überlegte er. Oder gibt es nur so viele Aufseher wegen uns? Und wie haben sie alles so schnell erfahren? Er fragte seinen Großvater.

»Ich war schon lange nicht mehr hier«, antwortete dieser. »Aber mir scheint, es hat hier schon immer so viele Aufseher gegeben. Sie bewachen die Moral. Wenn jemand sich einmal vergißt und sich nicht den Gesetzen des Landes entsprechend verhält, wird er sofort aufgeschrieben. Wer zu oft aufgeschrieben wird, wird zum Haus der guten Sitten bestellt und dort verwarnt. Wird er dann noch einmal rückfällig, schickt man ihn ins Lager für moralische Reparatur, und dort wird er völlig neu erzogen.«

Der Großvater erklärte ihm auch, wie sie sofort alles erfuhren, selbst wenn etwas an weit entfernten Plätzen der Stadt passierte. Sie hatten kleine Geräte, mit deren Hilfe Stimmen übertragen wurden. Apparate noch aus der Zeit der Besiedlung des Kontinents vor über tausend Jahren, Apparate wie die automatischen Trainer, die der Großvater mit Hilfe der Schweiger im Westreich gekauft hatte. Keiner wußte, wie sie funktionierten, und wenn einer kaputtging, konnte man ihn nur noch ins Museum bringen.

»Ich hätte gern so ein Ding«, sagte der Junge.

»Es soll einmal viele von diesen Geräten gegeben haben«, sagte der Großvater. »Vielleicht sogar so viele, daß jeder Einwohner eines hatte. Anders kann man es auch nicht erklären, daß einige bis heute erhalten sind und funktionieren. Aber jetzt bekommt man keine, außer vielleicht, wenn man in den Palast einbricht und sie mit Gewalt holt. Doch dafür brauchst du eine kleine Armee.«

»Es juckt mich in den Fingern«, sagte der Junge. »Ich habe Lust, Steine aufzuheben und ein paar von diesen Fenstern da zu zerschmeißen! Warum sollen wir Geld bezahlen? Wir nehmen uns einfach, was wir brauchen, und verschwinden. Was meinst du, Großvater? Kann man das ohne Armee machen?«

Der Großvater lachte. »Dein Vater hat das oft so gemacht.«

Doch er hielt den jungen Prinzen zurück und versuchte, ihn zu beruhigen. »Hör auf! Sonst lassen sie uns ein paar Jahre lang nicht wiederkommen.«

»Wie können sie uns hindern? Wir kommen einfach. Sie haben doch noch nicht mal Pfeil und Bogen.«

»Stimmt«, sagte der Großvater, »aber sie sind trotzdem nicht ganz dumm. Sie haben bestimmte Aufseher, die darin ausgebildet sind, mit Netzen zu jagen. Die nehmen Leute gefangen, die vor lauter Gut-sein wahnsinnig werden. Sie fangen sie, geben ihnen eine Betäubungsspritze und bringen sie dann ins Krankenhaus. Wenn sie das mit uns machten, wäre das nicht sehr ehrenvoll.«

»Ich werde daran denken«, sagte der junge Prinz.

Er wußte schon, daß dies nicht sein letzter Besuch in der Stadt sein würde. Das nächste Mal wollte er sich als einer von ihnen verkleiden und sein Schwert unter der Jacke verstecken. Er wollte auch vor dem Spiegel im Schloß lernen, wie sie zu lächeln. Er hatte noch nicht genug von dieser Stadt, er wollte sie wiedersehen. Besonders interessierten ihn die Kinder, die an der Hand ihrer Mütter gingen. Er erzählte dem Großvater von seinem Plan, und dieser kniff ihn als Zeichen der Zustimmung einige Male fest in die Wange. Noch am selben Abend, nachdem sie zur Domäne zurückgekehrt waren, führte ihn der Großvater zum Keller unter dem Hauptturm und drückte leicht auf einen der Steine. Vor den Augen des erstaunten Prinzen öffnete sich ein Tunnel. Dieser Tunnel führe bis weit außerhalb der Mauer, sagte der Großvater, und von dort könne er in die Hauptstadt gelangen, ohne daß es jemand erfahre.

»Morgen?« fragte der Prinz hoffnungsvoll.

»Nein«, antwortete sein Großvater. »Erst wenn du achtzehn bist.«

3. KAPITEL

Der Häftling

Die Prinzessin betrat aufgeregt das Kabinett ihres Vaters. Sie hielt die neueste Ausgabe der »Veröffentlichung der Akademie für Sitte und Anstand« in der Hand.

Die Prinzessin war achtzehn Jahre alt.

»Hast du ein paar Minuten Zeit für mich?« fragte sie und lächelte den König mit ihrem zauberhaften Lächeln an.

»Aber immer, meine Liebe.« Er lächelte zurück.

Es war ein routiniertes Lächeln, das gleiche Lächeln, das jeder Untertan und jeder Minister des Reiches auf den Lippen trug. Er wußte bereits, was seine Tochter mit ihm besprechen wollte. Er hatte es sofort gewußt, als er die neueste Ausgabe in ihrer Hand gesehen hatte. Aber es gab keine Wahl, dachte er, und laut sagte er: »Es blieb uns nichts anderes übrig.«

»Vater«, sagte die Prinzessin, »du kannst doch nicht befehlen, den Prinzen einzusperren. Es ist doch unmöglich, daß ein Mensch in einen Käfig gesperrt wird wie ein wildes Tier im künstlichen Zoo.«

»Ich verspreche dir, daß die Wohnung, die er beziehen wird, in einigen Tagen fertig ist. Wir können nicht zulassen ... Du verstehst, er hat sein Versprechen immer und immer wieder gebrochen, wir haben das nur nicht öffentlich bekanntgegeben. Doch jetzt, nach dem Aufsatz, den dieser Sprachforscher geschrieben hat, dieser verschrobene Gelehrte ...«

»Das ist sehr spannend.« Die Prinzessin lachte. »Das sind all die geheimen Wörter, Vater, eine Sammlung der Wörter, von denen heute keiner mehr weiß, wie man sie benutzt! Hier, überzeuge dich selbst.«

Diese Zeitung, die eine der langweiligsten gewesen war, mit einer ganz kleinen Auflage, war von einem Tag auf den anderen zu einer der meistgekauften geworden. Täglich mußte sie nachgedruckt werden, weil die Nachfrage so groß war. Und das nur, weil sie einiges von dem abdruckte, was der Prinz sagte, der wegen der Farbe seiner Kleidung vom Volk »der schwarze Prinz« genannt wurde. Es gab eine lange Liste von »Flüchen«, deren Bedeutung im einzelnen erklärt wurde. Es gab auch viele Sätze, die sich mit der Sehnsucht wilder Fleischesser befaßten, verschiedene Rezepte für Fleischgerichte und entsetzliche Beschreibungen vom Schlachten armer Tiere, wie es bei den Menschen in der dunklen Vorzeit, vor der Teilung des Kontinents, offenbar der Brauch gewesen war.

Der schwarze Prinz in seinem Käfig war unermüdlich. Seine Stimme wurde heiser, doch er hörte nicht auf zu sprechen. Er wußte, daß er begeisterte Zuhörer hatte, die zwar taten, als hörten sie ihn nicht, sich aber kein Wort entgehen ließen.

Der Gelehrte, ein Mann ohne jeden Sinn für Verborgenes und für Geheimhaltung, veröffentlichte in aller Unschuld seine Arbeit. Es war wirklich erstaunlich, wie in der Familie des Prinzen all diese Ausdrücke bewahrt geblieben waren. Der Forscher vermutete, daß man auf dem Schloß in der Domäne nie aufgehört hatte, diese Worte zu benutzen. Und die geheimen Wörter, die nur der König und die drei Lehrer zur Wahrung des Vermächtnisses gekannt hatten, erfuhren nun alle.

Sie erfuhren auch, daß auf der Domäne des Prinzen während der ganzen Zeit gejagt worden war und man in all den Generationen das Fleisch von Tieren gegessen hatte. Auch die Gewalttätigkeiten im Schloß kamen nun ans Licht. Die Diener wurden befragt. Sie brachen ihr Schweigen und erzählten von den Untaten des alten Prinzen und seines Enkels. Als der junge Prinz davon erfuhr, daß seine Diener die Geheimnisse des Schlosses ausplauderten, entließ er sie sofort, und somit hatten sie den höchsten Lohn verloren, der im Land bezahlt wurde.

Der Aufsatz war so spannend und interessant, daß bald keiner mehr über etwas anderes sprach. Außerdem, über was hätte man sonst sprechen sollen? Über die Flöhe, die man an den Hunden der Menschen, die nahe der Grenze wohnten, entdeckt hatte? Das war in den letzten zehn Jahren der einzige einigermaßen interessante Artikel gewesen, den die Zeitung veröffentlicht hatte. Nicht wegen der Vermutung, daß die Flöhe aus dem Drachenwald gekommen wären, sondern weil es den Forschern gelungen war, die Tiere »einzuschläfern«, um eine Flohseuche im Königreich zu verhindern. Sofort nach dem Erscheinen des Artikels war eine scharfe Reaktion veröffentlicht worden, in der das Wort »einschläfern« erklärt wurde – das Leben wegnehmen.

Damals war ein Aufschrei durch das Land gegangen. Doch nun, da der Prinz vorübergehend in einen Käfig gesperrt war, interessierte sich kein Mensch mehr für Flöhe. Alle sprachen nur über den Prinzen, und jeder Diener des Schlosses, jeder Gelehrte, dem aus irgendwelchen Gründen erlaubt worden war, zum Käfig oder wenigstens in dessen Nähe zu kommen, so daß er hören konnte, was der Prinz sagte oder schrie, notierte sofort jedes Wort und rannte zur Redaktion der »Veröffentlichungen der Akademie für Sitte und Anstand«. Und alles wurde veröffentlicht.

Doch nicht deshalb war die Prinzessin so aufgeregt. Seit sie achtzehn Jahre alt geworden war, durfte sie die alte Bibliothek besuchen und die geheimen Bücher lesen, und sie kannte all die Worte und die verschiedenen Ausdrücke. Sie regte sich über die Tatsache auf, daß der Prinz eingesperrt war, jener seltsame Junge mit dem wilden Gesicht, den sie vor Jahren einmal gesehen hatte. Er hatte damals hinter dem Riß gestanden, der in der Mauer der Domäne entstanden war, und wollte einen Pfeil auf sie abschießen. Und sie hätte damals so gern mit ihm gespielt.

»Vater, aber wenn er es verspricht?«

»Ich habe dir doch vorhin gesagt, meine Liebe, daß er sein Versprechen noch jedesmal gebrochen hat. Immer wieder ist er hergekommen, verkleidet, mal mit einem Bart, mal mit einer roten Perücke, und jedesmal ist er, ohne Verdacht zu erregen, bis in die Hauptstadt gelangt, weil er gekleidet war wie wir. Und unter seiner Kleidung hatte er seine Messer versteckt. Immer ist er gekommen, um unseren Bürgern Nicht-Gutes zuzufügen, ganz zu schweigen von den Frauen, die er gegen ihren Willen geraubt hat.«

»Das stimmt nicht ganz, Vater. Er ist nie von einer Frau angeklagt worden.«

»Das stimmt«, gab der König zu. Er schritt in seinem Kabinett hin und her. »Und trotzdem...«

»Was trotzdem?«

»Er hat zwei Ehemänner geschlagen, die die Entführung ihrer Frauen verhindern wollten. Er hat sie so geschlagen, daß Blut floß.«

»Das habe ich nicht gewußt«, sagte die Prinzessin zitternd.

»Wir haben ihn gewarnt«, fuhr der König fort. »Wir haben ihm auch gesagt, daß er seine Domäne und sein Schloß verlieren wird. Wir haben ihm vorgeschlagen, das Königreich zu verlassen, doch er hat sich geweigert. Er ist davon überzeugt, daß er eines Tages die Herrschaft übernehmen wird. Und dann wird er das Land in ein ›böses‹ Land verwandeln. Du kennst dieses Wort bereits. Seit dem Tod seines Großvaters ist er ganz wild geworden und verletzt in aller Offenheit den Vertrag. Du weißt es nicht, aber er war bereits einige Male eingesperrt und jedesmal wieder freigelassen worden, weil man ihm geglaubt hatte, daß er sich bessern wolle. Aber er kann es nicht, oder vielleicht will er es auch nicht. Wir haben Gesandte zu ihm geschickt, und er hat sie immer wieder angegriffen. Er hat mit dem Messer nach ihnen geworfen und sie nur um Haaresbreite verfehlt. Er ist ein Meister im Umgang mit allen möglichen Waffen, und das ist ein zusätzlicher Grund, weshalb wir ihn nicht mehr freilassen dürfen. Er ist ›gefährlich‹, wenn du dieses Wort verstehst. Er verfügt über ein ganzes System von Tunneln, und jeder Versuch, die Domäne zu bewachen, scheiterte. Er kann an Stellen herauskommen, die wir nicht kennen, und uns immer wieder stören. Und das schlimmste, er hat einen der Aufseher, die ihn das letzte Mal mit dem Netz fingen, schwer verletzt. Ein guter

Mensch, Vater von fünf netten Kindern. Ich möchte, daß du sie einmal besuchst. Hoffentlich gelingt es den Ärzten, sein Leben zu retten.«

»Gut, Vater, aber ich hoffe, du wirst ihn nicht zu lange eingesperrt lassen. Irgendwann wird er lernen.«

»Nachdem er den Vertrag gebrochen hat, wird er nie mehr freigelassen werden, bis ihm das Alter die Kräfte raubt.«

Die Prinzessin antwortete nicht. Dann lächelten sie sich an, verabschiedeten sich voneinander, und die Prinzessin ging hinunter zum hinteren Hof, um den Prinzen in seinem Käfig zu sehen.

Er saß dort und brütete zornig vor sich hin. Er hatte schon keine Lust mehr zu schreien und zu fluchen, und es gelang ihm nicht, die Diener zu erwischen, die ihm Essen brachten. Auftragsgemäß stellten sie ihm das Essen in Töpfen mit langen Stielen hin. Der Prinz wunderte sich, als der kleine Hof sich leerte, doch dann verstand er. Er erkannte sie gleich, es war die Prinzessin, das Mädchen, das er durch den Riß in der Mauer gesehen hatte, als er noch ein kleiner Junge gewesen war. Wenn er gewußt hätte, wie man lächelt, hätte er es getan. Doch es war ihm anzusehen, daß er sich nicht genug angestrengt hatte bei seinen Versuchen, vor dem Spiegel das Lächeln zu erlernen.

»Kann ich etwas für dich tun?« fragte sie.

»Selbstverständlich.«

»Weißt du, wer ich bin?«

»Du bist das Mädchen, das hinter dem Riß in der Mauer stand, der Mauer um die Domäne. Wenn du meinen Käfig aufmachst, raube ich dich und bringe dich auf mein Schloß.«

Er brach in böses Gelächter aus, als er sah, daß sie rot wurde.

»Ich bin kein Kind mehr«, sagte sie.

»Ja, das sehe ich.«

»Ich erschrecke nicht vor ›häßlichen‹ Reden«, sagte sie, mutig das geheime Wort benutzend, und lächelte ihn an.

Der Prinz staunte. Plötzlich überkam ihn ein seltsames, warmes Gefühl, und der Anblick ihres Lächelns schnürte ihm die Kehle zu. Er erschrak. War er krank? Oder konnte sie zaubern? Dieses Gefühl kannte er nicht.

»Ich möchte, daß du deinen Vater überredest, mich freizulassen«, sagte er.

»Ich habe ihn schon darum gebeten, aber er wird dich nicht freilassen. Du brichst deine Versprechen, deshalb müssen wir uns nicht mehr an das halten, was im Vertrag festgelegt worden ist.«

»Versprechen werden gegeben, damit man sie brechen kann«, sagte er und lachte. »Das habe ich von meinem Großvater gelernt.«

»Was hast du noch von ihm gelernt?«

»Ich habe gelernt, daß ein Tag kommen wird, an dem ich oder mein Sohn oder mein Enkel oder ein anderer meiner Nachkommen König dieses Landes sein wird. So sagt die Prophezeiung, und dann ...« Er stieß ein drohendes Gelächter aus.

Die Prinzessin wich zurück. »Du wirst nie wieder zur Domäne zurückkehren, und du wirst keine Erben haben.«

»Ihr seid doch so gut«, spottete der Prinz, »daß euer gutes Herz es euch erlaubt, einen Menschen in einen Käfig zu sperren wie ein wildes Tier.«

»Mein Vater hat versprochen, daß du in eine Wohnung umziehst, sobald sie fertiggestellt ist.«

»Ein bequemeres Gefängnis«, sagte er. »Ein bißchen privater.«

»Trotzdem, wenn es etwas gibt, was ich für dich tun kann ...«

»Ich kann euer vegetarisches Essen nicht ausstehen«, sagte er. »Ich möchte Fleisch.«

»Fleisch?« fragte sie angeekelt.

Der Prinz genoß ihre Reaktion und fuhr fort: »Fleisch von einem Wild zum Beispiel. Die Keule eines Hasen oder eines Rehs. Bluttriefend und noch warm. Weich ... Oder einen Auerhahn, den man bei lebendigem Leib gerupft und ihm dann den Kopf abgeschlagen hat, auf einen Spieß gesteckt und über einem Feuer gedreht und gedreht ...«

Die Prinzessin floh. Diese Dinge in den geheimen Büchern zu lesen, war etwas ganz anderes, als sie ausgesprochen zu hören, denn der Ton der Stimme verlieh ihnen eine Realität, daß sie fast zu spüren und zu riechen waren.

»Ich möchte sofort eine Rinderzunge!« schrie er ihr nach. »Ziegenhirn! Schildkrötensuppe!«

Sie rannte, bis sie seine Stimme nicht mehr hörte. Sie rannte zur Toilette und erbrach sich. Danach fühlte sie sich leichter. Von weitem hörte sie noch sein Schreien und Lachen. Nein, sie würde ihn nicht mehr besuchen. Nie mehr. Doch plötzlich sah sie ihn wieder vor sich, wie sie ihn damals gesehen hatte, als er noch ein Kind gewesen war und durch den Riß in der Mauer gespäht hatte. Sie spürte wieder dieses seltsame Hingezogensein, das sie seit damals nicht mehr empfunden hatte, ein Verlangen, ihn wiederzusehen, in seiner Nähe zu sein. Warum? Vielleicht wegen seiner blitzenden schwarzen Augen? Er ist so anders, dachte sie, so ganz anders. Ob er wohl immer so »böse« bleibt? So nicht-gut? Das konnte nicht sein. Er mußte sich ändern, sonst würde er die meiste Zeit seines Lebens eingesperrt verbringen. Sie mußte ihm helfen, sich zu ändern, damit er freikam. Er mußte anders werden. Anders? dachte sie. So wie all die jungen Männer, die ich kenne? Nein! So viel werden wir nicht von ihm verlangen. Er darf nur die Domäne nicht verlassen. Und wenn er sie verläßt, darf er niemanden verletzen. Und er darf nicht mehr dieses »schlimme« Lachen lachen, das sich so nicht-gut anhört, dachte sie. Jetzt würde es ihr nicht gelingen, ihren Vater zu überreden, und es wäre auch sinnlos. Der Prinz würde sein Versprechen wirklich nicht halten. Aber in ein paar Jahren würde er es vielleicht selbst einsehen.

Sie wußte plötzlich, daß er fliehen würde. Aber wie? Sie hatte keine Ahnung. Und wenn nicht, würde sie vielleicht etwas tun können, wenn sie das Königreich erbte. Doch dann würde auch sie sich verändert haben, und die Verantwortung würde sie dazu zwingen, sich diesem Prinzen gegenüber so zu verhalten, wie es ihr Vater tat. Aber vielleicht würde er bis dahin fliehen.

4. KAPITEL
DIE ENTFÜHRUNG

Die Nachricht schlug ein wie ein Blitz. Manche im Palast flüsterten – und das Gerücht ging von einem zum anderen –, der Lehrer habe sich verlaufen und die Grenzen des Königreiches überschritten, doch ein Lehrer zur Wahrung des Vermächtnisses konnte sich nicht irren. Andere sagten, er habe es anfangs mit Absicht getan, um den Schülern den ganz besonderen Pflanzenwuchs am Rand des Drachenwaldes zu zeigen. Der Bote, der die entsetzliche Nachricht brachte, war Tag und Nacht geritten, hatte sein Pferd an der Pferdetauschstation gewechselt und erreichte daher das Schloß lange vor der Rückkehr der Lehrer und Schüler. Der König wartete voller Sorge. Er hielt es für sinnlos, eine Ratssitzung einzuberufen und über die zu ergreifenden Maßnahmen zu beschließen, solange man keine Einzelheiten wußte. Trotzdem saß er den ganzen Tag mit dem Haushofmeister zusammen, und beide überlegten, was wohl passiert sein könnte. Der Haushofmeister sprach dem König zwar keinen Mut zu, doch alles, was er sagte, hatte Hand und Fuß. Auch nach der Rückkehr der Lehrer und Schüler, meinte er, werde man nicht viel mehr wissen als jetzt. Es gab nur eine entscheidende Tatsache – die Prinzessin, die Erbin des Reiches, war verschwunden! Um Zeit zu sparen, um den Eindruck von Aktivität zu erwecken und um die kranke Mutter ein bißchen zu beruhigen, rief der König eine Ratsversammlung ein und schlug vor, man solle ihm und einem der Minister die Vollmacht zur Behandlung des Problems übertragen. Die Regierung stimmte dem Vorschlag des Königs zu. Dieses Vorgehen war durchaus üblich, auch bei Dingen, die den König selbst weniger betrafen. Man konnte zwar nicht sagen, er sei der Alleinherrscher und die Ratsversammlung erteile allen seinen Entscheidungen ihre Zustimmung, aber die Ratsversammlung konnte auch nichts gegen den Willen oder ohne die Zustimmung des Königs tun. Und in diesem Fall gab es sowieso keine Zweifel.

Am Tag, als die Schüler zurückkehrten, wurden alle vorgeladen, um ihre Aussagen zu machen. Diese ergaben nicht viel, wie zu erwarten gewesen war. Nach einem langen und ereignisreichen Tag hatten in jener Nacht alle tief und fest geschlafen, im ganzen Lager war niemand wach gewesen. Der verantwortliche Lehrer war ein junger, gelehrter Mann, einer der drei Lehrer zur Wahrung des Vermächtnisses. Er glaubte nicht, daß die Prinzessin von einem Drachen geraubt worden war, denn ihr Zelt hatte mitten im Lager gestanden. Es war höchst unwahrscheinlich, daß ein Drache ausgerechnet auf sie verfallen wäre. Die Schüler hatten nichts gehört, und der König entließ sie bald. Sie verabschiedeten sich mit einem traurigen Lächeln von ihm. Auch das Lächeln des Königs war traurig und sorgenvoll. Als sie allein waren, der König, der Haushofmeister und der Lehrer, bat letzterer mit einem herzzerreißenden Lächeln um die Erlaubnis zu sprechen. Er sagte: »Ich habe alle Möglichkeiten erwogen, und ich hatte unterwegs viel Zeit. Meiner Meinung nach wurde Eure Tochter entführt, Herr König.«

»Von wem?«

»Von den Schweigern«, antwortete der Lehrer.

Im Ostreich wußte man von zwei Stämmen von Schweigern. Es gab einen kleinen, verstreut lebenden Stamm von Schweigern mit einer sehr blassen Haut, die auf der östlichen Seite der Nebelschlucht lebten, das heißt, zwischen der Schlucht und der Grenze zum Ostreich. Der andere Stamm bestand, wollte man alten Untersuchungen glauben, aus mehreren Zweigen gelbhäutiger Mitglieder. Sie lebten auf der anderen Seite der Schlucht, zwischen ihr und der Grenze des Westreiches.

»Meinst du die weißen Schweiger?« fragte der Haushofmeister.

»Ich kann mir kaum vorstellen, daß es die gelben waren«, sagte der Lehrer. »Ich habe noch nie etwas davon gelesen, daß sie die Schlucht überquert hätten, obwohl es in den geheimen Dokumenten für möglich gehalten wird. Doch bestimmt hat noch nie jemand von ihnen die Grenzen unseres Landes überschritten, denn ihre Religion verbietet ihnen das bei strengen Strafen.«

»Du hast die Grenze unseres Landes überschritten und bist in den Wald gezogen«, erinnerte ihn der Haushofmeister.

»Das stimmt«, sagte der Lehrer mit einem schmerzlichen Lächeln.

»Meinst du, daß sie von vornherein vorhatten, die Erbin des Reiches zu entführen?« fragte der König.

»Das glaube ich kaum«, sagte der Lehrer. »Ich nehme eher an, daß sie vorhatten, eine möglichst hochstehende Person zu entführen.«

»Doch wozu?« rief der König, ohne zu lächeln.

»Sicher haben sie die Erbin des Reiches nicht für sich selbst entführt, Herr König, sondern sie taten es, um jemand anderem zu dienen.«

»Welchem ›jemand‹? Wen meinst du damit?« fragte der König besorgt.

»Ich meine damit das Westreich«, sagte der Lehrer.

Der König und der Haushofmeister schwiegen einen Moment. Sie versuchten, diesen schrecklichen Gedanken aufzunehmen.

»Warum?« fragte der König dann.

»Diese Frage kann ich nicht beantworten, Herr König«, sagte der Lehrer. »Wir sind unfähig, uns in ihre Gedankengänge einzufühlen, zu wissen, unter welchen Bedingungen sie auf eine solche Idee gekommen sein können. Wir können uns das einfach nicht vorstellen.«

»Was könnte es zum Beispiel sein?« fragte der König.

»Darf ich ein geheimes Wort benutzen?«

»Bitte.«

»Es heißt Grausamkeit«, sagte der Lehrer.

Der Haushofmeister bat nicht um eine Erklärung dieses Wortes. Vielleicht war es in dem sprachwissenschaftlichen Aufsatz über den Prinzen in den »Veröffentlichungen der Akademie für Anstand und Sitten« vorgekommen, doch der Haushofmeister hielt sich modischen Strömungen fern.

»Ich hoffe, es ist nur Grausamkeit und nichts anderes«, sagte der König.

»Werdet Ihr eine Rettungsmannschaft ausschicken, Herr König?«

»Ja«, sagte der König. »Ihre Aufgabe wird nicht nur sein, meine Tochter zurückzubringen, wenn sie noch am Leben ist, sondern auch herauszufinden, was sich hinter der Entführung verbirgt und welche bösen Absichten der König des Westreiches hegt.«

»Böse Absichten?« fragte der Haushofmeister. »Was ist das?«

»Das bedeutet nicht-gute Pläne«, erklärte der Lehrer das zweite geheime Wort, das bei diesem Treffen fiel.

»Ich verstehe«, sagte der Haushofmeister.

Der König wandte sich an den Lehrer. »Was schlägst du vor? Sollen wir eine kleine Delegation ausschicken oder eine große?« fragte der König.

»Die Entführer sind in jeder Hinsicht sehr weit gegangen, Herr König«, sagte der Lehrer. »Und wenn unsere Vermutungen stimmen, könnte es sein, daß die Delegation die Nebelschlucht durchqueren muß, und eine große Gruppe würde das nicht schaffen. Ich schlage eine kleine Delegation von zwei oder drei Personen vor, von denen einer ein Lehrer zur Wahrung der Überlieferung sein muß, der das Geheimnis der Überquerung kennt.«

»Gut«, meinte der König und erklärte dem erstaunten Haushofmeister, daß er und die drei Lehrer zur Wahrung der Überlieferung wüßten, wie man die Schlucht überquert. Das sei das bestgehütete Geheimnis, und alle vier seien verdammt, das Geheimnis zu wahren.

»Verdammt?« fragte der Haushofmeister.

»Wenn einer von uns versucht, das Geheimnis zu verraten, hört sein Verstand im selben Moment auf zu arbeiten, und er wird zu seinen Vätern versammelt«, sagte der Lehrer.

Laut einem alten Abkommen wurden jeder König des Ostreiches und drei Lehrer zur Wahrung der Überlieferung zum Heiligtum der weißen Schweiger gebracht und dort dem Einfluß der Drachenkrone ausgesetzt, dem größten Heiligtum der Schweiger. Ohne daß sie erfuhren, wie es geschah, kamen sie zurück mit dem Wissen um die Möglichkeit, die Schlucht zu überqueren. Und sie wußten, daß jeder Versuch, das Geheimnis zu verraten, ihren sofortigen Tod zur Folge hätte. Einen anderen Menschen könnten sie auch nur dann mitnehmen, wenn er betäubt wäre. Der Einfluß der Drachenkrone war die spirituelle Transmission, von der der König und die Königin der Prinzessin erzählt hatten, als sie ein kleines Mädchen war, und die auch sie eines Tages erleben würde, wenn sie Königin würde. Falls sie überhaupt lebendig zurückkehrte.

»Wenn meine Unwissenheit in diesen Dingen nicht hinderlich ist«, sagte der Haushofmeister, »dann möchte ich mich freiwillig für die Delegation zur Verfügung stellen, Herr König.«

»Ich habe gehofft, daß du dich freiwillig anbieten würdest«, sagte der König und lächelte ihm ermutigend zu. »Ich hätte mich auf alle Fälle an dich gewandt, Haushofmeister.«

»Ich werde Eure Worte nie vergessen, Herr König«, sagte der Haushofmeister, stand auf und senkte den Kopf zum Zeichen der Dankbarkeit.

»Setz dich bitte«, bat der König.

Der Haushofmeister setzte sich wieder.

»Ich kenne das Geheimnis und bin verantwortlich für meine Schülerin«, sagte der Lehrer und lächelte entschieden, »deshalb bitte ich Euch, mich ebenfalls teilnehmen zu lassen, mein König.«

»Ich habe schon überlegt, ob ich mich an dich oder an einen der beiden anderen Lehrer zur Wahrung der Überlieferung wende«, sagte der König, »und ich habe beschlossen, deinen Vorschlag anzunehmen. Ich ernenne dich zum Haupt der Delegation, da du der einzige Wissende bist. Deshalb bitte ich dich auch, das dritte Mitglied der Delegation vorzuschlagen.«

»Ich hätte einen ganz ausgefallenen Vorschlag, einen, der sich seltsam anhört und vielleicht sogar nicht ganz anständig.«

»Bitte«, sagte der König.

»Es gibt nur einen Menschen in unserem Reich, Herr König, der den Schwierigkeiten, die uns unterwegs begegnen können, gewachsen ist und ohne den keine Delegation außerhalb unseres Landes erfolgreich sein wird.«

»Weiter«, sagte der König.

»Derjenige, den man den ›schwarzen Prinzen‹ nennt.«

Einen Moment schwiegen alle drei. Schließlich sagte der König: »Mir scheint, es gibt keine andere Möglichkeit.« Er wandte sich an den Haushofmeister. »Was meinst du?«

»Ich ...«, stammelte der Haushofmeister. Die Worte blieben ihm vor Schreck im Hals stecken. Er war sicher gewesen, der König würde sich diesem Vorschlag widersetzen.

Sie warteten auf die Antwort des Haushofmeisters. Er überlegte lange, doch dann stimmte er zu. »Wenn es notwendig ist, um die Prinzessin zu retten und den ›bösen Plan‹ zu durchkreuzen«, mutig benutzte er das geheime Wort, »dann bin ich bereit, sogar mit ihm zu gehen. Wer wird mit ihm sprechen?«

»Ich werde diese Aufgabe übernehmen«, sagte der Lehrer, »doch zuvor erbitte ich Eure Anweisungen, mein König.«

Der König nickte zustimmend.

»Könntest du eine Liste der Dinge machen, die wir mitnehmen müssen?« fragte der Lehrer den Haushofmeister. »Ich möchte mit dieser Aufgabe keinen anderen betrauen. Natürlich nur, wenn du ...«

»Nein«, sagte der Haushofmeister, »natürlich lasse ich sofort alles andere liegen. Ich denke, wir brauchen Pferde. Wieviel Lasttiere werden wir mitnehmen?«

»Leider werden wir nicht mehr als sechs Pferde mitnehmen können«, sagte der Lehrer. »Das heißt, ein Reitpferd und eines für die Lasten für jeden von uns. Die Ausrüstung des Prinzen brauchen wir natürlich nicht vorzubereiten.«

»Hat es mit der Durchquerung der Nebelschlucht zu tun, daß wir nicht mehr Pferde nehmen können?« fragte der Haushofmeister.

»Ihr wollt, daß ich die Königstochter suche, nicht wahr?« Er lachte böse und fügte spöttisch hinzu: »Warum schickt ihr nicht eure Aufseher mit den Netzen oder versucht, sie mit Hilfe eures guten Herzens und eures höflichen, scheinheiligen Lächelns zu befreien?«

Der Lehrer gab keine Antwort, und der Prinz lachte noch lauter.

»Und ich muß wohl versprechen, daß ich zurückkehre zu meiner Domäne und meinem Schloß und zu den drei Dienern mit ihren Panzern und den beiden besten Köchen des Landes, die Fleisch zubereiten können. Aber was macht ihr, wenn ich es vorziehe, nicht zurückzukommen und beispielsweise bei den Schweigern zu bleiben?«

»Soweit wir wissen, würden sie nie jemanden aufnehmen, der aus dem Westreich stammt«, sagte der Lehrer.

»Und wenn ich zurückkomme, euch aber nicht die Königstochter ausliefere? Oder wenn ich alles tue, was in meiner Macht steht, aber ohne sie zurückkomme? Oder wenn ich meinen Besitz und meine Freiheit zurückbekomme und wieder die Hauptstadt besuche und, zum Beispiel, jeden schlage, der mich höflich und gutherzig anlächelt – werdet ihr mich dann wieder einsperren?«

»Ich habe vom König ausdrücklich Anweisungen bekommen, das Abkommen nicht um jeden Preis zu schließen«, sagte der Lehrer. »Du wirst dein Versprechen halten müssen. Wenn nicht, wirst du wieder festgenommen.«

»Ich werde mir die Sache überlegen«, sagte der Prinz. »Komm in einer Woche wieder zu mir.«

»In einer Woche?« rief der Lehrer. »Das ist doch ...«

»Das ist alles«, sagte der Prinz.

Nach einer Woche nahm der Prinz den Vorschlag an und wurde freigelassen. In einem Monat ab dem Tag seiner Freilassung sei er bereit, mit der Delegation abzureisen, teilte er mit. Vergeblich redeten der Lehrer und der Haushofmeister auf ihn ein, er lachte ihnen nur frech ins Gesicht und kehrte in sein Schloß zurück.

Einen Monat lang trainierte er. Jeden Morgen übte er Bogenschießen, außerdem Steinewerfen mit der Hand oder der Schleuder und Messerwerfen. Dann zog er los, um das Wild zu jagen, das sich während seiner Abwesenheit sehr vermehrt hatte. Und jedesmal, wenn er sich an den Auftrag des Königs des Ostreiches, seines Erzfeindes, erinnerte, brach er in böses Gelächter aus. Wenn sein Lachen durch den Wald hallte und als Echo zurückgeworfen wurde, flohen die Tiere und rannten um ihr Leben. Der Prinz übte mit seinen mechanischen Trainern auch eifrig den Kampf mit Schwert und Degen, etwas, was er seit dem Tod seines Großvaters nicht mehr getan hatte. Nachts schmiedete er süße Pläne, wie er sich für die Gefangenschaft seines Vaters und seinen Tod in den Drachenwäldern an dem König rächen könnte, und die ganze Zeit über überlegte er, auf welche Art sich die Prophezeiung wohl erfüllen könnte und welches sein eigener Anteil dabei wäre. Lebte die Prinzessin noch? Obwohl er vor wenigen Monaten mit ihr gesprochen hatte und sie eine junge Frau geworden war, sah er, wenn er an sie dachte, immer das kleine Mädchen von damals vor sich, das durch den Spalt in der Mauer geschaut hatte. Und dann erinnerte er sich an ihr Lächeln, als sie zu seinem Käfig gekommen war, und an das Gefühl, das ihr Lächeln in ihm bewirkt hatte. Diese beiden Erinnerungen weckten seine Wut, die er dann mit einem heftigen, unerwarteten Schlag an einem seiner Diener ausließ, so daß dieser schwankte und zu Boden stürzte.

Der Sohn deines Sohnes wird es sein,
dessen Sonne über dem Ostreich lacht.
Doch all seine künftige Macht
trifft erst nach der Drachenkrone ein.

Das war die neue Prophezeiung, die er von seinem Großvater erfahren hatte. Dieser wiederum hatte sie von einer alten Schweigerin erhalten, als er die Schweiger in den Drachenwäldern aufgesucht hatte, um ihnen die Felle erjagter Tiere zu verkaufen. Die Prophezeiung war klar und deutlich, doch wer konnte wissen, wieviel Wahrheit in ihr steckte. Der Anfang war jedenfalls klar, und sein Großvater hatte nie an dieser Aussage gezweifelt, doch den zweiten Teil konnte er sich nicht erklären.

Eine Drachenkrone stand im Mittelpunkt der alten Geschichte über seinen Vorfahren, den ersten schwarzen Prinzen. Er war hierhergekommen wegen einer ganz ähnlichen Prophezeiung, die sich auf einen Nachfahren bezog. Die neue bestätigte die alte, doch diesmal bezog sie sich direkt auf ihn. Aber konnte er seinem Großvater glauben? Vielleicht hatte er die zweite Prophezeiung nur erfunden, um ihn zu einem Versuch, das Reich zu erobern, anzustacheln? Doch wie sollte er das Reich allein erobern? Der Großvater war sicher gewesen, daß ihn die Schweiger nie durch die Schlucht ins Westreich bringen würden. Es lohnte sich noch nicht einmal, darüber nachzudenken, denn sein Großvater hatte es oft genug versucht, mit Überredung, Bestechung, Betrug, doch immer vergebens. Ein ganzes Jahr lang hatte er sich in der Nähe der Schlucht herumgetrieben, in der Hoffnung, er könne erfahren, wie sie hinübergingen.

Doch das taten sie nie. Vielleicht hatten sie auf eine unerklärliche Art seine Anwesenheit gespürt. Der Prinz hatte nicht die Absicht, sie so lange zu belauern wie sein Großvater. Auch keinen Monat würde er das tun, noch nicht mal eine Woche.

Eine Drachenkrone war der Preis gewesen, den der erste schwarze Prinz für die Durchquerung hatte bezahlen müssen, doch als er den Schweigern noch eine Krone für seine Rückkehr ins Westreich angeboten hatte, hatten sie abgelehnt. Auch nicht für zehn Kronen. Sie bewahrten noch immer jene alte Krone und vererbten sie von Generation zu Generation. Sie hatten den Großvater gewarnt, einen Drachen anzurühren, sonst würden sie ihn töten. Daraufhin hatte der Großvater versucht, den Aufbewahrungsort der alten Krone herauszufinden, um sie zu vernichten. Das hätte die Schweiger gezwungen, auf seinen Vorschlag einzugehen. Doch er hatte keine Spur von der Krone entdeckt. Er hatte oft davon gesprochen, wie wenige weiße Schweiger es gab. Manchmal war er, wenn er sie suchte, um ihnen Felle zu verkaufen, unverrichteter Dinge wieder mit der Ware zum Schloß zurückgekommen, weil er sie nicht gefunden hatte.

Die Drachenkrone war in der Prophezeiung als wichtigste Bedingung genannt. Der Satz war sehr kurz, und es war überhaupt nicht klar, ob man ihm Glauben schenken sollte. Doch der junge Prinz war von der hartnäckigen Überzeugung seines Großvaters angesteckt. Er hatte ihn gut genug gekannt, um zu wissen, daß er ein kluger und gerissener Mann gewesen war. Nie hätte er einem sinnlosen Spruch geglaubt.

»Trifft nur nach der Drachenkrone ein ...« Das hieß, daß er zuerst eine Drachenkrone in den Händen halten müßte. Er würde, trotz der Drohungen der Schweiger, einen Drachen jagen müssen. Und was sollte er dann mit dieser Krone tun? Zuerst mußte er eine haben, dann würde sich alles andere finden. Und wie jagte man einen Drachen? Dieser dumme, bucklige Alte, dachte der Prinz zornig und warf einen Blick auf das Porträt seines Großvaters, das ihm gegenüber am Rand der langen Reihe von Porträts seiner Vorväter hing. Warum hat mir Großvater das Geheimnis nicht verraten, als ich noch ein Junge war? Warum hat er mir nicht alles erzählt?

Der Prinz verließ sich auf niemanden, nur auf sich selbst. Darin war er seinem Großvater ähnlich. Auf wen hätte er sich auch verlassen können? Er lebte, abgesehen von den Dienern, allein auf dem Schloß, umgeben von den Porträts seiner Vorväter. Sein prachtvolles Gefängnis im Palast des Königs fiel ihm ein, die verschlossene Tür ... Wut stieg in ihm auf. Wer hatte eigentlich all diese Männer geboren, deren Bilder hier an den Wänden hingen? Und was war mit den Mädchen passiert, die hier geboren worden waren? Es gab niemanden, den er hätte fragen können. Immer hatte der Großvater ihn so behandelt, als wäre er noch zu jung und könne noch nicht schweigen. Und vermutlich hatte er gedacht, er selbst würde ewig leben. Aber der Schlag hatte ihn getroffen, es blieb ihm keine Zeit mehr, die Geheimnisse weiterzugeben. Der Prinz hatte nichts in der Hinterlassenschaft gefunden, nichts Schriftliches. Gab es diese seltsamen Geschöpfe überhaupt, diese Drachen auf dem großen Bild im Arbeitszimmer seines Großvaters? Bei den zahlreichen ungesetzlichen Jagden, die er zusammen mit seinem Großvater in den Drachenwäldern unternommen hatte, hatte er nie einen gesehen, auch keine Spuren eines Drachen. Vielleicht sind wir nicht weit genug in die Wälder gezogen, dachte er.

Der Tag war gekommen, und der Prinz teilte mit, nun sei er bereit, sich mit der Delegation auf die Reise zu begeben. Der Haushofmeister und der Lehrer waren schon lange reisefertig, und mit ihnen die vier Pferde, zwei zum Reiten und zwei für die Ausrüstung. Der Prinz ritt auf seinem berüchtigten Pferd und führte ein anderes, das noch bösartiger war, schneller biß und um sich trat.

Alle wünschten ihnen eine erfolgreiche Reise und lächelten ihnen zu, die Familien des Haushofmeisters und des Lehrers umarmten und küßten ihre Männer und weinten beim Abschied, denn die Reise würde lange dauern, und im Drachenwald lauerten viele Gefahren. Noch nie war jemand von ihnen so weit weggewesen.

Nachdem sie sich auch noch vom König verabschiedet hatten, ritten sie über die Hauptstraße der Hauptstadt. Die Menschen klatschen ihnen Beifall und warfen Blumen. Der Prinz ärgerte sich darüber so sehr, daß er anfing zu schreien und zu fluchen. Er schnitt Grimassen und spuckte auf das Publikum und machte unanständige Handbewegungen. Und dann geschah etwas völlig Unerwartetes. Eine Gruppe von Studenten folgte ihnen jubelnd und sang aus voller Kehle ein verbotenes Lied, das vor einiger Zeit heimlich von einem zum anderen gegangen war, zusammen mit Broschüren, in denen die Flüche und verbotenen Wörter aufgezeichnet waren, die der Prinz ausgesprochen hatte, als er noch im Käfig eingesperrt gewesen war. Sogar Rezepte für Wildfleisch und für das Fleisch von Haustieren waren darin. Diese Broschüren wurden für viel Geld verkauft, und ihr unbekannter Herausgeber war sicherlich innerhalb kürzester Zeit reich geworden.

Die jungen Leute sangen:

»Hara, hara, hara,
hat ein Kuh gefressen, eine Kuh,
fraß ihren Schenkel, ihre Zunge,
er schnitt mit der Säge und fraß mit der Heugabel.«

Das Lied über die Roheit des Prinzen hatte noch viele Verse, und die Eltern und Lehrer erzitterten beim Anhören der vielen geheimen Wörter und beim Anblick der Wildheit und Anarchie in den Straßen der Hauptstadt, im Beisein des Königs und seiner Minister und im Beisein von kleinen Kindern. Nur der Prinz lachte und klatschte Beifall. Er hatte nicht gewußt, daß es Anhänger im Königreich gab. Sogar eine Untergrundbewegung, die seine Sprüche verbreitete.

Nachdem sie die Stadt verlassen hatten, ritt der Prinz voraus, und die Staubwolke, die seine Pferde aufwirbelten, senkte sich über seine Reisegefährten. Als die beiden verstanden, welches Vergnügen es dem Prinzen machte, daß sie seinen Staub schlucken mußten, blieben sie zurück und ritten in weitem Abstand von ihm.

»Ist es das, was das Wort ›Grausamkeit‹ meint?« fragte der Haushofmeister.

»Ich glaube, das Wort ›Grausamkeit‹ gehört zu ›böseren‹ Dingen«, antwortete der Lehrer. »Handlungen, die mit körperlichen und seelischen Schmerzen zu tun haben. Das hier ist vielleicht nur ›Herzlosigkeit‹.«

Der Haushofmeister lächelte besorgt.

Und so machten sie sich auf den Weg zur Westgrenze des Reiches, drei Reiter mit drei Lastpferden. Auf ihnen ruhten die Hoffnungen des Königs und des ganzen Volkes.

5. KAPITEL
DIE DRACHENWÄLDER

Nachdem sie die Grenze hinter sich gelassen und westwärts geritten waren, konnte der Prinz nicht länger vorausreiten, denn nur der Lehrer kannte den Weg. Er führte sie durch ausgedehnte Wälder, auf schmalen Brükken über Bäche, durch Büsche und durch Täler zwischen niedrigen Hügeln, die nun, im Frühling, dicht mit Pflanzen bewachsen waren. Hier gab es keinen Staub, und der Prinz brauchte ihre Rache nicht zu fürchten. Es kam ihm nicht in den Sinn, daß der Lehrer und der Haushofmeister sich für sein Verhalten nicht rächen wollten und daß sich – außer der Tatsache, daß sie nun vorne ritten und er hinten – an der allgemeinen Situation nichts geändert hatte. Der Haushofmeister und der Lehrer ruhten sich ab und zu aus, dicht nebeneinander sitzend, und aßen gemeinsam. Sie machten sich ein Lagerfeuer und kochten ihr Mahl aus Gemüse und verschiedenen Gräsern. Sie sammelten Früchte, die sie gerne aßen, Pilze und verschiedene Beeren und duftende Wurzeln, die der Lehrer kannte und die es in ihrem Land nicht gab.

Der Prinz achtete auf den Abstand zwischen sich und den anderen. Er aß und trank allein. Um die Wahrheit zu sagen, auch der Haushofmeister und der Lehrer achteten auf den Abstand und vergrößerten ihn vor den Mahlzeiten sogar, als ihnen der Verdacht kam, der »Böse«, so nannten sie ihn unter sich, denn niemand konnte hier das geheime Wort hören, könnte Tiere jagen und, nachdem er sie getötet hatte, ihr Fleisch braten. Sie zogen es vor, nicht daran zu denken und nicht so nahe zu sein, daß sie riechen könnten, welches Mahl er sich bereitete. Deshalb suchten sie ihren Lagerplatz auch immer so aus, daß der Wind von ihnen zu dem Prinzen hinüberwehte und nicht umgekehrt.

Ähnlich war die Situation zwischen den Pferden. Wenn die Pferde des Prinzen sich den anderen Pferden näherten, dann nur, um zu beißen und zu treten. Die Pferde des Haushofmeisters und des Lehrers, die gesellig waren wie alle Tiere im Ostreich, versuchten anfänglich, sich den Pferden des Prinzen zu nähern, doch sie lernten schnell aus der schlechten Erfahrung und blieben ihnen dann fern.

Nur einmal konnte es sich der Lehrer nicht verkneifen und rief laut: »Wenn er jagt, so ist das keine besondere Leistung, denn die Tiere kommen vertrauensvoll zu den Menschen hin.«

»Ich habe gehört, daß er das auch auf der Domäne gemacht hat«, meinte der Haushofmeister.

»Ja«, sagte der Lehrer, noch immer mit lauter Stimme. »In seiner Abwesenheit haben wir die Domäne untersucht und herausgefunden, daß die wilden Tiere dort vor unseren Forschern wegliefen, auch wenn sie ihr Lieblingsfutter in den Händen hielten. Es wurde ein sehr interessanter Aufsatz darüber veröffentlicht.« Der Lehrer hustete, weil ihm Rauch vom Lagerfeuer in die Kehle kam.

Dem Lehrer und dem Haushofmeister gelang es nicht, den Prinzen in ein Gespräch zu verwickeln, und das lag nicht an der Entfernung zwischen den beiden Lagerfeuern. Genaugenommen hatten sie seit Beginn ihrer Reise kaum ein Wort miteinander gewechselt.

Inzwischen waren zehn Tage vergangen, und noch immer hatte sich nichts geändert. Sie hatten keine Spur von irgendwelchen Ansiedlungen entdeckt, noch nicht einmal einen befestigten Weg, der einen Hinweis auf das Vorhandensein von Schweigern gegeben hätte. Vergeblich suchten sie ein Zeichen dieser menschenähnlichen Geschöpfe, mit deren Hilfe – gegen angemessene Bezahlung – sie der Lösung ihres Problems näherzukommen hofften. Von den Schweigern könnten sie etwas über das Schicksal der Thronfolgerin erfahren, falls diese nicht an der Entführung beteiligt waren, und natürlich hofften sie auch, sie würden sie durch die Schlucht bringen. Der Prinz wußte nichts von der Möglichkeit, ohne Hilfe der Schweiger durch die Nebelschlucht zu kommen, und es wäre besser, er würde es auch nicht erfahren.

Oft verließ der Prinz den Lehrer und den Haushofmeister und ritt in eine Richtung, in der er ein Zeichen für Bewohner zu sehen geglaubt hatte, doch jedesmal war es vergeblich.

Je weiter sie sich von der Grenze entfernten und je tiefer sie in die Wälder eindrangen, um so wilder und dichter wurden diese. Nachts hörten sie die Geräusche wilder Tiere, von denen nur der Lehrer wußte, wie sie hießen und wie sie sich verhielten. Oft saß der Lehrer am Lagerfeuer, blätterte in seinen Büchern und führte Listen. Der Haushofmeister, von Natur aus neugierig, setzte sich dann neben ihn, und der Lehrer zeigte ihm Zeichnungen, die teilweise nur auf Annahmen beruhten, von diesen und anderen Tieren, die es in ihrem Land und den angrenzenden Gebieten nicht gab.

»Weißt du«, sagte der Haushofmeister eines Nachts, als sie am Feuer saßen und den Stimmen der Tiere lauschten, »in der letzten Zeit ist mir aufgefallen, daß die Tiere, die wir unterwegs treffen, einen gewissen Abstand zu uns halten und bei einer plötzlichen Bewegung oder dem Wiehern unserer Pferde erschrocken fliehen.«

»Stimmt«, sagte der Lehrer. »Jetzt, wo du es sagst, erinnere ich mich, daß es auch mir aufgefallen ist, aber ich habe nicht weiter darüber nachgedacht. Erst heute ist eine Herde von Rehhunden vor uns weggelaufen, und heute abend habe ich vergeblich versucht, ein Blauhörnchen zu locken, daß es mir Körner aus der Hand frißt.«

»Ich fange an zu glauben, daß die Schweiger hier jagen«, sagte der Haushofmeister.

»Das ist die einzige Erklärung«, meinte der Lehrer.

Sie riefen den Prinzen und trafen sich mit ihm zwischen den beiden Lagerfeuern. Zu dritt setzten sie sich auf die Erde, und der Lehrer erzählte, was sie beobachtet hatten und welche Schlüsse sie daraus zogen.

»Wir reiten schon eine Woche durch das Jagdgebiet der Schweiger«, sagte der Prinz verächtlich. »Ihr habt gehofft, daß sie uns durch die Schlucht führen, nicht wahr?« Er stieß ein spöttisches Lachen aus.

»Wenn es stimmt, was du sagst, haben sie wohl nicht vor, sich uns zu zeigen«, sagte der Lehrer.

»Das bedeutet dann auch, daß sie irgend etwas mit der Entführung der Prinzessin zu tun haben«, fügte der Haushofmeister hinzu.

Damit beendeten sie das Gespräch und gingen zu ihren Feuern zurück. Das Gesicht des Lehrers hatte einen besorgten Ausdruck angenommen, der auch in den folgenden Tagen nicht von ihm wich, bis sie eines Nachts ein durchdringendes und markerschütterndes Heulen hörten. Der Lehrer sprang auf und sagte: »Das ist der wilde Drache.«

Dem Haushofmeister schien es, als verwandle sich der Gesichtsausdruck seines Freundes und zeige Befriedigung, ja fast Freude.

»Bist du zufrieden?« fragte er.

»Ja«, flüsterte der Lehrer geheimnisvoll, »doch frage bitte nicht weiter.«

Am nächsten Tag hielt der Lehrer die Pferde hinter einem dichten Gestrüpp an und wartete auf den Prinzen, der bei diesem unerwarteten Zusammentreffen erstaunt stehenblieb. Der Lehrer wandte sich an ihn und fragte: »Hast du schon einmal die Stimme des wilden Drachen gehört?«

Der Prinz gab keine Antwort. Warum stellte ihm der Lehrer eine solche Frage? Was geht es ihn an, ob ich schon einmal einen wilden Drachen gehört habe? dachte er.

»Weißt du, wovon ich rede?« fragte der Lehrer beunruhigt.

Der Prinz dachte an seinen Großvater und an dessen Arbeitszimmer. Das Bild des riesigen Drachen war fest in sein Gedächtnis gegraben. Noch immer gab er keine Antwort.

»Dein Großvater hat doch sicherlich etwas davon gewußt«, fuhr der Lehrer fort.

Das Pferd des Prinzen trat nach dem Pferd des Lehrers, und dieses machte einen Satz zur Seite, um seine Haut zu retten. So endete das Gespräch, und die Reiter entfernten sich wieder voneinander.

»Sind sie gefährlich?« fragte der Haushofmeister.

»Das ist schwer zu sagen«, antwortete der Lehrer und versuchte, sein Pferd zu beruhigen. »Ich habe nirgendwo klare Aussagen über diese Tiere gefunden, vielleicht deshalb, weil niemand etwas über sie weiß. Eines stand jedoch in jedem Bericht, in dem die Drachen erwähnt wurden – man kann nicht wissen, wann sie angreifen, und man weiß nicht, ob sie Pflanzen- oder Fleischfresser sind oder ob sie im allgemeinen Pflanzen fressen und manchmal, ganz selten, auch Fleisch, vielleicht in ihrer Paarungszeit.«

»Warum hast du versucht, mit dem Prinzen darüber zu sprechen?«

Der Lehrer wurde rot und gab dem Haushofmeister keine Antwort auf seine Frage.

In der Nacht, als sie wie immer ihr Lager aufgeschlagen hatten, hörten sie wieder das schreckliche Heulen, und diesmal schien es näher zu sein.

»Vielleicht verfolgen sie uns?« fragte der Haushofmeister.

»Ich weiß es nicht«, antwortete der Lehrer. »Doch es wäre besser, Wache zu halten.«

»Ja«, antwortete der Haushofmeister. »Teilen wir die Nacht in drei Wachen ein und ändern jede Nacht die Reihenfolge.«

Sie gingen, um den Prinzen in dem dunklen Bereich zwischen den Lagerfeuern zu treffen, und teilten ihm ihren Vorschlag mit. Der Prinz brach in Gelächter aus.

»Willst du dich nicht an der Wache beteiligen?« fragte der Haushofmeister erstaunt.

»Nein«, sagte der Prinz. »Übrigens, was wollt ihr machen, wenn der Drache näher kommt und der Wachabende eine Gefahr wittert?«

»Dann brauchen wir deine Hilfe«, sagte der Lehrer.

»Ihr werdet mich dafür aufwecken müssen«, sagte der Prinz. »Ich habe eine ständige Wache. Kein Drache kann sich meinem Lager nähern, ohne daß meine Pferde es merken.«

Der Prinz ging zurück zu seinem Feuer.

Der Haushofmeister und der Lehrer wechselten sich bei der nächtlichen Wache ab, und am nächsten Tag, als sie müde auf ihren Pferden saßen, sagte der Haushofmeister: »Glaubst du, daß wir die Hilfe des Bösen brauchen?«

»Ich fürchte ja«, antwortete der Lehrer. »Der König hat es jedenfalls gemeint.«

»Ich habe gedacht, er müsse nur kämpfen, wenn die Schweiger oder die Bewohner des Westreiches uns angreifen. An wilde Tiere habe ich nicht gedacht.«

Sie ritten weiter, wobei sie manchmal auf ihren Sätteln einnickten.

Noch drei Nächte vergingen, und das Heulen des wilden Drachen kam immer näher. Tagsüber, wenn der Prinz in Rufweite war, nutzte der Lehrer jede sich bietende Gelegenheit, um irgendeine Bemerkung über die Drachen zu machen, als wolle er die Neugier des Prinzen wecken oder als versuche er, ihn in ein Gespräch über dieses Thema zu ziehen. Einmal sagte er, er würde gerne selbst einen Drachen sehen, ein andermal, er habe gehört, daß derjenige, der einem Drachen in die Augen schaue, ein langes Leben gewinne.

Schließlich hatte er Erfolg, und der Prinz gab eine spöttische Antwort: »Vielleicht gehst du mal zu einem Drachen hin?«

»Das überlasse ich dir«, erwiderte der Lehrer lächelnd.

Ob er wohl versucht, den Prinzen dazu zu bringen, daß er sich an einen Drachen heranmacht? überlegte der Haushofmeister. Wenn ja, dann sicher nicht, um ihn loszuwerden. Sie hatten noch einen langen Weg vor sich, und niemand konnte wissen, wie sehr sie die Hilfe des Prinzen brauchen würden. Natürlich würden sie sie brauchen, sie waren doch erst am Anfang ihrer Reise.

Der Prinz konnte nicht einschlafen. Das Heulen des Drachen schien sehr nah zu sein. Es war keine Angst, die sein Herz erfüllte, sondern Freude, als habe er endlich etwas erreicht. Vielleicht kommen die Drachen immer näher und fressen meine Reisegefährten auf, dachte er und lachte. Er sehnte sich so sehr danach, die Drachen zu jagen! Nur der Gedanke an das Geheimnis, das sein Großvater mit sich ins Grab genommen hatte, bedrückte ihn, das Geheimnis der Drachenjagd. War das der Tag, von dem die Prophezeiung sprach? Das Heulen und Jaulen war sehr nah. War er wirklich der Mensch, an dem sich die Prophezeiung verwirklichen sollte? Er glaubte seinem Großvater die zusätzliche Prophezeiung nicht ganz. Es kam ihm immer wahrscheinlicher vor, daß sich der alte Mann die Geschichte nur ausgedacht hatte, um ihn zu einem Versuch zu drängen. Doch abgesehen von der zweifelhaften Prophezeiung schienen die Ereignisse der letzten Zeit eine besondere Bedeutung zu haben.

»Doch all seine künftige Macht
trifft erst nach der Drachenkrone ein.«

Dieses »nach«! Und was, wenn die weißen Schweiger sie alle drei umbrachten wegen der Jagd auf einen Drachen? Sie hatten sich bis jetzt noch nicht gezeigt und um eine Krone gebeten. Doch dieses Detail fehlte auch in der Prophezeiung. Das war nur eine Auslegung, die auf der alten Geschichte beruhte, wie man in den Besitz einer Drachenkrone kommen könne. Und wenn es nun seine Aufgabe wäre, sich die Drachenkrone unter ganz anderen Umständen zu beschaffen? Der Prinz berührte sein Schwert, das griffbereit neben ihm lag. Dann stand er auf, nahm sein Schwert, hängte sich Bogen und den Köcher mit den vergifteten Pfeilen um und befahl seinen Pferden, ruhig stehenzubleiben.

Der Haushofmeister wachte am Lagerfeuer in einiger Entfernung von dem des Prinzen. Er saß da und lauschte auf das Heulen des Drachen. Zuerst fiel ihm nicht auf, was am Feuer des Prinzen vor sich ging, er dachte, ein Pferd bewege sich und werfe Schatten. Dann sah er die Gestalt des Prinzen und weckte den Lehrer.

»Was ist passiert?«

»Der Prinz geht an seinem Feuer herum«, sagte der Haushofmeister. »Vielleicht hat er etwas vor.«

Der Lehrer sprang auf. »Komm schnell«, flüsterte er. »Vielleicht zieht er endlich los und jagt einen Drachen!«

Jagen? Endlich? dachte der Haushofmeister und verstand nichts.

Er rannte hinter dem Lehrer her zu dem benachbarten Feuer. Sie fanden den Prinzen mit dem Schwert in der Hand und mit Pfeil und Bogen umgehängt.

»Wo gehst du hin?« fragte der Lehrer.

»Einen Drachen jagen«, antwortete der Prinz mit einem verächtlichen Lachen, so daß man nicht wissen konnte, ob er die Wahrheit sagte oder sie nur verspottete.

»Sie haben dich nicht angegriffen«, sagte der Haushofmeister. »Laß sie doch. Sie sind nicht schuld, daß sie als wilde Tiere erschaffen wurden. Bisher hat noch nie jemand bewiesen, daß sie gefährlich sind.«

»Warum wacht ihr dann jede Nacht?« fragte der Prinz.

»Das Schicksal der Erbin des Königreiches liegt in unseren Händen, und dies ist ein Gebiet, in dem es wilde Tiere gibt. Wir müssen auf die Pferde und die Ausrüstung aufpassen.«

»Wilde Tiere fressen auch Menschen«, antwortete der Prinz.

Der Haushofmeister hatte in seiner Naivität nie an so etwas gedacht, er erschrak. Er hatte wirklich geglaubt, daß sie wegen der Pferde und der Ausrüstung wachten, nicht um ihr eigenes Leben zu schützen. Doch es war richtig. Dieser Gedanke war seinen Vorstellungen nur so fremd gewesen, so weit entfernt von allem, was seine Erziehung geprägt hatte und auch die Erziehung seiner Kinder prägte. Kein lebendes Wesen hatte die Menschen seines Landes je in Gefahr gebracht, und kein Mensch ein anderes lebendes Wesen. Die Fische fraßen zwar noch andere Fische, und kleine Tiere ernährten sich von Kriechtieren, doch im ganzen Reich gab es keine Raubtiere mehr, außer jenen im Zoo der Hauptstadt, die fleischähnliche Nahrung zu sich nahmen. Sollten sie den Prinzen ziehen lassen? Wären sie überhaupt in der Lage, ihn zurückzuhalten? Er wollte den Drachen ja nicht essen.

Der Haushofmeister räusperte sich: »Du willst etwas Nicht-Gutes tun«, sagte er und wußte, daß es nichts nützte.

Der Lehrer berührte ihn an der Schulter und bedeutete ihm zu schweigen. Er selbst legte die Hände an den Mund und rief dem Prinzen nach: »Du hast keine Chance!«

Der Prinz wurde von der Dunkelheit verschluckt.

Der Haushofmeister konnte eine Bemerkung nicht unterdrücken, er sagte: »Das war Verführung zur Sünde.«

Dann gingen sie zurück zu ihrem Feuer.

»Bald wirst du verstehen, daß dieser junge Mann das Schicksal unserer Reise in der Hand hat«, sagte der Lehrer.

Sie legten sich hin, und beide lauschten auf das Heulen. Der Lehrer hörte, wie sich der Haushofmeister immer wieder umdrehte, doch der König hatte für alles, was sich auf die Durchquerung der Schlucht bezog, so strenge Anweisungen erlassen, daß der Lehrer auch zögerte, das zu erzählen, was er hätte erzählen können. Er war sicher, daß der Haushofmeister schließlich alles allein herausfinden würde. Natürlich nur das, was man herausfinden konnte. Der Haushofmeister schien zu spüren, was der Lehrer dachte, denn plötzlich sagte er leise: »Ihr habt über die Möglichkeit gesprochen, die Schlucht ohne Hilfe der Schweiger zu durchqueren. Ich meine, du und der König, als wir uns das erstemal trafen.«

»Stimmt«, bestätigte der Lehrer.

»Es gibt diese Geschichte über den ersten schwarzen Prinzen und das Abkommen, das er mit den Schweigern getroffen hat. Hast du ihn deshalb gedrängt loszugehen?« fragte der Haushofmeister weiter.

»Nein«, sagte der Lehrer. »Übrigens, auch wenn ich ihn nicht gedrängt hätte, wäre er, davon bin ich jetzt überzeugt, losgezogen. Er braucht eine Drachenkrone zur Erfüllung der Prophezeiung.«

Der Haushofmeister lachte. »Du glaubst doch nicht an diese Kindergeschichte, oder?«

»Ich glaube nicht daran, aber der Prinz glaubt daran. Der König hat gesagt, das habe die Befragung der Diener bewiesen.«

»Dann ist das der Grund dafür, daß er einen Drachen jagen will«, überlegte der Haushofmeister laut. »Wie heißt es da: ›Doch all seine künftige Macht trifft erst nach der Drachenkrone ein‹ oder so ähnlich. Aber warum ... Willst du etwa einen Handel mit den Schweigern machen, mein Freund, wie ihn der Vorfahre des schwarzen Prinzen gemacht hat?«

»Einen solchen Handel würde ich mit Freuden machen, aber die Schweiger werden es nicht wollen. Außerdem sind ihnen Drachen heilig, und jeder, der sie anrührt, verdient Strafe und muß umgebracht werden.«

»Nach der Geschichte sind sie zu dem Prinzen gekommen und haben um eine Krone gebeten.«

»Es gibt offenbar nur eine Situation, in der sie unbedingt eine Krone brauchen, doch nur sie selbst wissen, wann das ist, und dann bitten sie um Hilfe. Nur unter diesen Umständen bleibt der Jäger eines Drachen ungestraft und sie bringen ihn nicht um. Ohne diese Bedingung wäre der erste schwarze Prinz nicht zu uns gekommen, und er ist ja wirklich gekommen.«

»Können sie nicht selbst einen Drachen jagen?«

»Nicht nur ihre Religion verbietet ihnen das«, sagte der Lehrer, »sondern ich glaube auch, daß sie gar nicht fähig dazu sind.«

»Und der Prinz ist dazu fähig?«

»Das werden wir bald erfahren, auch wie es mit unserer Reise weitergeht«, sagte der Lehrer.

»Aber warum habe ich das Gefühl, daß du ein Interesse an der Drachenjagd hast?« fragte der Haushofmeister endlich.

»Ich sage es dir, obwohl ich es vielleicht nicht sagen sollte. Es gibt eine Beziehung zwischen dem Durchqueren der Schlucht und der Drachenkrone. Doch zu unserem Glück und zum Glück des ganzen Königreiches weiß der Prinz nichts davon. Er kennt nur die Geschichte der Prophezeiung. Vielleicht kann er einen Drachen jagen und ihm die Krone abnehmen, vielleicht auch nicht. Wenn nicht, können wir nicht hinüber. Wenn ja, besteht immer noch die Gefahr, daß die weißen Schweiger das entdecken und versuchen, uns umzubringen, um die Drachenkrone zu bekommen. Wenn sie keine brauchen, begraben sie sie auf dem Friedhof der Drachen, denn ihre Religion verbietet ihnen, eine zusätzliche Krone zu den beiden zu besitzen, die sich in ihren Heiligtümern befinden. Doch es kann sein, daß sie schuld an der Entführung der Prinzessin sind und uns deshalb erlauben werden, mit einer Krone die Schlucht zu durchqueren. Wenn wir zurückkommen, werden wir sie ihnen geben müssen, damit sie sie begraben können.«

»Bist du sicher, daß sie uns entdecken können?«

»Ja. Sie sind in der Lage, Menschen zu entdecken, ohne sie mit ihren Augen zu sehen«, antwortete der Lehrer.

»Ich muß die nächste Wache übernehmen«, sagte der Lehrer nach einem langen Schweigen und stand auf. »Versuche, noch ein bißchen zu schlafen.«

Er verließ den Kreis des Feuers, nachdem er noch einige Zweige aufgelegt hatte, und ging im Dunkeln hin und her. Aus sicherer Entfernung bewachte er auch die Pferde des Prinzen. Der Haushofmeister konnte nicht einschlafen, bis es langsam hell wurde.

Der Prinz entfernte sich von dem Lager, trotz des lauten Wieherns seiner Pferde, und lief schnell tiefer in den dunklen Wald hinein. Am Horizont stieg der große Mond auf. Der kleine rote Mond würde erst später aufgehen und alles in sein seltsames, beängstigendes Licht tauchen. Den kleinen roten Mond hatte sein Großvater ganz besonders geliebt, fiel dem Prinzen ein. Er wartete, bis etwas Mondlicht zwischen das Dickicht drang, dann ging er entschlossen und ohne zu zögern weiter in die Richtung, aus der das Heulen kam, wobei er darauf achtete, daß der Wind ihm ins Gesicht blies. Doch er kam wegen der hohen Gewächse nur langsam voran. Leise schlich er zwischen seltsam durchsichtigen Sträuchern hindurch, die wie stumme

Tiere aussahen. Er selbst verwandelte sich in ein Raubtier, das in der Dunkelheit auf die Jagd ging. Endlich wurde er ruhig. Endlich war er weit weg von diesen beiden Gesichtern, die sich unaufhörlich anlächelten. Nicht mehr eingeschränkt von irgendeinem Gesetz. Er allein, das Schwert in der Hand, den Köcher mit den Pfeilen auf dem Rücken, die Muskeln gespannt wie die eines Tigers. Und die Beute fühlte die Gefahr noch nicht.

Das Heulen der Drachen wurde immer lauter. Plötzlich blieb der Prinz überrascht stehen und traute seinen Augen nicht. Die Lichtung im Wald wurde vom großen, silbernen Mond ausreichend erhellt. Drei riesige Gestalten lagen da, die Köpfe zum Mond erhoben, und eine stand aufrecht. Alle vier heulten. Vielleicht ist das kein Heulen der Wildheit, dachte er, vielleicht gilt es nur dem Mond. Er schlich sich bis zum letzten Baum vor der Lichtung, versteckte sich hinter einem struppigen Strauch und spähte zu ihnen hinüber. In dem silbrigen Licht waren nicht alle Einzelheiten zu erkennen. Der stehende Riese schien ein Männchen zu sein. Es gab noch zwei kleinere und einen mittleren. Das war vielleicht das Weibchen, falls sie überhaupt in Familien zusammenlebten. Doch das wunderbarste war der Anblick der Kronen. Wie auf dem Bild im Schloß. Auf den Köpfen der Tiere war etwas, das wirklich aussah wie lichtumflutete Kronen. Doch die Farben, von denen sein Großvater gesprochen hatte, konnte er nicht erkennen. Er mußte wenigstens einen von ihnen töten und ihm die Krone vom Kopf nehmen, beschloß der Prinz und lächelte in sich hinein. Er zog einen vergifteten Pfeil aus dem Köcher und spannte den Bogen, zielte auf den Teil, der ihm die Verbindung zwischen Kopf und Rumpf zu sein schien, und schoß.

Bei dem Geräusch sprangen die Drachen auf. Der Pfeil traf, prallte aber ab wie von Metall und fiel kraftlos zu Boden. Ein Gefühl von Glück erfüllte den Prinzen. Mußte er um sein Leben kämpfen? Das war ihm noch nie passiert. Die Drachen hatten ihn noch nicht bemerkt und drehten die Köpfe nervös hin und her und sogen die Luft durch die Nasenlöcher ein. Der Prinzen wußte mit einemmal, daß er einen Drachen nur töten konnte, wenn er ihn genau ins Auge traf, es sei denn, sie würden wieder anfangen zu heulen und ihr Maul weit aufreißen. Doch die Drachen schwiegen und witterten. Vor der Morgendämmerung konnte er keinen von ihnen ins Auge treffen, überlegte er. Und wenn sie plötzlich weggingen? Er beschloß, auf eine günstige Gelegenheit zu warten. Doch plötzlich bewegte der große Drache den Kopf und schnaubte eine Flamme direkt zum Wald hin, wo der Prinz hinter dem Gebüsch stand. Sie entdeckten ihn, alle vier auf einmal, und stürzten gleichzeitig auf ihn los. Es gab keinen Ort, wohin er fliehen konnte. Die Flammen waren nun hinter ihm. Der Prinz spannte seinen Bogen und versuchte, in das feuerspeiende Maul zu zielen, doch der Pfeil verglühte, noch bevor er sein Ziel erreicht hatte. Und weil es so war, weil seine letzten Sekunden gekommen waren, brach der Prinz in sein böses Gelächter aus, so laut, daß das Echo bis an die Ohren seiner Reisegefährten drang. Noch nie war das Lachen des Prinzen so wild und böse gewesen, genau wie das Lachen seines Großvaters, als er dem Tod ins Auge gesehen hatte. Und dann passierte etwas Seltsames – die Drachen erstarrten mitten in der Bewegung, und als er weiterlachte, erloschen die Flammen in ihren Mäulern und sie blieben einfach stehen und konnten sich nicht mehr bewegen. Der Prinz lachte aus vollem Hals und hörte nicht mehr auf. Jetzt habe ich ihr Geheimnis entdeckt, dachte er. Das ist es, was mein Großvater mir nicht mehr verraten konnte, bevor er starb – das Geheimnis, daß das böse Lachen das Blut der Drachen gefrieren läßt. So also hat mein Vorfahre den Drachen gejagt, mit seinem Lachen.

Die wilden Drachen zogen sich ganz langsam zurück, auf wackligen Beinen, doch das Lachen des Prinzen ließ sie nicht los und verfolgte sie. Die beiden kleinen und der mittlere Drache waren dem Prinzen egal, er achtete nur darauf, den Riesen nicht aus der Schußweite seines Bogens zu verlieren. Seine Kehle wurde heiser, doch noch immer dröhnte sein Lachen weit durch den Wald. Inzwischen war der kleine rote Mond aufgegangen und tauchte alles in ein seltsames und schreckliches Licht. Dann wurde es hell, und der Prinz schoß einen Pfeil in das eine Auge des riesigen Drachen, der wie gelähmt war. Der Riese brach in die Knie und riß dabei Bäume samt ihren Wurzeln aus. Sein Kopf fiel auf die Erde. Mit großer Vorsicht schnitt der Prinz die Krone ab. Nun, in der aufgehenden Sonne, strahlte sie in allen Farben des Regenbogens, und mit einem markerschütternden Siegesschrei setzte sich der Prinz die bluttriefende Krone auf den Kopf. Im selben Moment glaubte er die rauhe Stimme seines Großvaters sagen zu hören: »Du wirst die Prophezeiung erfüllen!«

Vergeblich flehte ihn der Lehrer an, er möge ihm doch die Krone zeigen. Vergeblich provozierte er ihn, indem er so tat, als glaube er nicht, daß sich die Krone wirklich in dem Ledersack befinde, der am Sattel des Prinzen festgebunden war. Der Prinz ignorierte verächtlich alle Bitten und alle Provokationen, bis der Lehrer damit aufhörte. Nur einmal schien es dem Haushofmeister, daß der Lehrer versuchte, sich zum Pferd des Prinzen zu schleichen und den Inhalt des Sacks zu prüfen, und nur ein gutgezielter Tritt des bösen Pferdes drängte ihn zurück. Doch eines Nachts, als es ganz ruhig war, flüsterte der Lehrer nach angestrengtem Lauschen: »Ja, ich höre es...«

»Was?« fragte der Haushofmeister leise.

»Hör genau hin! Hörst du etwas?«

Der Haushofmeister lauschte, und wirklich, er hörte ein zartes Klingen wie von Kristall.

»Das ist die Krone«, flüsterte ihm der Lehrer ins Ohr. »Der Prinz hat sie wirklich.«

Von den Schweigern war keine Spur zu entdecken.

6. KAPITEL
BOSHAFTIGKEIT

Noch zwei Tage führte sie ihre Reise durch die Wälder der Ebene, doch das Wetter meinte es nicht gut mit ihnen. Erst zogen sich Wolken über den Wipfeln der Bäume zusammen, und der Wald wurde tagsüber schon dunkel. Dann kam ein Wind auf, der die Wipfel bewegte, und die Pferde des Prinzen ließen ein warnendes Wiehern hören. Sie blieben stehen und banden die Pferde an. Der Sturm begann.

Der Prinz ritt etwas weiter, wie üblich, und blieb nicht bei ihnen, doch diesmal stellten sie fest, daß er einen geschützteren Platz neben einem großen, von Sträuchern verdeckten Felsen gefunden hatte. Beide führten ihre Pferde dorthin. Der Prinz fand eine kleine Höhle und brachte seine beiden Pferde hinein. Als die beiden näher kamen, war er schon damit beschäftigt, die Ausrüstung vom Rücken seines Pferdes zu nehmen und Feuer zu machen. Es gab nicht viel Platz, und beide, der Lehrer und der Haushofmeister, fürchteten sich vor den Pferden des Prinzen und hatten Angst einzutreten. »Wir kommen hinein, wenn du deine Pferde hinausführst«, rief der Lehrer in die Höhle.

Der Prinz gab keine Antwort.

»Die Pferde können draußen bleiben, es ist nicht besonders kalt, und der Regen macht ihnen nichts aus«, rief der Haushofmeister und versuchte, den Regen und den Wind zu übertönen.

Der Prinz antwortete nicht.

»Hörst du nicht?« schrie der Haushofmeister.

»Was sagst du?« schrie der Prinz zurück, und die beiden glaubten Spott in seiner Stimme zu hören.

»Ich habe gesagt, in der Höhle gibt es genug Platz für uns drei und die Ausrüstung! Ich schlage vor, daß du deine Pferde nach draußen bringst!« schrie der Lehrer.

Als Antwort hörten sie nur das Lachen des Prinzen, sonst nichts.

»Da kann man nichts machen«, sagte der Haushofmeister. »Wir müssen uns helfen, so gut wir können, und wir sollten uns beeilen.«

Sie holten ihre Äxte heraus und schlugen dünne Äste ab, um aus ihnen einen Schutz zu flechten. Dann banden sie kräftige Stangen zwischen vier Bäume und befestigten an ihnen ihr Dach. Schließlich bauten sie aus dichten Büschen, die sie in der Nähe fanden, zwei Wände zum Schutz gegen den Wind und führten ihre Pferde hinein. Sie hatten keine Kraft mehr, ein Feuer anzumachen, und beide saßen sie auf den Steinen, an einen Baum gelehnt, in ihren nassen Kleidern, und zitterten vor Kälte.

»Meinst du, es macht ihm Spaß, daß wir leiden?« fragte der Haushofmeister.

»Vermutlich«, antwortete der Lehrer. »Anders könnte man das nicht erklären.«

»Manchmal versuche ich, sein Benehmen zu verstehen und mir vorzustellen, was er fühlt«, sagte der Haushofmeister. »Doch es gelingt mir nicht. Ich könnte mich nicht freuen, wenn jemand friert oder Schmerzen hat.«

»Weißt du«, sagte der Lehrer plötzlich, »wir wollen ein Feuer anmachen, obwohl alles so naß ist. Ich habe gelernt, wie man das macht. Ich bin zwar schrecklich müde, aber ich habe keine Lust, dem Bösen Freude zu machen.«

»Es ist nicht die Müdigkeit, die mir so zu schaffen macht«, sagte der Haushofmeister. »Daß ich mich so unwohl fühle, liegt eher an der Boshaftigkeit, die ich an einem Geschöpf entdecke, das aussieht wie ein Mensch. Plötzlich habe ich den Verdacht, daß auch in uns so etwas verborgen ist und wir es nur nicht herauslassen.«

»Möchtest du heißen Tee trinken und deine Kleider trocknen?« fragte der Lehrer und lächelte ihn mit klappernden Zähnen an.

»Ich bin bereit«, antwortete der Haushofmeister und lächelte auch.

»Wir haben keine Wahl, wir müssen unsere Reise mit ihm gemeinsam fortsetzen«, sagte der Lehrer und stand auf.

Er lauschte einen Moment.

»Was hörst du?«

»Das ist der große Fluß. Wir sind ihm vermutlich ganz nahe. Und der Fluß steigt sicher über seine Ufer.«

»Der Regen hat doch erst angefangen«, meinte der Haushofmeister, dem die Aussicht auf ein Lagerfeuer wieder Mut machte.

»Ja, aber es hat sicher weiter weg schon tagelang geregnet, bevor der Regen auch hierher kam. Es ist genau die Jahreszeit, in der der große Fluß über die Ufer tritt. In den alten Dokumenten steht, daß es nicht weit von hier eine Brücke gibt. Wir können nur hoffen, daß sie standhält.«

»Wenn es eine Steinbrücke ist ...«

»Nein«, sagte der Lehrer. »Es ist eine Brücke aus Baumstämmen, gebaut von den Schweigern, und sie ist schon seit vielen Jahren von unseren Kundschaftern nicht mehr geprüft worden. Sie sind einfach nicht auf die Idee gekommen, daß wir sie einmal brauchen könnten.«

Die Pferde wirkten nicht beunruhigt von den Wolkenbrüchen, und der Lehrer und der Haushofmeister wußten, daß sie keine Wahl hatten: Sie mußten mit dem Prinzen zurechtkommen, solange die Reise dauerte. Es verging nicht viel Zeit, und der Lehrer, der daran gewöhnt war, sich im Freien und auch in solchen Wäldern aufzuhalten, hatte ein Lagerfeuer angezündet. Sie saßen da, trockneten ihre Kleider und tranken dampfenden Pflanzentee. Ihre Hütte schwankte, doch sie hielt stand. Und ihr geflochtenes Dach erfüllte seinen Zweck.

Nun kam der Haushofmeister auf das Gespräch über die Natur des Menschen zurück. Es war das erste Mal in seinem Leben, daß er sich in der Gesellschaft eines nicht-guten Menschen befand, und diese Tatsache machte ihm schon seit Beginn ihrer Reise zu schaffen. Das heutige Verhalten des Prinzen war nichts Besonderes, doch diese Vorfälle häuften sich im Laufe ihres Zusammenseins. Der beunruhigte Haushofmeister wollte seine Gedanken nicht länger für sich behalten.

»Hat es dir jemals Spaß gemacht, etwas Böses zu tun?« fragte er den Lehrer.

»Ich erinnere mich nicht«, antwortete dieser. »Vielleicht, als ich ein kleiner Junge war.« Dann fügte er hinzu: »Aber um die Wahrheit zu sagen, ich habe manchmal alle möglichen Gedanken, verbotene Gedanken, verstehst du.« Er lächelte verlegen bei dieser plötzlichen Offenheit.

»Ich erinnere mich«, sagte der Haushofmeister zögernd, »wie ich einmal gelacht habe, als meine Großmutter auf der Straße hingefallen ist und ihr Bein plötzlich über ihren Kopf hinausragte. Bis heute kann ich nicht verstehen, warum ich damals gelacht habe, und bis heute bringt mich dieser Anblick zum Lachen. Vielleicht deshalb, weil es ihr weh getan hat? Nein, das kann ich nicht glauben. Vielleicht deshalb, weil ein großer, starker Mensch, einer von diesen Erwachsenen, die in den Augen eines Kindes alles können, plötzlich hinfiel wie ein kleines Kind. Trotzdem ist mir klar, daß ich etwas Nicht-Gutes getan habe, und ich habe es im Gebet bekennen müssen.«

»So kann man das Verhalten des Prinzen aber nicht erklären«, sagte der Lehrer.

Sie schwiegen, und dann nickten beide neben dem erlöschenden Lagerfeuer ein.

Der große Fluß toste und brauste tatsächlich, wenn er auch nicht über die Ufer getreten war. Doch die Brücke war nicht von einem Sturm zerstört worden, sondern durch Menschenhand. Das war deutlich zu sehen. Es war das erste Zeichen dafür, daß die Erbin des Reiches wirklich entführt worden war.

»Die Entführer müssen gewußt haben, daß wir sie verfolgen«, sagte der Lehrer und seufzte beim Anblick der zerstörten Brücke.

Die Pfeiler ragten noch aus dem Fluß wie Baumstämme, denen die Wipfel abgesägt worden waren. Nur der vordere Teil der Brücke war noch heil, wie ein trauriger Witz.

»Gut, daß sie diesen Teil der Brücke heil gelassen haben«, sagte der Haushofmeister. »So können wir ein Floß aus den Brettern bauen und die Ausrüstung und die Pferde hinüberbringen.«

»Vielleicht ist die Strömung nicht mehr so schlimm, wenn wir fertig sind«, bemerkte der Lehrer hoffnungsvoll.

Sie schauten einander an. Sie hatten beide den gleichen Gedanken und wandten sich an den Prinzen. Er verstand ihren Blick und lachte sein verächtliches und böses Lachen.

Er weigerte sich, einen Finger zu rühren. Der Lehrer und der Haushofmeister beschlossen, ihn dann auch nicht das Floß benutzen zu lassen und zu sehen, was er tun würde, wenn sie ohne ihn den Fluß überquert hätten. Die Arbeit war schwerer, als sie gedacht hatten, doch nach zwei Tagen war das Floß fertig. Sie verschoben die Überfahrt auf den nächsten Tag, um sich nicht der Gefahr auszusetzen, von der Strömung mitgerissen zu werden. Der Fluß wurde von Tag zu Tag ruhiger. Am dritten Tag standen sie früh am Morgen auf, um die Pferde und die Ausrüstung für die Überfahrt vorzubereiten, doch sie stellten fest, daß das Floß nicht mehr an seinem Platz lag. Auch der Prinz und seine Pferde waren verschwunden. Sie rannten zum Ufer und sahen ihn davonrudern, auf dem Floß, mit seinen beiden Pferden. Der Prinz hob den Kopf, sah sie und lachte. Er hob ein Ruder und winkte ihnen zu. Die Pferde schienen ihn zu verstehen und wieherten laut. Der Lehrer und der Haushofmeister standen starr vor Verblüffung.

»Das macht nichts«, sagte der Haushofmeister. »Er wird die Pferde abladen und zurückkommen. Wir hätten nicht sagen dürfen, daß wir ihn nicht mit dem Floß fahren lassen. Er will sich an uns rächen.«

»Wir hätten etwas lernen müssen über das Verhalten von Menschen seinesgleichen, bevor wir uns auf die Reise mit ihm einließen«, sagte der Lehrer.

»Stimmt.« Der Haushofmeister nickte. »Das war ein Fehler bei der Reisevorbereitung. Meinst du, wir hätten irgendwelche Bücher über Menschen wie ihn gefunden?«

»Vielleicht in der verbotenen Bibliothek«, sagte der Lehrer.

Während sie sich so unterhielten, ließen sie das Floß, das sich immer weiter entfernte, nicht aus den Augen. Sie sahen, wie der Prinz seine Ausrüstung und die Pferde an Land brachte, und wie er sich dann zusammen mit den Pferden vom Ufer entfernte und das Floß einfach liegenließ, ohne es auch nur anzubinden. Vergeblich schrien und riefen sie ihm nach. Vielleicht hörte der Prinz sie nicht, vielleicht ignorierte er ihr Rufen. Es dauerte nicht lange, und das Floß wurde vor ihren Augen von der Strömung mitgerissen und verschwand hinter einer Flußbiegung.

»Miststück!« schrie der Lehrer, so laut er konnte, doch der Wind riß ihm das Wort aus dem Mund.

»Du bist ja richtig wütend«, sagte der Haushofmeister erstaunt.

Der Lehrer zuckte mit den Schultern. Er wußte, daß das eine Sünde war, doch er hätte am liebsten den Fluß überquert und den Prinzen geschlagen. Wenn er gewußt hätte, wie man so etwas tat.

Den ganzen Tag blieben sie am Ufer, ohne irgend etwas zu tun. Der Haushofmeister war nicht imstande, diese Boshaftigkeit zu verkraften. Gab es eine Erklärung dafür? Hätten sie sich dem Prinzen gegenüber anders verhalten sollen? Es konnte doch nicht sein, daß sie daran schuld waren. Und wenn es eine Erklärung dafür gab, war die Bosheit dann weniger schlimm?

»Wir müssen ein neues Floß bauen«, sagte er schließlich.

»Nein!« schrie der Lehrer. »Ich bin nicht bereit, ein neues Floß zu bauen. Er weiß den Weg nicht, er kommt nicht weiter. Also wird er ein Floß bauen müssen und es uns bringen, damit wir übersetzen können.«

Der Haushofmeister wußte, daß es sinnlos war, darauf zu warten, daß der Prinz ein Floß baute. Das würde er nie im Leben tun. Doch er beschloß, den wütenden Lehrer nicht zu drängen und es der Zeit zu überlassen, das Ihre zu tun.

Drei Tage und drei Nächte brannten Lagerfeuer an beiden Ufern des Flusses. Und der Lehrer und der Haushofmeister hörten manchmal das fürchterliche Lachen des Prinzen, das beide aufspringen ließ. Am vierten Tag gab der Lehrer auf.

»Wir haben ihm jedenfalls gezeigt, daß wir anfangen zu reagieren«, sagte er, um sich selbst zu trösten.

Es waren noch genug Bretter von der zerstörten Brücke übrig, um ein zweites Floß zu bauen, ohne daß sie Bäume hätten fällen müssen. Diesmal wußten sie schon, wie es am besten ging. Noch vor Sonnenuntergang war das Floß fertig. Der Fluß strömte nun ruhig dahin. Es machte ihnen keine Schwierigkeiten, mit den Pferden und der Ausrüstung überzusetzen. Der Prinz kam ihnen entgegen. Er lachte nicht, obwohl beide es erwartet hatten. Er schaute sie nur verächtlich an und spuckte vor ihnen auf den Boden. Dann zog er sich aus, nahm den Sattel von seinem Pferd, sprang ins Wasser und rief sein Pferd, ihm zu folgen. Vor den Augen seiner verblüfften Mitreisenden schwammen beide von einem Ufer zum anderen und wieder zurück, und das Pferd, das der Prinz am Zügel hielt, ließ ständig ein freudiges Wiehern hören.

7. KAPITEL

HUNGER UND MITLEID

Zwei Wochen nachdem sie die Hauptstadt verlassen hatten, ging ihnen ihr Proviant aus. Der Prinz war nicht darauf angewiesen. Er verachtete zwar keineswegs Pilze und Beeren, die es im Überfluß gab, doch er ernährte sich in der Hauptsache von erlegtem Wild. Vögel, Hasen und sogar zarte Hirschkälber briet er abends über seinem Lagerfeuer. Auch Wildschweine konnten ihre Jungen nicht vor ihm schützen. Froschhyänen folgten ihnen in sicherer Entfernung, um die Reste seiner Mahlzeit zu fressen. Der Lehrer und der Haushofmeister entfernten sich so weit wie möglich vom sündigen Lagerfeuer des Prinzen, von dem Geruch nach Blut und brutzelndem Fleisch und Fett, das im Feuer verbrannte.

Einige Wochen später, der Haushofmeister und der Lehrer hatten ihre Säcke mit Obst, Wurzeln und getrockneten Pilzen gefüllt, verließen sie den Wald, der sie versorgt hatte, nachdem ihr Proviant aufgebraucht war. Vor sich sahen sie eine Hochebene, die sich bis zu den fernen Bergen erstreckte. Je weniger Bäume und Büsche es gab, um so schwerer fiel es ihnen, ihre Nahrung zu finden. Sie versuchten, Gras zu essen wie die Pferde, doch sie wußten, daß sie ihren Magen betrogen und daß sie das nicht lange durchhalten würden. Einen Tag nach dem anderen ritten sie so, und von der sagenhaften Nebelschlucht war nichts zu sehen.

Eines Tages hatten sie nichts mehr zu essen. Ihre Proviantsäcke hingen leer an den Sätteln. Neidisch beobachteten sie ihre Pferde, die das Gras fraßen, das im Überfluß an den Ufern der Bäche wuchs. Wasser gab es genug, aber sie wußten, daß sie ohne Nahrung nicht durchhalten könnten.

»Wir müssen unseren Auftrag ausführen«, sagte der Lehrer. »Das ist das Wichtigste.«

Der Haushofmeister verstand genau, was der Lehrer meinte.

»Ich weiß nicht, ob ich so etwas runterbringe«, sagte er und lächelte.

»Noch ein oder zwei Tage, dann haben wir keine Wahl mehr«, fuhr der Lehrer fort, und auch er lächelte seinen Freund an.

Drei Tage nach diesem Gespräch konnten sie sich morgens nur noch mühsam auf den Beinen halten. Die Sonne stand schon hoch über der Ebene, und der Prinz kam aus einem der kleinen Wäldchen, in der Hand einen blutverschmierten Hasen. Sie warteten eine Weile, bis der Geruch des gebratenen Fleisches in ihre Nasen stieg. Dann standen sie auf, ohne etwas zu sagen, gingen zu dem Prinzen hinüber und setzten sich neben ihn. So saßen sie lange und beobachteten, was er tat, versuchten zu lernen, wie man das aß, das bis vor kurzem noch ein lebendes Wesen gewesen war, geatmet und gefühlt hatte. Schließlich streckten sie, weil sie keine Wahl hatten, die Hand aus, um ein Stück von dem Fleisch zu essen. Der Prinz schien nur darauf gewartet zu haben. Er schlug ihnen mit einer Ranke, die er zuvor bereitgelegt hatte, auf die Hände und lachte. Vor Hunger und Gier hatten sie nicht bemerkt, wie er sie in die Falle gelockt hatte. Wieder saß er am längeren Hebel, doch das war diesmal nicht ihre Sorge. Ihr Magen verkrampfte sich vor Hunger. Bedrückt rutschten sie etwas von dem Feuer weg.

»Wir werden etwas jagen müssen«, sagte der Lehrer mit leiser Stimme.

»Wir haben keine Wahl«, sagte der Haushofmeister. »Es sei denn, wir entschließen uns zur Heimkehr.«

»Wir können nicht zurück«, sagte der Lehrer. »Der König wird diese Erklärung nicht akzeptieren.«

»Ich weiß«, sagte der Haushofmeister, »aber wie sollen wir jagen? Wir haben doch keine Ahnung.«

Sie stiegen auf die Pferde, und bald entdeckten sie ein Reh, das zwischen den Bäumen des kleinen Wäldchens äste, und neben ihm ein Kitz. Sie hatten weder Pfeil noch Bogen, doch auch wenn sie Waffen gehabt hätten, hätten sie nicht gewußt, wie man sie benutzt.

»Wenn wir ihnen nachlaufen und es versuchen ...« fing der Lehrer an.

Doch der Haushofmeister unterbrach ihn. »Denken wir lieber über etwas Kleineres und weniger Menschliches nach«, sagte er traurig.

Dann bekannte er dem Lehrer, daß er einmal während seiner Ausbildung ein Buch über Jagen und Fallenstellen gelesen habe, nur zu wissenschaftlichen Zwecken natürlich. Er habe nun in seinem Gedächtnis gewühlt und erinnere sich allmählich an eine Passage, in der beschrieben wurde, wie man Hasen ohne Jagdhunde und ohne Waffen fangen könne.

Er beschrieb dem Haushofmeister die Methode, die beiden ziemlich einfach vorkam. Sie beschlossen, sie auszuprobieren. Zuerst mußten sie eine Kaninchenhöhle finden. Dem Haushofmeister schien das der schwierigste Teil der Aufgabe zu sein, doch der Lehrer hatte im Rahmen seiner Ausflüge in die Natur unzählige Male das Verhalten der verschiedensten Tiere beobachtet.

»Es ist schwieriger, alle Ausgänge einer Kaninchenhöhle zu finden«, erklärte er dem Haushofmeister. »Denn wenn auch nur ein Ausgang offenbleibt, benutzen sie ihn zur Flucht.«

Der Haushofmeister seufzte. »Und retten ihr Leben aus unseren sündigen Händen.«

Der Lehrer senkte den Kopf, doch dann fuhr er mit seinen Erklärungen fort. Sie mußten alle Ausgänge bis auf zwei weit voneinander entfernt liegende verstopfen. Dann mußten sie ein Feuer anzünden und grüne Zweige anbrennen, die stark rauchen. Diesen Rauch mußten sie in einen Ausgang leiten, bis die Kaninchen, die sich darin befanden, keine Luft mehr bekämen und versuchen würden, durch einen weit entfernt liegenden Ausgang zu fliehen. Dort müßten sie ihre Beute fangen.

»Wer macht Feuer und sorgt für Rauch, und wer fängt sie?« fragte der Lehrer.

»Ich werde nicht zulassen, daß du die schreckliche Arbeit für mich machst«, sagte der Haushofmeister.

»Kommt nicht in Frage«, sagte der Lehrer. »Ich kenne mich mit dem Verhalten der Tiere aus, deshalb muß ich sie fangen, wenn sie herauskommen.«

»Wenn es eine nicht-gute Aufgabe zu erfüllen gibt, gebietet es die Höflichkeit, daß der Mensch mit dem höheren Rang sie übernimmt«, sagte der Haushofmeister. »Und ich bin schließlich Haushofmeister, bei aller Bescheidenheit.«

»Vielleicht solltest du diese Arbeit diesmal dennoch mir überlassen. Wir werden so etwas immer wieder machen müssen, und wer weiß, vielleicht werden wir eines Tages nicht einmal mehr solches Essen haben.«

»Wenn es so ist, müssen wir uns abwechseln.«

»In Ordnung, Herr Haushofmeister«, sagte der Lehrer. Vor lauter Verlegenheit und wegen der seltsamen Situation kehrten beide zu höfischen Formen zurück. »Und ich bitte, mich als erster zur Verfügung stellen zu dürfen.«

»Ich auch«, sagte der Haushofmeister.

»Die Zeit ist kurz, und es gibt viel zu tun«, meinte der Lehrer.

»Lassen wir das Los entscheiden«, schlug der Haushofmeister vor.

»Gut«, stimmte der Lehrer zu.

Der Haushofmeister zog eine Münze aus der Tasche und fragte: »Baum oder König?«

»König«, sagte der Lehrer.

Der Haushofmeister warf die Münze in die Luft, und als sie auf den Boden fiel, zeigte das Bild des Königs nach oben.

»Dann habe ich verloren und werde der erste sein«, sagte der Haushofmeister mit einem traurigen Lächeln.

»Im Gegenteil«, widersprach der Lehrer schnell. »Ich habe gewonnen, und deshalb bin ich der erste.«

»Wir haben keine Wahl«, sagte der Haushofmeister. »Wir müssen das Schicksal noch einmal befragen und vorher alle Bedingungen festlegen.«

So kam es, daß der Lehrer den Rauch in die Kaninchenhöhle leiten und der Haushofmeister die Tiere fangen mußte. Oder wenigstens eines, damit sie endlich etwas zu essen hätten.

»Die Rettung eines Lebens setzt die Gesetze der Moral außer Kraft«, erklärte der Lehrer, um den Haushofmeister zu beruhigen.

»Erlaube mir die Bemerkung«, sagte der Haushofmeister, »daß diese Regel nicht immer zutrifft. Ein wahrer Mensch opfert sich lieber selber, als einem anderen weh zu tun.«

»Auch wenn der andere ein Kaninchen ist?«

»Das weiß ich nicht.«

»Es besteht kein Zweifel, daß sich dieses Gesetz nur auf Menschen bezieht, Herr Haushofmeister«, sagte der Lehrer.

»Da bin ich nicht so sicher. Allerdings gibt es da noch eine Überlegung. Wir müssen den Auftrag des Königs ausführen und die Erbin des Reiches zurückbringen. Wenn wir nicht essen, können wir das ganz sicher nicht.«

»Ja, auch ich habe daran gedacht«, sagte der Lehrer und erhob sich. Vor Hunger und Schwindelgefühl schaffte es der Haushofmeister kaum, auf sein Pferd zu steigen. Sie ritten los. Nach einer Weile kamen sie an eine Reihe kleiner Hügel, und dort fanden sie, was sie suchten. In diesem Gelände gab es zahlreiche Höhlen. Der Lehrer wählte eine aus, die nur wenige Ausgänge hatte. Dann machten sie sich daran, die Ausgänge zu verstopfen. Sie arbeiteten mit letzter Kraft und trieben sich gegenseitig höflich und freundlich zur Eile an.

»Alle Ausgänge, Herr Haushofmeister«, rief der Lehrer.

»Und was ist mit den beiden, die offenbleiben sollen?« fragte der Haushofmeister.

»Wenn das Feuer fertig ist, öffnen wir zwei Ausgänge, doch jetzt verstopfen wir erst einmal alle, damit sie nicht fliehen können.«

»Ich verstehe«, sagte der Haushofmeister und machte sich wieder an die Arbeit.

Es dauerte nicht sehr lange. Dann sammelten sie einige trockene Zweige und machten ein Feuer. Der Lehrer brachte grüne Zweige von einem Strauch, und die Jagd begann.

Lange geschah nichts. Der Lehrer schob rauchende Zweige in die Öffnung auf seiner Seite, einen nach dem anderen. Und der Haushofmeister saß gespannt neben dem anderen Ausgang. Kein Kaninchen kam heraus, dann plötzlich sprangen drei aus der Öffnung, wie drei graue Blitze, und verschwanden in dem nahen Wald.

»Sie sind geflohen!« rief der Haushofmeister erstaunt.

»Verstopfe bitte die Öffnung«, schrie der Lehrer.

Der Haushofmeister beeilte sich und verschloß die Öffnung mit einem großen Stein. »Was machen wir nun?« rief er.

»Ich stopfe hier noch viele Zweige hinein, und dann komme ich zu dir hinüber. Wir versuchen gemeinsam, sie zu fangen.«

»Wenn es noch welche zu fangen gibt«, schrie der Haushofmeister zurück, und es war schwer zu sagen, ob in seiner Stimme Trauer oder Freude mitschwang.

Beide knieten neben der Öffnung, rollten den Stein zur Seite und warteten. Es dauerte nicht lange, und der Rauch von der anderen Seite drang aus ihrer Öffnung. Aus dem Gang war etwas zu hören, und plötzlich stürzten sich beide auf die fliehenden Kaninchen und fielen übereinander. Der Haushofmeister hielt ein kleines Kaninchen in der einen Hand. Mit der zweiten hatte er die des Lehrers gepackt. Der war erfolgreicher gewesen. Er hielt das große Kaninchen, das der Haushofmeister nicht erwischt hatte. Beide fingen sie an zu lachen, und plötzlich sprang aus der Öffnung noch ein kleines Kaninchen. Das fingen sie beide, einer hielt es am Rücken, der andere an den Beinen. Und dann begannen die Kaninchen zu jammern und zu schreien, und ihre Schreie waren so schlimm, ähnelten so sehr dem Weinen von Kindern, daß der Lehrer und der Haushofmeister anfingen zu weinen. Doch sie ließen die Kaninchen nicht los. Sie stopften alle drei in einen Sack und banden ihn zu. Dann ruhten sie sich aus, wischten sich die Tränen ab und brachten den Sack zum Feuer. Der Lehrer stocherte in der Glut, legte noch etwas trockenes Holz auf, bis das Feuer wieder brannte.

Sie hatten sich geirrt, als sie überlegt hatten, wer die schwerste Aufgabe übernehmen dürfe. Jetzt standen beide vor dem Sack und wußten nicht, was sie tun sollten.

»Wenn man sie braten will, muß man sie zuerst zu ihren Vätern versammeln«, sagte der Lehrer schließlich verwirrt.

»So schnell wie möglich, damit sie nicht leiden«, fügte der Haushofmeister hinzu, und nach einem kurzen Schweigen fragte er: »Glaubst du, sie haben vorhin so geschrien, weil sie wußten, was mit ihnen geschehen wird?«

»Man kann schlecht sagen, daß sie etwas wissen«, meinte der Lehrer. »Aber vielleicht fühlen sie es.«

»Jedenfalls haben sie große Angst.«

»Zweifellos«, sagte der Lehrer und rang die Hände.

»Stand in deinem Buch auch, wie man sie zu ihren Vätern versammelt?«

»Ja, es standen da Wörter wie ›schlachten‹ und ›töten‹. Schlachten heißt, daß man ihnen mit einem Messer die Kehle durchschneidet«, erklärte der Lehrer, der kalkweiß geworden war. »Und töten heißt, ihnen auf irgendeine Art das Leben nehmen.«

»Hat in deinem Buch gestanden, was man jetzt tut?« fragte der Haushofmeister nervös.

»Ja«, antwortete der Lehrer widerstrebend. »Man kann ihnen den Hals durchschneiden. Man kann ihnen auf den Kopf schlagen oder ihnen die Wirbelsäule zerbrechen ...«

Der Haushofmeister hielt sich die Ohren zu. Dann stieß er einen Ton aus, als müsse er erbrechen, doch das war unmöglich, da er nichts im Magen hatte.

»Wir brauchen jedenfalls nicht drei Kaninchen«, sagte der Lehrer. »Das kleine wird zwar nicht reichen, aber wir können wählen und entweder das große oder die zwei kleineren freilassen.«

»Ich glaube, das ist ihre Mutter«, sagte der Haushofmeister.

Der Lehrer lächelte. »Du machst es mir nicht leicht. Das habe ich auch gedacht, aber ich wollte es nicht sagen.«

»Wenn ...?« fragte der Haushofmeister.

»Wenn wir das Weibchen freilassen«, sagte der Lehrer zögernd, um nicht das Wort »Mutter« zu verwenden, »wird sie im Laufe der Zeit neue Junge bekommen. Natürlich wird sie etwas leiden wegen der Kleinen, aber sie wird sie bald vergessen. Kaninchen vermehren sich mit großer Geschwindigkeit.«

»Und wenn wir die Kleinen freilassen«, sagte der Haushofmeister seufzend, »werden sie sich nach ihrer Mutter sehnen.«

»Das ist nicht schlimm«, sagte der Lehrer. »Sie sind schon groß genug, um allein zurechtzukommen. Außerdem ist es vielleicht ja auch ein Männchen, und die beiden kleinen sind die letzten Jungen, die noch geblieben sind.«

»Gut«, sagte der Haushofmeister. »Ich kann den Gedanken nicht ertragen, daß du es sein sollst, der sie umbringt. Ich ...«

»Nein, nein!« rief der Lehrer. »Auf gar keinen Fall!«

Da senkten beide den Sack, und ohne ein Wort zu sagen, öffneten sie ihn und ließen die Kaninchen frei. Doch die überraschten Tiere sprangen nicht sofort heraus. Erst geschah gar nichts, dann hüpften sie plötzlich aus dem Sack und rannten davon. Der Haushofmeister und der Lehrer atmeten erleichtert auf. Dann wurde dem Haushofmeister schwindlig vor Hunger, und er mußte sich setzen.

»Steigen wir auf die Pferde und suchen wir etwas anderes«, schlug der Lehrer vor und betrachtete sein Pferd neidisch. Schließlich bückte er sich, pflückte Gras und begann zu kauen.

»Vielleicht sammeln wir von dem Gras, das die Pferde essen, und kochen uns daraus eine Suppe?«

»Vielleicht könnten wir das tun«, meinte der Haushofmeister. »Aber mit einer solchen Suppe kommen wir nicht weit. Ganz bestimmt können wir damit unseren Auftrag nicht erfüllen.«

Der Lehrer gab keine Antwort. Er stand auf, stieg auf das Pferd und ritt los. Der Haushofmeister blieb auf seinem Platz liegen. Es verging nicht viel Zeit, da kam der Lehrer zurück. Auf den Knien hielt er eine Schildkröte. »Ich habe etwas gefunden«, rief er fröhlich von weitem. »Ich habe etwas gefunden!«

»Lebt das Tier schon nicht mehr?« fragte der Haushofmeister hoffnungsvoll.

»Es lebt noch«, sagte der Lehrer, »aber es ist nur eine Schildkröte.«

»Und was nun?«

»Man muß sie bitten, daß sie den Kopf herausstreckt, und dann draufschlagen«, sagte der Lehrer.

Da packte der Haushofmeister die Schildkröte und warf sie ins Feuer. Nach einem Augenblick, als der Panzer heiß wurde und die Schildkröte den Kopf herausstreckte, schloß der Lehrer die Augen und schlug mit einem Stein darauf. Er machte die Augen auf, doch er mußte den Schlag wiederholen, mit offenen Augen, denn er hatte danebengeschlagen. Als er schließlich traf, mit dem vierten Schlag, hörten sie plötzlich ein Lachen, in dem ein Ton war, den sie bisher beim Lachen des Prinzen noch nie gehört hatten. Es war ein einfaches Lachen, wie man es lacht, wenn man etwas Witziges sieht. Der Lehrer und der Haushofmeister schauten einander an, doch sie sagten nichts, denn beide trauten ihren Ohren nicht. Sie waren überzeugt, sie hätten dieses Lachen nur in ihrer Phantasie gehört oder es sich vor lauter Hunger nur eingebildet.

8. KAPITEL
DIE WOLFSKATZEN

Sie waren nicht die einzigen Jäger auf der Hochebene, das wurde ihnen noch in derselben Nacht klar. Gleich nach Sonnenuntergang hörten sie hinter sich ein seltsamen Jaulen, das langsam näher kam. Manchmal war es nur eine einzelne Stimme, manchmal ein ganzer Chor aus Jaulen und Fauchen.

»Wir müssen aufpassen«, sagte der Lehrer. »Das sind Wolfskatzen. Dabei steht in jedem Buch, daß es sie gar nicht mehr gebe. Das letzte Paar wurde vor fünfzig Jahren im künstlichen Zoo eingesperrt.«

Der Prinz mischte sich in das Gespräch. »Mein Großvater hat sie ohne Erlaubnis auf der Domäne gezüchtet.«

»Ich habe davon gehört, aber ich habe es nicht geglaubt«, sagte der Lehrer.

»Er hat sie nicht nur gezüchtet, sondern sie auch hinter der Grenze ausgesetzt.« Der Prinz lachte.

Der Haushofmeister hörte das Jaulen und fühlte, wie sein Pferd nervös wurde. Auch die anderen Pferde legten die Ohren an und trappelten mit den Füßen.

»Diesmal werdet ihr die Kaninchen sein.« Wieder lachte der Prinz.

»Und was ist mit dir?« fragte der Lehrer.

»Mit mir?«

Sonst sagte er nichts. Er gab seinem Pferd die Sporen und galoppierte davon. Sein Lastpferd folgte ihm, und bald waren sie in der sinkenden Nacht verschwunden.

»Los«, sagte der Haushofmeister, »wir müssen hier weg.«

Doch obwohl sie in die Richtung galoppierten, in der der Prinz verschwunden war, schien das Jaulen der Wolfskatzen immer näher zu kommen, statt daß es sich entfernte.

»Vielleicht haben sie uns eingekreist?« fragte der Haushofmeister.

Sie blieben stehen und horchten, doch sie hörten keine galoppierenden Pferdehufe. Da hob der Haushofmeister die Hand und deutete geradeaus. »Schau«, flüsterte er. »Da leuchtet etwas. Augen. Zwei, drei! Und noch ein Paar!«

»Sie haben uns wirklich eingekreist«, rief der Lehrer voller Panik.

Nun war in der Ferne Pferdegetrappel zu hören, das schnell näher kam. Der Prinz hielt neben ihnen an und schrie: »Was bleibt ihr da stehen? Die da haben nicht die geringsten Gewissensbisse, wenn sie euch fressen! Wollt ihr etwa freiwillig ihr Abendessen werden?«

Der Lehrer und der Haushofmeister trieben ihre Pferde an und folgten dem Prinzen. Sogleich merkten sie, daß das Rudel der wilden Wolfskatzen ihnen folgte. Sie hatten gedacht, es handle sich nur um einige Tiere, die die Pferde und die Menschen gerochen hatten, doch nun mußten sie feststellen, daß es sich um eine organisierte Verfolgung handelte. Es waren Dutzende von wilden Tieren mit den Krallen von Tigern, dem Gebiß von Löwen, der List und dem Fell von Wölfen, die sich ihnen immer mehr näherten. Zu ihrer Überraschung hielt der Prinz sein Pferd an und wartete, bis sie ihn erreicht hatten. Nun ritten sie nebeneinander weiter.

»Ihr müßt euch verteidigen, sonst bezahlt ihr das mit dem Leben!« rief der Prinz plötzlich.

»Du sprichst wie die Bösen«, antwortete der Haushofmeister ebenso laut. »Wenn sie müde sind, werden sie uns schon in Ruhe lassen.«

»Wie ihr wollt!« rief der Prinz und gab seinem Pferd die Sporen.

Die beiden Pferde des Prinzen galoppierten in einer Geschwindigkeit davon, bei der die anderen nicht mithalten konnten. Er entfernte sich immer weiter von ihnen, und schließlich war er verschwunden. Lange ritten sie so, doch die Raubtiere hinter ihnen ließen kein Zeichen der Ermüdung erkennen. Den Pferden hingegen lief der Schweiß von den Seiten, und es wurde klar, daß das Wettrennen zu ihren Ungunsten ausgehen würde.

Es geschah schneller, als sie erwartet hatten. Das Lastpferd des Haushofmeisters begann zu hinken, und plötzlich stellten sich ihm einige Wolfskatzen in den Weg und sprangen es an, drei, vier auf einmal, und dann drängten sich alle anderen um das Opfer, bellten, heulten und rissen ihm das Fleisch vom Körper. Das gab dem Lehrer und dem Haushofmeister einen gewissen Vorsprung. Doch die letzten des Rudels beteiligten sich nicht an dem Gemetzel, sondern folgten ihnen weiter.

Diesmal kam der Prinz zu ihnen zurückgeritten, ohne daß er von seinem Lastpferd begleitet wurde. Er tauchte plötzlich an ihrer Seite auf und schrie ihnen zu: »Bleibt hier stehen! Eure Pferde können nicht weiter. Ich habe euch Schwerter gebracht.«

Sie blieben stehen. Ihre Pferde keuchten. Der Prinz kam neben sie, in der Hand einen Bogen.

Sie nahmen die Schwerter nicht.

»Warum, verdammt noch mal, verhaltet ihr euch wie Idioten?« schrie der Prinz.

»Das ist eine Frage der Erziehung«, sagte der Lehrer.

»Wir wissen nicht, wie man ein Schwert benutzt«, sagte der Haushofmeister gelassen. »Und du, statt mit unseren Gefühlen zu spielen, solltest uns verteidigen, wie es der Vertrag befiehlt, den du mit dem König geschlossen hast.«

»Der König ist weit weg«, lachte der Prinz spöttisch.

»Hast du diese Tiere gerufen, um uns loszuwerden?« fragte der Lehrer.

Der Prinz gab keine Antwort. Mit einer so schnellen Bewegung, daß man sie fast nicht wahrnahm, warf er ein Messer in die Meute. Wie ein Blitz sauste es durch die Luft und traf die Wolfskatze, die sich gerade an das Lastpferd des Lehrers heranmachte. Sofort danach schoß er seine Pfeile ab, und jedesmal, wenn er traf, brach er in Gelächter aus. Er war erstaunlich schnell. Nun verstanden sie auch, daß es gar nicht so schwer war, die Tiere zurückzuhalten. Sobald einige aus dem Rudel getroffen waren, stürzten sich die anderen auf sie und rissen ihnen das Fleisch vom Körper und versuchten nicht mehr, die Pferde und die Menschen anzugreifen.

Der Haushofmeister und der Lehrer ritten bedrückt weiter, und das Heulen der Tiere im Todeskampf und das Knurren der anderen, die das Fleisch ihrer Brüder fraßen, begleitete sie noch lange. Nur der Prinz blieb zurück und tötete die Tiere ohne jeden Grund, und manchmal trieb er sein Pferd ins Rudel, um sie mit seinem Schwert anzugreifen.

In dieser Nacht berieten der Lehrer und der Haushofmeister, was sie tun sollten. Ihr Gewissen erlaubte ihnen nicht, zu jagen und zu töten, noch nicht einmal, um ihr Leben zu retten. Doch da keine pflanzliche Nahrung zu finden war und wilde Tiere sie bedrohten, mußten sie Fleisch essen und einen Weg finden, um sich und ihre Pferde zu schützen, oder sofort zurückkehren, doch auch das wäre lebensgefährlich. Außerdem hatten sie nicht die Absicht, die Erbin des Reiches im Stich zu lassen, denn sie hofften, daß sie, egal wo, noch am Leben war. Sie waren entschlossen, ihren Auftrag auszuführen und herauszufinden, was der König des Westreiches im Schilde führte. Doch zu diesem Zweck mußten sie den Prinzen überzeugen, daß er für sie jagte und sie beschützte, wie es dem Plan des Königs entsprach, als er sie zu dieser Reise bestimmt hatte.

»Es ist sinnlos, mit ihm zu diskutieren«, sagte der Haushofmeister und legte einen dürren Ast ins Feuer. Eine Weile starrten sie schweigend in die Funken, die über die Flammen aufstoben und in der Dunkelheit verglühten. Dann waren wieder nur die Sterne zu sehen.

»Ich bin nicht bereit, eine Jagd wie die heute noch einmal zu erleben«, sagte der Lehrer. »Und erst recht nicht so etwas wie mit den Wolfskatzen.« Er rülpste. Der Geschmack der Schildkröte stieg in ihm auf und bereitete ihm Übelkeit. Doch er genierte sich und sagte dem Haushofmeister nichts davon.

»Gut«, sagte dieser, »und was schlägst du also vor?«

»Ich habe über einige Möglichkeiten nachgedacht«, sagte der Lehrer zögernd und versuchte, einen großen Nachtfalter zu retten, der in die Flammen fliegen wollte. »Eine der Möglichkeiten scheint mir besser zu sein als die anderen.«

Der Haushofmeister wandte ihm das Gesicht zu, und jetzt, vielleicht wegen der tiefen Schatten, sah er plötzlich krank aus. Der Lehrer legte ihm seinen Plan dar. Sie müßten beim Morgengrauen auf die Pferde steigen und zurückreiten, ohne jede Erklärung und ohne ein Wort zu dem Prinzen zu sagen. Zweifellos würde er sie zuerst ignorieren, doch schließlich würde er ihnen nachkommen. Schließlich wußte er nicht, wie er die Reise ohne Landkarten fortsetzen sollte. Sicher habe er schon längst den Verdacht, daß sie wüßten, wie man die Nebelschlucht durchqueren könne, sonst hätten sie die Reise doch nicht fortgesetzt. Dieser Verlockung könne er nicht widerstehen.

»Und du meinst wirklich, daß er uns folgt, um uns zurückzuholen?« fragte der Haushofmeister.

»Ganz ohne Zweifel, und dann machen wir mit ihm einen Handel.«

»Ich kenne die Bedeutung des Wortes ›Handel‹ nur im Sinne von Kaufen und Verkaufen«, sagte der Haushofmeister.

»Ich weiß. Der andere, der verbotene Sinn bedeutet einen Vertrag abschließen, der nicht von Herzen kommt. Man hält ihn nur so lange, wie jede Seite davon profitiert. Und jede Seite kann ihn ohne Ankündigung brechen, wenn er sich ihrer Meinung nach nicht mehr lohnt. In den verbotenen Büchern, die die Geschichte unseres Landes beurteilen, findet sich ein besonderes Wort für diese Bedeutung von Handel, nämlich ›Politik‹.«

Der Haushofmeister hatte sich diese lange Erklärung zerstreut angehört, nun fragte er: »Und du glaubst, daß die Durchquerung der Schlucht ihm so wichtig ist, daß er dafür sein Verhalten ändert?«

»Wenn er wirklich an die Prophezeiung glaubt, die erzählt wird, muß er ein Heer anwerben, um die Herrschaft in unserem Land zu übernehmen. Und wo könnte er ein Heer anwerben, wenn nicht im Westreich?«

Der Haushofmeister starrte den Lehrer erstaunt und neugierig an.

»Das ist eine Gefahr, an die ich noch gar nicht gedacht hatte. Warum führen wir ihn dort hin?«

»Weil er es nicht schaffen wird, dort ein Heer anzuwerben«, sagte der Lehrer. »Und wenn ich zu einer anderen Auffassung kommen sollte, kehren wir sofort zurück. Der König hat mir befohlen, alles andere außer acht zu lassen, wenn das Königreich in Gefahr kommt. Dann soll ich sogar seine Tochter im Stich lassen.«

»Ich hoffe, du weißt, was du tust«, sagte der Haushofmeister und lächelte. Plötzlich fiel ihm auf, daß er bereits zwei Tage nicht mehr gelächelt hatte.

Der Lehrer schien seine Gedanken zu erraten. Er lächelte zurück und sagte: »Vor lauter Hunger und Mühsal haben wir das Lächeln unseres Landes vergessen, und unsere Gesichter sind gefroren.«

Sie senkten die Köpfe zueinander und lächelten einander an, und aus Sehnsucht nach ihren fernen Familien stiegen ihnen Tränen in die Augen.

Als der Morgen graute, beluden sie ihre Pferde und ritten in die Richtung, aus der sie gekommen waren. Währenddessen kochte sich der Prinz Wasser auf der Glut, die er von ihrem Feuer geholt hatte. Er beachtete sie nicht. Das Glück war ihnen hold, als sie einen kleineren Wasserlauf überquerten. Ein seltsamer Vogel tauchte und holte einen großen, fetten Fisch heraus, legte ihn ans Ufer und schlug ihn mit einigen Schnabelhieben tot. Der Lehrer rannte auf den Vogel los und warf sich mit aller Kraft über ihn. Mit einem heftigen Schlag landete er auf dem Boden, und ein Schmerzensschrei kam aus seinem Mund. Doch als der Vogel wild zeternd aufflog, hatte der Lehrer den Fisch in der Hand.

»Wir machen Fortschritte«, sagte der Haushofmeister lachend und machte sich daran, Zweige für ein Feuer zu sammeln. Dann steckten sie den Fisch auf einen angespitzten Stock und drehten ihn über dem Feuer, wie sie es oft genug bei dem Prinzen beobachtet hatten. Dann fiel dem Lehrer noch ein, daß man den Fisch aufschneiden und ausnehmen mußte. Der Haushofmeister wandte den Kopf ab, und der Lehrer öffnete den Fisch mit einem Messer und wusch ihn mit Wasser aus. Dann brachte er ihn zum Feuer zurück, und schon bald stieg ihnen ein verlockender Duft in die Nase.

»Bis vor kurzem hätten wir bei diesem Geruch erbrochen«, sagte der Haushofmeister und probierte das weiße Fleisch, nachdem er die Haut abgezogen hatte.

»Aber ein Fisch ist kein verständiges Tier, und er sieht auch nicht so schrecklich menschlich aus«, beruhigte ihn der Lehrer.

Er gab es nicht zu, doch das Fleisch schmeckte ihm immer besser. Der Haushofmeister sprach weiter über den Handel, den sie mit dem Prinzen abschließen würden, wenn dieser wirklich käme, um sie aufzuhalten, über die Bedingungen, die sie ihm stellen würden. Doch plötzlich blieb ihm eine Gräte im Hals stecken. Erschrocken spuckte er das Essen aus. Der Lehrer kam ihm zur Hilfe. Der Haushofmeister wandte sein Gesicht zur Sonne und sperrte den Mund so weit wie möglich auf, und der Lehrer zog ihm die Gräte heraus.

»Jetzt verstehe ich«, sagte der Lehrer, »warum in einem der verbotenen Bücher steht, daß man nicht sprechen soll, solange man Fisch ißt.«

»Ich habe es auf die schwere Art gelernt«, meinte der Haushofmeister und setzte sehr vorsichtig seine Mahlzeit fort.

Sie ritten einen ganzen Tag, ruhten unterwegs immer wieder aus und trieben ihre Pferde nicht zur Eile an, doch sie schauten sich nie um. Erst gegen Abend hörten sie näherkommendes Pferdegetrappel hinter ihrem Rücken. Wie es der Lehrer vorausgesagt hatte, erschien der Prinz, sogar früher, als sie erwartet hatten. Der Prinz ritt an ihnen vorbei, zog sein Schwert und versperrte ihnen den Weg. Sie blieben stehen und sagten kein Wort. So standen sie lange schweigend da.

Dann brach der Prinz in sein böses Gelächter aus und sagte: »Ich mache Hackfleisch aus euch, wenn ihr überhaupt wißt, was das ist.«

»Bitte«, sagte der Lehrer und lächelte sein freundliches Lächeln.

»Hör auf, mich so blöd anzulachen, du Hundesohn!« schrie der Prinz, und ein Messer flog haarscharf am Kopf des Lehrers vorbei.

Der Böse beherrschte die Kunst des Messerwerfens so vollkommen, sie hatten überhaupt nicht wahrgenommen, daß und von wo er das Messer zog. Hat er es aus dem linken Ärmel gezogen? überlegte der Lehrer. Mein Interesse ist natürlich rein wissenschaftlich.

»Du mußt wissen«, sagte der Prinz, »ich werfe nur daneben, wenn ich danebenwerfen will.«

»Ich weiß«, sagte der Lehrer. »Aber du machst mir keine Angst. Unter deinen Bedingungen können und wollen wir die Reise nicht fortsetzen, deshalb haben wir uns zur Umkehr entschieden.«

»Ihr müßt eure Beute selber jagen«, sagte der Prinz, der das Problem sofort verstand.

»Der König hat dich mit uns geschickt, damit du unterwegs alle erforderlichen Arbeiten erledigst. Arbeiten, die wir nicht ausführen können.«

»Er hat mich nur mitgeschickt, um gegen menschenähnliche Geschöpfe zu kämpfen.«

»Du legst die Abmachung sehr seltsam aus«, bemerkte der Haushofmeister.

»Lassen wir die Vergangenheit ruhen«, sagte der Prinz. »Was wollt ihr jetzt von mir?«

»Steigen wir vom Pferd und essen wir«, sagte der Haushofmeister.

Der Lehrer nickte. »Gut. Wir können hier unser Nachtlager aufschlagen.«

Nachdem sie die nun schon gewohnten Handgriffe ausgeführt und ein Feuer angezündet hatten, diesmal ein einziges Feuer für alle drei, und einen Topf mit Wasser für Tee über die Flammen gehängt hatten, verkündete der Prinz, er sei zu dem Gespräch bereit.

»Du jagst für uns und bereitest das Essen«, sagte der Lehrer. »Und wir zeigen dir den Weg und bringen dich durch die Nebelschlucht.«

»Ich habe schon längst geahnt, daß ihr wißt, wie man hinüberkommt«, sagte der Prinz. »Vielleicht, wenn ich es auch wüßte ...« Er lachte mit der üblichen Bosheit.

Der Lehrer hätte fast gesagt, daß er es im Leben nicht erfahren würde, doch im letzten Moment biß er sich auf die Zunge. Schließlich war das der wichtigste Punkt des Handels, den er dem Prinzen vorschlug.

»Bist du einverstanden?« fragte der Haushofmeister.

»Und was für eine Möglichkeit gibt es noch?« erkundigte sich der Prinz.

»Wir kehren zurück«, sagte der Lehrer.

»Ohne die Blumentochter?«

»Ohne die Erbin des Reiches«, bestätigte der Lehrer, und der Haushofmeister nickte.

»Ich sehe, daß es euch überhaupt nicht schwerfällt zu lügen«, sagte der Prinz. »Ihr stottert noch nicht mal ein bißchen. Herzlichen Glückwunsch! Ihr wißt, daß ich euch beide hier töten könnte, sofort, die Pferde und die Ausrüstung nehmen und auf die Ankunft der Schweiger warten könnte.«

»Sie werden dir den Weg nicht zeigen.«

»Wenn ich mich ihnen einfach anschließe?«

»Du weißt, daß sie dich nie im Leben aufnehmen würden. Sie werden dich töten, wenn sie entdecken, daß du einen Drachen angerührt hast.«

»Das stimmt leider«, sagte der Prinz. »Aber ich habe auch Bedingungen.«

»Wir hören«, sagte der Lehrer.

Sie müßten lernen, mit Pfeil und Bogen umzugehen, verlangte der Prinz. Er wollte ihnen die Bogen und nicht vergifteten Pfeile geben, die er in seinem Gepäck mitführte. Außerdem müßten sie auch lernen, mit dem Schwert umzugehen. Er habe auch Schwerter für sie.

»Warum hast du zusätzliche Schwerter mitgenommen?« fragte der Lehrer.

»Du glaubst doch nicht im Ernst, daß ich euch beide in jeder Lage schützen kann? Ein einzelner Mann, der kämpfen kann, ist zu wenig. Auch wenn er so gut und so tapfer ist wie ich. Das habe ich bedacht, als ich meine Sachen gepackt habe. Und was das Jagen angeht, so habe ich keine Lust, als euer Diener zu arbeiten.«

»Ich stelle fest, daß du auf alle nur möglichen Arten versuchst, uns vom Pfad des Guten abzubringen«, sagte der Haushofmeister. »Und ich verstehe jetzt, warum du so lange gewartet hast, uns zu helfen, als uns die Wolfskatzen überfielen.«

»Der Pfad des Guten interessiert mich weniger als eine Knoblauchschale«, sagte der Prinz unwillig. »Ihr müßt lernen zu jagen und zu kämpfen, sonst ist es sinnlos, die Reise fortzusetzen. Es stimmt, ich habe es euch beweisen wollen. Mit Reden kann man euch ja nicht überzeugen, ihr lernt es erst, wenn ihr es am eigenen Leib spürt. Aber es ist besser, ihr lernt jagen und kämpfen, solange es sich um wilde Tiere handelt. Wenn ihr mit einem Feind kämpfen müßt, der uns zahlenmäßig überlegen ist, ist es zu spät.«

»Ich bin bereit, den Umgang mit Pfeil und Bogen zum Zweck der Jagd zu erlernen«, sagte der Lehrer leise und beobachtete aus den Augenwinkeln seinen Freund, den Haushofmeister, um zu sehen, wie der wohl reagiere.

»Das ist deine Meinung«, sagte dieser. »Ich finde, der Unterschied zwischen Selbstverteidigung und Mord ist haarfein. Und auch die Selbstverteidigung berechtigt mich nicht, einen anderen Menschen zu töten, wer er auch sein möge.«

»Auch nicht den Bösesten und Gemeinsten?« fragte der Prinz spöttisch.

»Nein«, antwortete der Haushofmeister ohne Zögern.

»Das übersteigt mein Verständnis«, sagte der Prinz. »Ich bin überzeugt, daß du nur aus Mangel an Erfahrung so sprichst, Haushofmeister.«

Der Lehrer und der Prinz bekräftigten den Handel mit einem Händedruck. Der Haushofmeister entfernte sich, damit er nicht gezwungen wäre, die blutbesudelte Hand des Prinzen zu drücken.

Der Prinz bewirtete sie an diesem Abend mit gebratenen Tauben, und sie aßen ihr Fleisch, nachdem der Prinz die Bitte des Lehrers erfüllt und das Fleisch von den Knochen gelöst hatte, damit man die Form des Vogels beim Essen nicht mehr erkennen konnte. Der Lehrer leckte sich, ohne es zu merken, die Finger ab, doch die Empfindungen des Haushofmeisters waren unübersehbar. Er zwang sich, ein Stück nach dem anderen hinunterzuschlucken und das Würgen zu unterdrücken, damit ihm das Essen nicht wieder hochkam. Noch lange nachdem der Prinz und der Lehrer bereits ruhig eingeschlafen waren, weil sie sich auf die Wachsamkeit der Pferde des Prinzen verließen, saß der Haushofmeister zusammengekauert neben dem Feuer und betete Reuegebete.

9. KAPITEL
DIE NEBELSCHLUCHT

Schon von weitem sahen sie hinter der Ebene, die sich vor ihnen erstreckte, eine Art purpurfarbenen Dunst am Fuß der Berge, die sich am Horizont ausdehnten.

Bisher hatten die Schweiger die Gesetze ihrer Religion noch nicht gebrochen und noch nie einem Bewohner des Ostreiches Schaden zugefügt. Ob sie es waren, die die Erbin des Reiches entführt hatten? Konnte es sein, daß die weißen Schweiger es von sich aus getan hatten, nicht im Auftrag ihrer Brüder von der anderen Seite, wie es der Lehrer annahm? Sie sprachen lange darüber, wenn sie abends am Feuer saßen. Der Prinz hielt sich nicht mehr so weit von ihnen entfernt, die beiden Feuer jedenfalls waren nahe beieinander. Und manchmal beteiligte er sich sogar an ihrem Gespräch. Seiner Überzeugung nach war es dem König des Westreiches gelungen, die Schweiger zu der Entführung zu zwingen, oder er hatte sie getäuscht. Auch der Lehrer und der Haushofmeister neigten zu dieser Ansicht, doch noch eine andere Möglichkeit war nicht auszuschließen. Es konnte sein, daß sich die Königstochter aus irgendwelchen unbekannten Gründen, die sich ihrer Vorstellung entzogen, in den Händen der weißen Schweiger befand. In diesem Fall würden sie es nach Ansicht des Lehrers von den gelben Schweigern erfahren, wenn sie die Nebelschlucht überquert hätten. Es würde nicht schwer sein, sie zu finden, denn viele Stämme der gelben Schweiger lebten am Fuß der Berge des ewigen Schnees.

Je näher sie dem purpurnen Dunst kamen, um so stärker wurde der seltsame Geruch, den ihnen der Wind entgegenwehte. Nun konnten sie auch erkennen, daß sie nach der Überquerung der Nebelschlucht immer noch einen weiten Weg bis zum Fuß der Berge vor sich haben würden. Es war Nachmittag, als sie den Rand der Schlucht erreichten, deren Boden wegen der aufsteigenden Dämpfe nicht zu erkennen war. Der Prinz warf einen Stein hinunter, doch der Stein verschwand im Nebel, ohne daß man einen Ton hörte. Sie standen am Ufer der Schlucht, die sich endlos nach beiden Richtungen erstreckte, und konnten nicht erkennen, wie breit sie war oder was sich am anderen Ufer befand. Der Prinz ritt die Schlucht entlang und kam erst nach langer Zeit zurück.

»Ich bin weit geritten«, sagte er, »aber es sieht überall gleich aus.«

»Ich weiß«, sagte der Lehrer. »Ich wollte dich nicht zurückhalten, du solltest dich selbst davon überzeugen.«

»Und wie kommen wir hinunter?« fragte der Prinz scheinbar gleichgültig.

»Ich weiß, wie wir hinunterkommen«, sagte der Lehrer und hob den Kopf zum Prinzen, »nur ich.«

»Du schaust mich so seltsam an«, meinte der Prinz in seiner gewohnt spöttischen Art, doch er konnte seine Neugier kaum verbergen.

»Wir schaffen es nur, wenn wir dir die Augen verbinden und die Ohren und die Nase verstopfen«, sagte der Lehrer, »damit du das Geheimnis nicht entdecken kannst.«

»Damit bin ich nicht einverstanden«, sagte der Prinz wütend, gab seinem Pferd die Sporen und ritt davon, die Schlucht entlang, in die Richtung, die er bisher noch nicht erkundet hatte. Auch diesmal blieb er lange weg. Als er zurückkam, sah er enttäuscht aus.

Der Haushofmeister und der Lehrer hatten auf ihn gewartet. Der Lehrer nahm einen Umschlag aus seiner Brusttasche und hielt ihn wortlos dem Prinzen hin. Der Umschlag trug das Siegel des Königs. Der Prinz brach das Siegel auf, zog einen Brief heraus und las ihn schweigend.

»Ich hätte es nicht geglaubt«, sagte er dann erstaunt. »Das Leben seiner Tochter ist ihm weniger wert als das Geheimnis der Überquerung, und dabei kennt das jeder Schweiger.«

»Aber niemand bekommt es aus ihnen heraus«, sagte der Lehrer.

»Der Mensch ist noch nicht geboren, dem ich nicht sein Geheimnis abluchsen kann«, prahlte der Prinz.

»Wie denn?« fragte der Haushofmeister erschrocken.

Der Prinz lachte. »Nicht durch Foltern. Durch das Wahrheitsgift, das mir mein Großvater vererbt hat.«

»Ich werde dir etwas erzählen«, sagte der Lehrer, »was vielleicht auch dein Großvater gewußt hat. Die Schweiger sterben, wenn sie versuchen, das Geheimnis zu verraten. Und nicht nur sie, sondern ich auch.«

»Das glaube ich nicht«, sagte der Prinz erstaunt, doch er wußte, daß der Lehrer nicht log.

»Du mußt dich entscheiden, ob du unseren Bedingungen zustimmst«, meinte der Lehrer.

Der Prinz war wütend. »Irgendwann werde ich das Gift an euch beiden ausprobieren«, drohte er.

»Es geht nur um mich«, sagte der Lehrer. »Der Haushofmeister kennt dieses Geheimnis nicht.«

Der Lehrer zog zwei schwarze Säcke aus seinem Gepäck, das auf dem Rücken des Lastpferds befestigt war, und hielt sie dem Haushofmeister und dem Prinzen hin. Der Prinz wartete, was der Haushofmeister tun würde. Von den Säcken ging ein seltsamer Geruch aus.

»Ist das, was so riecht, ein Schlafmittel?« fragte er.

»Nein«, log der Lehrer, ohne mit der Wimper zu zucken. »Das ist der Geruch des Stoffes, der vor nicht langer Zeit frisch eingefärbt worden ist. Du weißt doch, daß es bei uns keine schwarzen Stoffe gibt.«

Der Haushofmeister zog sich den Sack über den Kopf, und der Lehrer band ihn um seinen Hals fest. Der Prinz machte es ihm nach, zog ebenfalls den Sack über seinen Kopf und band ihn selbst zu.

»Ich gehe voraus«, sagte der Lehrer, »und bringe meine Pferde hinüber. Ihr haltet euch am Zaum eures Pferdes fest, und sie werden euch hinter mir herführen.«

So geschah es. Der Lehrer ging voraus, und der Haushofmeister und der Prinz wurden von ihren Pferden hinterhergeführt. Der Lehrer wechselte einige Male die Richtung, drehte sich um und ging wieder zurück, aber dieses Täuschungsmanöver brachte den Prinzen, dessen Richtungssinn sich nicht so leicht verwirren ließ, zum Lachen. Doch es vergingen kaum zwei Minuten, und beide, der Haushofmeister und der Prinz, fielen zu Boden. Sie waren fest eingeschlafen. Die Pferde des Prinzen blieben sofort stehen. Der Lehrer hob den Haushofmeister auf den Rücken seines Pferdes und band ihn am Sattel fest. Dann wollte er auch den Prinzen hochheben, doch dessen Pferde bäumten sich vor ihm auf, und der Lehrer konnte den Prinzen nicht berühren. Die Pferde schnaubten drohend wie zwei wilde Tiere. Der Lehrer sprach auf sie ein, versuchte sie zu beruhigen, wie er es bei Wildpferden gewohnt war. Sie beruhigten sich nicht, hörten aber auf, sich aufzubäumen, und unter Gefährdung seines eigenen Lebens gelang es dem Lehrer schließlich, den Prinzen auf den Sattel seines Reitpferdes zu heben und festzubinden. Das Pferd biß ihn kräftig in die Schulter, trotz der dicken Reisekleidung, die er trug. Und dann, mit einer schnellen Bewegung, zog der Lehrer aus dem Sack, der am Sattel des Pferdes befestigt war, die Drachenkrone, und wiederum erwischte ihn ein Biß des Pferdes, diesmal am Arm, und ein Tritt mit dem Huf, der ihn zu Boden fallen ließ.

Der Haushofmeister wachte als erster auf. Er tastete mit den Händen um sich herum und stellte fest, daß er auf der Erde lag, auf weichem Gras.

»Kann ich den Sack vom Kopf ziehen?« fragte er höflich.

Der Lehrer lachte, und der Haushofmeister tastete sich über das Gesicht und fühlte, daß er den Sack schon nicht mehr über dem Kopf hatte. Dann schaute er sich um, konnte aber nicht viel sehen. Der Prinz lag neben ihm und schlief noch. Auch sein Gesicht war frei. Über ihnen schwebte eine purpurne Wolke, durch die nur wenig Tageslicht drang und alles mit einem rötlichen Schimmer überzog. Es war schwer zu sagen, welche Farbe die riesigen Pflanzen hatten, die um sie herum wuchsen, und ebensowenig ließ sich die Farbe der Felsbrocken bestimmen, die da und dort aus dem Boden ragten. Die Gesichter des Lehrers und des Prinzen sahen graugrün aus, und auch die Farbe der Pferde hatte sich geändert. Sogar die Ausrüstung sah seltsam fremd aus.

»Wo sind die Fledermausschlangen?« fragte der Haushofmeister, als ihm klar wurde, daß sie sich bereits auf dem Boden der Schlucht befanden.

Der Lehrer breitete beide Arme aus.

»Sie sind überall versteckt«, sagte er. »Es ist schwer, sie zwischen den Pflanzen zu entdecken. Sie kommen erst heraus, wenn die Glühvögel in der Nacht unter dieser Dampfwolke leuchten.«

»Wie groß sind sie? Wirklich so riesig wie in den Geschichten?«

»In den verbotenen Büchern steht nichts darüber. Aber bestimmt sind sie sehr groß.«

»Und sind sie wirklich so gefährlich?«

Der Lehrer konnte nicht mehr antworten, denn in diesem Moment erwachte der Prinz, sprang auf, schwankte ein wenig hin und her wie ein Betrunkener und stürzte sich dann auf den Lehrer.

»Lügner!« brüllte er. »Du hast mich mit Schlafmittel vergiftet! Und dabei darf ein guter Mensch wie du doch gar nicht lügen! Das wirst du mir büßen!«

»Wenn du ihn umbringst, bleiben wir bis in alle Ewigkeit hier«, meinte der Haushofmeister und lächelte aus Gewohnheit, obwohl er ein nichtgutes Wort benutzt hatte.

Der Prinz versetzte dem Lehrer einen Schlag, fuchtelte mit seinem Schwert herum, schlug aber nicht zu. Der Schlag war sehr heftig gewesen, der Lehrer schwankte, stürzte zu Boden und begann, in den Sumpf zu sinken. Der Haushofmeister zögerte nicht. Er löste den Strick, den er um die Taille gebunden hatte, und warf ihn dem Lehrer zu. Doch der hatte das Bewußtsein verloren. Vor den Augen seiner Reisegefährten versank er immer tiefer im Schlamm. Nun verstanden sie es beide: Sie standen auf einer kleinen Insel von festem Boden, mitten in einem Sumpf aus Schlamm. Vor den Augen des entsetzten Haushofmeisters brach der Prinz in amüsiertes Lachen aus. Er nahm den Wasserschlauch, der am Sattel seines Pferdes befestigt war und goß den Inhalt über den Versinkenden. Der Lehrer kam zu sich und griff nach dem Strick. Erst jetzt bemerkten sie auch, daß die Pferde so dicht an einem der spitzen Felsen festgebunden waren, von denen es hier viele gab, daß sie nur einen einzigen Schritt nach jeder Seite machen konnten.

Nachdem sie den Lehrer aus dem Schlamm gezogen hatten, zog dieser seine Kleider aus, ohne etwas zu dem Prinzen zu sagen oder ihn überhaupt zu beachten. Er nahm frische Kleidung aus dem Gepäck und zog sich an. »Du kannst sie waschen, wenn wir die Schlucht hinter uns haben, sagte der Haushofmeister beruhigend.

Auch der Prinz ging zu seinem Pferd, um etwas zu essen zu holen, und sein Blick fiel auf den Sack, in dem er die Krone aufbewahrte. Er prüfte mißtrauisch die Art, wie er zugebunden war, und warf einen Blick auf den Lehrer. Dann öffnete er den Sack und schaute hinein. Die Krone war da. Sie lag genauso im Sack, wie er sie hineingelegt hatte. Der Sack war so zugebunden, wie er ihn immer zuband. Fast so, wie er ihn immer zuband. Hatte der Lehrer die Krone herausgenommen? Warum? Nur um sie zu betrachten? Immerhin war das eine günstige Gelegenheit gewesen. Aber er hat einen tüchtigen Biß abbekommen, dachte der Prinz, dem die Verletzung an der Schulter des Lehrers nicht entgangen war.

»Woher hast du diesen Biß an der Schulter?« fragte er.

»Ich habe dich auf dem Sattel festbinden müssen, nachdem du eingeschlafen warst«, sagte der Lehrer.

Der Prinz prüfte den Sattel. Es stimmte, er war daran festgebunden gewesen, das konnte man sehen, aber es gab auch Anzeichen, fast unsichtbare Anzeichen, daß der Sack mit der Krone geöffnet worden und geschickt wieder zugebunden und am Sattel befestigt worden war. Gab es eine Beziehung zwischen der Krone und der Durchquerung der Schlucht? Plötzlich erinnerte sich der Prinz an das seltsame Verhalten des Lehrers, an seine provozierenden Bemerkungen damals, als sie das Heulen der Drachen zum erstenmal gehört hatten, und auch später, als er mit der Krone zurückgekommen war. Er hatte diese Krone gebraucht, um die Schlucht zu überqueren, und alles hatte nur von ihr abgehangen. Warum hatte er das nur nicht verstanden? Er beschloß, den Sack mit der Krone tief unter der Ausrüstung festzubinden und ein Zeichen zu machen, um festzustellen, ob der Lehrer sie auch brauchte, um die Schlucht zu verlassen. Er war so tief in Gedanken versunken, daß er den prüfenden Blick des Lehrers nicht bemerkte.

Der Prinz entfernte sich etwas, prüfte mit seinem Schwert den Boden und fand einen Platz, auf den er sich zum Essen setzen konnte. Auch der Lehrer und der Haushofmeister nahmen auf dem Boden Platz und bereiteten ihre Mahlzeit. Die Pferde waren unruhig, nicht nur die des Prinzen. Immer wieder stießen sie ein Schnauben aus, witterten mißtrauisch und lauschten auf die seltsamen Geräusche.

Als es draußen dunkel wurde, war hier unten alles von Tausenden von Lichtern erleuchtet, die von den spitzen Felsen zwischen den Pflanzen strahlten. Ihr Blickfeld, das tagsüber so eingeengt gewesen war, wurde nun größer, und sie hatten von ihrem Platz aus einen weiten Überblick. Was sie sahen, glich einem riesigen, von tausend Lampen erleuchteten Saal, dessen Decke aus einer Wolke bestand und der Boden aus wild wuchernden Pflanzen.

Der Lehrer hatte in den verbotenen Büchern noch keine Beschreibung der Glühvögel gefunden, offensichtlich wußte niemand, wie sie wirklich aussahen. Die Vögel bevölkerten die tiefen, dunklen Nischen in den Felsen. Nach Sonnenuntergang verließen sie ihre Höhlen, Vögel, so groß wie Truthähne, die auf der Brust eine kahle Stelle hatten, von der ein flackerndes Licht ausging. Die leuchtende Stelle war ungefähr so groß wie die Handfläche eines Menschen.

»Eine wirklich bequeme Jagdmethode«, sagte der Prinz, der das Schauspiel vergnügt betrachtete. Unmengen von fliegenden Insekten, große und kleine, von denen einige aussahen wie Schmetterlinge, andere wie Käfer oder ganz ungewöhnlich geformte Tiere, flogen auf das Licht zu und landeten in dem gebogenen Schnabel der Vögel, der wie geschaffen war für diesen Zweck. Doch war dies keineswegs eine besonders ruhige und gelassene Art des Jagens. Die Vögel versuchten, so schnell wie möglich an ihr Futter zu kommen, als müßten sie ihre Mahlzeit bald beendet haben. Es dauerte nicht lange, und sie entdeckten den Grund für die Eile. Aus dem Schlamm kam ein blubberndes Geräusch, und dann tauchten mit einem schrecklichen Gebrüll Tiere auf, bei denen es sich nur um Fledermausschlangen handeln konnte. Die Glühvögel versuchten blitzschnell zu fliehen, doch das Licht war ihr Verderben. Sie konnten es nicht schnell genug abstellen, und wenn sie versuchten, es mit einem Flügel abzudecken, stürzten sie in den Morast. Die Fledermausschlangen tauchten trotz ihrer Länge und Dicke erstaunlich schnell aus dem Morast und flatterten geschickt mit ihren Fledermausflügeln unter der purpurnen Dampfdecke und verschluckten die Vögel, als handle es sich nur um kleine Insekten. Der Lehrer zog die Okarina heraus und begann zu spielen. Das war die einzige Art, sich vor den Fledermausschlangen zu schützen, die Reaktion auf dieses Instrument war den Tieren angeboren, schon seit sie sich vor tausend Jahren entwickelt hatten. Seither bewachte die königliche Familie das Instrument. Vielleicht lag es auch an der Melodie, und man hätte mit jeder Okarina denselben Erfolg erzielt, doch dieses Risiko hatte der Lehrer nicht eingehen wollen. Die Fledermausschlangen flohen vor den Klängen der Okarina, als täten sie ihnen weh, und der Lehrer hörte nicht auf zu spielen.

Langsam verschwanden auch die Glühvögel, sie löschten ihre Lichter und versteckten sich in ihren Felsnischen. Es dauerte nicht lange, und unter der purpurnen Dampfwolke war nichts mehr außer der sumpfigen Ebene, aus der Felsenzacken ragten. Die Fledermausschlangen waren im Schlamm verschwunden.

»Jetzt!« rief der Lehrer und sprang auf den Sattel seines Pferdes. Der Haushofmeister und der Prinz folgten seinem Beispiel.

Der Lehrer hielt mit einer Hand den Zügel, mit der anderen fuhr er fort, auf der Okarina zu spielen. Soweit sie in der zunehmenden Dunkelheit erkennen konnten, war die einzige Pflanzeninsel die, auf der sie sich befanden. Doch woher kam das Licht? Das nackte Moor wurde von unzähligen winzigen Lichtpunkten erhellt. Waren das Tiere oder vielleicht eine Art Leuchtgas? Sie hatten keine Zeit, sich um dieses Phänomen zu kümmern, denn in dem beleuchteten Feld zog sich ein grünlicher Streifen hin, der dem Licht der Glühvögel ähnlich war. Es sah aus, als würde ein Weg beleuchtet, der sich vor ihnen erstreckte und in der Ferne verschwand.

»Ist das ein Weg?«

Der Lehrer nickte. Er führte die anderen langsam vorwärts und begleitete sie mit dem Klang der Okarina.

Hatten vielleicht Menschen vor vielen Jahren auf eine geheimnisvolle Weise den Weg gekennzeichnet? Oder waren ihnen die Schweiger zuvorgekommen und hatten den Weg durch die Schlucht geschaffen? überlegte der Haushofmeister. Er schaute hinunter auf den bebenden, nassen Boden unter den Hufen seines Pferdes, der sich so sehr von dem zähen, klebrigen und morastigen Schlamm der Umgebung unterschied. Wo waren all die technischen Geräte, die den Leuten damals zur Verfügung gestanden hatten? Er war so tief in Gedanken versunken, daß er nicht merkte, was der Prinz tat, der hinter ihm ritt. Der Prinz konnte sich nicht damit abfinden, daß er nicht wenigstens eine einzige Fledermausschlange gejagt hatte. War es nun Blutdurst oder Jagdinstinkt, jedenfalls ließ er sein Lastpferd vorausgehen und blieb selbst zurück.

Der Haushofmeister war versunken in Grübeleien über die Vorväter. Sie hatten so wenig von ihrem Wissen überliefert, als sie das Land zu einem moralischen, von Gesetzen regierten Reich veränderten. Hätte dieses Wissen etwa die Moral und das Gutsein gefährdet? Aber auch im Westreich war kaum etwas von ihrem Wissen überliefert, denn sonst wären dessen Bewohner schon längst in Maschinen über ihr Reich hinweggeflogen und hätten Material abgeworfen, das mit schrecklichem Getöse explodiert wäre. Trotzdem hatte die Unkenntnis des verborgenen Wissens nicht verhindert, daß das Westreich zu dem wurde, was es war:

ein Land ohne Moral und ohne Güte. Und plötzlich durchfuhr ihn die Erkenntnis, daß der König des Westreiches nur deshalb keine fliegenden Maschinen zu ihnen hatte schicken können, weil er nicht über das alte Wissen verfügte. Vielleicht hatten die Vorväter gewußt, warum man alles Wissen hatte vernichten müssen außer dem Rad, dem Schwert, dem Bogen und dem Feuer, dachte er. Hinter sich hörte er plötzlich ein fürchterliches Schreien, das ihm das Blut in den Adern gefrieren ließ. Er blieb stehen. Auch der Lehrer hielt sein Pferd an, hörte aber nicht auf zu spielen. Beide spähten zurück in die Dunkelheit.

Der Prinz, auf seinem Pferd, griff eine Fledermausschlange an, die sich auf dem Weg hinter ihnen wand. Er schoß einen vergifteten Pfeil auf sie ab. Vergeblich. Die Schlange flatterte mit den Flügeln, als wolle sie ärgerlich eine Fliege verjagen. Dann roch sie das Pferd und den Menschen, sie sperrte das Maul auf, und eine purpurne Dampfwolke kam aus ihrem Hals wie aus einem Schornstein. Der Prinz schoß einen vergifteten Pfeil mitten in dieses aufgesperrte Maul und sprang von seinem Pferd, buchstäblich in letzter Sekunde, bevor es im Schlund der Schlange verschwand. Das Gift hatte offenbar keinerlei Wirkung auf die Schlange, sie bewegte sich auf den Prinzen zu. In der Dunkelheit war dessen verhältnismäßig kleine Gestalt kaum zu erkennen, während der riesige Körper der Schlange leicht zu sehen war. Sie wand sich über den Weg, dann lag sie ruhig da. Wieder war nichts zu sehen oder zu hören. Der Haushofmeister und der Lehrer waren überzeugt, daß der Prinz seinem Pferd gefolgt war. Trotzdem ritten sie langsam zurück, geschützt von dem Klang der Okarina. Der Lehrer empfand ein seltsames Gefühl, vermutlich das, was in den verbotenen Büchern als »Schadenfreude« beschrieben war. Doch er genierte sich, dem Haushofmeister davon zu erzählen. Der Weg vor ihnen war frei, die Fledermausschlange war vor den Klängen der Okarina mit widerwilligem Schnauben zurückgewichen. Und da tauchte der Prinz auf. Er kam aus einer Felsnische in der Nähe und landete mit einem Satz neben ihnen im Schlamm.

»Auch du brauchst dringend eine Wäsche«, sagte der Lehrer und heimste dafür sofort einen tadelnden Blick des Haushofmeisters ein.

»Es tut mir leid, daß du dein Pferd verloren hast«, meinte der Haushofmeister mitleidig.

»Ich benutze jedes Geschöpf oder jeden Gegenstand, den ich besitze oder nicht besitze«, sagte der Prinz wütend, »und es tut mir nicht weh, wenn ich etwas verliere. Alles ist zu ersetzen.«

Noch bevor sie das Ende des erleuchteten Weges erreicht hatten, begannen die abgefressenen Pflanzen schon wieder zu wachsen. Sie konnten förmlich zuschauen, wie sie wuchsen, und es kam ihnen so vor, als hörten sie ein Knirschen aus den Halmen.

»Glaubst du, daß wir die Pflanzen wachsen hören?« fragte der Haushofmeister.

»Zweifellos«, meinte der Lehrer und horchte angestrengt. »Ich stelle mir vor, daß sie vor der kommenden Nacht mit Wachstum, Blüte und Samenausstreuen fertig sein müssen, bevor die Ungeheuer sie wieder abmähen.«

Schließlich erreichten sie die gegenüberliegende Wand der Schlucht. Diesmal zog ihnen der Lehrer keine Säcke mehr über den Kopf, sondern gab ihnen nur das Schlafmittel. Der Prinz wehrte sich nicht und schlief auf dem Sattel seines Pferdes ein. Als der Lehrer sicher war, daß beide fest schliefen, ging er zum Pferd des Prinzen, murmelte beruhigende Worte und wich den Hufschlägen aus. Er zog die Krone aus dem Sack. In der Dunkelheit schimmerte sie in einem überirdischen Licht. Der Lehrer bemühte sich, sich die besondere Form des Knotens einzuprägen, mit dem der Prinz den Sack zugebunden hatte, um nicht dessen Verdacht zu erregen. Doch eigentlich wußte er, daß der Prinz bereits Verdacht geschöpft hatte.

10. KAPITEL
DIE BRÜCKE ÜBER DEM ABGRUND

Eine Woche lang waren sie geritten, bis sie am Fuß der Berge ankamen. Aus der Nähe betrachtet waren sie nicht schwarz und dunstumweht oder von grauen Wolken bedeckt. Vor ihnen tauchten kahle Hänge auf, die weiter oben zu schrägen, hellbraunen Felswänden mit gold- und silberschimmernden Spitzen wurden. Über die Wände zog sich ein gewundenes Muster aus roten und grünen Adern, und ganz oben auf den Bergen lag der ewige Schnee.

Unterwegs hatte der Prinz unaufhörlich die Melodie der Okarina gepfiffen, die ihnen die Fledermausschlangen vom Leib gehalten hatte. Er hatte ein ausgezeichnetes Gehör und hatte sie schnell gelernt. Als er den Sack geprüft hatte, in dem er die Krone aufbewahrte, hatte er gelacht. »Das ist es also, was ihr gebraucht habt, um durch die Schlucht zu kommen, was?«

Der Lehrer hatte nur mit den Schultern gezuckt.

Der Haushofmeister war sehr besorgt. Er wollte wissen, ob dies die einzige Okarina war, mit deren Hilfe man die Schlucht durchqueren konnte, oder ob das auch mit einer anderen gelingen könne. »Außerdem«, so sagte er zu dem Lehrer, »hättest du den Prinzen für die ganze Durchquerung schlafen lassen sollen.«

»Es gibt keine Methode, einen schlafenden Menschen durch die ganze Schlucht zu bringen«, erklärte der Lehrer. »Wir wissen nicht, ob das mit Absicht so eingerichtet wurde, oder ob es eine irreparable Störung ist, die irgendwann einmal eingetreten ist. Tausend Jahre sind eine lange Zeit, und wir müssen dankbar sein, daß es immer noch funktioniert. Jedenfalls würden die Glühvögel einen schlafenden oder betäubten Menschen sofort angreifen und töten. Unsere Vorfahren haben das aus leidvoller Erfahrung gelernt.«

»Damit hat er aber das Geheimnis der Krone entdeckt«, sagte der Haushofmeister vorwurfsvoll.

»Er weiß nur, daß es eine Verbindung zwischen dem Durchqueren der Schlucht und der Krone gibt«, antwortete der Lehrer. »Es ist mir nicht gelungen, das vor ihm zu verbergen, dafür ist er auch zu klug. Doch keine Sorge, dieses Wissen hat keinerlei Bedeutung.«

»Warum hast du ihm dann nicht von Anfang an davon erzählt und ihn statt dessen heimlich dazu gebracht, die Krone zu besorgen?«

»Sein wichtigster Grund, sich an der Delegation zu beteiligen, war die Krone. Wir wissen nicht, ob er unseretwegen den Drachen gejagt hätte oder ob es ihm überhaupt gelungen wäre, wenn er es nicht aus eigenem Antrieb getan hätte. Der König und ich haben uns in die alten Dokumente vertieft, und obwohl kein Hinweis auf die Art der Jagd genannt ist, wird doch immer wieder die Wichtigkeit der Stimmung des Jägers betont.«

»Eine gute Stimmung?«

»Nein, eine ›satanische‹. Wir wissen nicht genau, was dieses Wort bedeutet. Aber jetzt ist die Krone bei uns, und für die Rückkehr wird er uns die Krone geben, ob er mitkommt oder nicht.«

Der Haushofmeister war noch nicht ganz beruhigt.

»Er wird nie wissen, was er tun muß, auch wenn er die Krone hat«, fuhr der Lehrer fort. »Und sogar wenn er herausbekommt, wie man in die Schlucht hineinkommt, weiß er noch lange nicht den Weg hinaus. Das Hineinkommen ist einfacher, es geschieht mit Hilfe der Krone. Doch das Hinauskommen ist schwer, sogar wenn man die Krone hat. Schade, daß ich dir das Geheimnis nicht verraten darf.«

Sie hielten an, und der Prinz kam näher. Der Lehrer zog eine Karte heraus und vertiefte sich mit gerunzelter Stirn hinein. Er machte keinen Versuch, die Karte vor dem Prinzen zu verbergen, da alles in der Schrift der Väter beschrieben war, die schon lange nicht mehr verwendet wurde und die nur der König nach der Thronbesteigung und die drei Lehrer zur Überlieferung von Sitte und Moral lernten.

Den Pferden fiel es anfangs schwer, die Berge hinaufzusteigen, an Hängen und Steigungen nicht auszurutschen, über Felsspalten zu springen oder schmale Bergpfade am Rand von Abgründen entlangzugehen. Sie hatten noch nie solche Berge gesehen, und sogar das Pferd des Prinzen war beunruhigt und wich immer wieder zurück. Der Haushofmeister und der Lehrer beschlossen, ihren Pferden die Augen zu verbinden und sie am Zügel zu führen. Der Prinz ritt weiter auf seinem Pferd und erklärte ihm freundlich und geduldig, was es zu tun hatte. Noch nie hatten sie ihn so sprechen gehört. Vielleicht deshalb, weil sie immer so weit vor ihm geritten waren. Hatte er so auch mit seinem anderen Pferd gesprochen? In den ersten Tagen hielt sich der Lehrer zurück, doch schließlich sagte er in einem aufreizenden Ton, der eher dem Ton des Prinzen glich als dem eines Bewohners seines Landes: »Mit Menschen freundest du dich nicht an, aber mit Pferden ...«

Der Prinz zuckte mit den Schultern, kochte aber vor Wut, als der Lehrer fortfuhr: »Wir jedenfalls haben uns wie Freunde verhalten, als wir dich aus dem Moor der Fledermausschlangen gerettet haben.«

Der Prinz wurde rot. »Wenn du das noch einmal sagst, schneide ich dir die Nase ab«, zischte er. Blitzschnell zog er sein Schwert und ließ es an der Nase des Lehrers vorbeizischen.

Der Haushofmeister mischte sich ein. »Du weißt, daß der Lehrer nicht lügt. Wir haben dir wirklich geholfen.«

»Der Lehrer hat gelogen, als er mich betäubt hat. Und außerdem habe ich noch nie irgend jemanden gebraucht, damit er mich aus irgendeiner Situation rettet. Wenn ich von dort nicht hätte entkommen können, wäre das außerdem nur ein Zeichen dafür, daß sich mein Großvater in der Hölle nach mir sehnt.« Er lachte, dann fügte er hinzu: »Ihr habt mich doch nur geholt, weil ihr ohne mich nicht weiterkommt.«

»Wir haben gelernt, mit Pfeil und Bogen zu jagen«, erinnerte ihn der Lehrer.

Der Haushofmeister nickte. Jedesmal, wenn er an das dachte, was sie in den letzten Wochen getan hatten, empfand er Abscheu vor sich selbst. Er hatte meist danebengeschossen, obwohl er sich große Mühe gegeben hatte, damit das Töten nicht nur dem Lehrer überlassen blieb. Doch sein Abscheu hatte seine Augen geblendet und seine Hände zittern lassen. Das war eindeutig, denn der Haushofmeister hatte sich als wunderbarer Schütze erwiesen, wenn sie übten, und sogar dann, wenn einer ein Holzstück in die Luft warf, damit der andere üben konnte, Vögel im Flug zu treffen.

»Nur ein Pferd kann mein Freund sein«, sagte der Prinz und spuckte aus, denn das Wort »Freund« brannte ihm auf der Zunge.

Je höher sie kamen, um so weniger Gras gab es, und sie mußten die Pferde immer länger weiden lassen. Doch Wasser gab es im Überfluß, in den Gruben und Zisternen, die von den Schweigern oder irgend jemand anderem ausgehoben worden waren. Nach einem Aufstieg von zwei Wochen erreichten sie die Brücke, die auf den Karten des Lehrers »Brücke über den Abgrund« genannt wurde. Doch auch diese war offenbar absichtlich zerstört worden. Erschrocken und bekümmert betrachteten sie die Bretter und die Pfähle, die nicht nur da, wo sie standen, herumlagen, sondern auch auf der anderen Seite. Einige dicke Bohlen waren auf beiden Seiten der Schlucht in den Felsen steckengeblieben und zeigten, wo die Brücke befestigt gewesen war. Zweifellos sollten sie den Bau einer neuen Brücke ermöglichen. Doch dazu hätten sie neue Bretter gebraucht, ganz abgesehen von einem Fachkundigen für den Bau von Hängebrücken.

»Es gibt keinen Zweifel, daß die Schweiger hier mit der Erbin des Reiches den Abgrund überquert haben«, meinte der Prinz. »Sie wissen, daß wir sie verfolgen.«

Alle drei maßen mit den Augen die Breite des Abgrunds, und sogar der Prinz glaubte nicht, daß die Pferde hinüberspringen könnten, selbst wenn man ihnen die Last abgenommen hätte. Die drei Reisegefährten gingen ans Werk. Seit Tagen war es ihnen nicht so leicht gewesen, ein Feuer zu machen, sie nahmen einfach die herumliegenden trockenen Bretter der zerstörten Brücke.

»Es gibt nichts Schlechtes ohne etwas Gutes«, sagte der Lehrer. »Diesen Spruch habe ich in den verbotenen Büchern gelesen.«

»Mein Großvater hat das auch immer gesagt«, meinte der Prinz.

Nachdem sie das Fleisch gebraten hatten – eine Arbeit, die der Prinz und der Lehrer erledigten –, saßen sie zu dritt zusammen und diskutierten die Möglichkeiten, über den Abgrund zu kommen. Der Haushofmeister und der Lehrer hatten verschiedene Ideen, doch keine schien ausführbar zu sein.

»Ich schaffe es«, sagte der Prinz plötzlich.

»Mit dem Pferd?«

»Nein, allein.«

»Wie?« fragte der Haushofmeister.

»Auf den Flügeln des Bösen«, sagte der Prinz, und es war unmöglich zu wissen, ob er sich lustig machte oder die Wahrheit sprach.

»Angenommen, es stimmt«, sagte der Lehrer. »Was ist dann mit den Pferden? Wir kommen ohne sie nicht weiter, ganz zu schweigen von unserer Jagdausrüstung und den Vorräten. Wir können nicht überall jagen, und deshalb müssen wir immer einen kleinen Vorrat haben. Wir haben noch einen langen Weg vor uns.«

»Wenn es sein muß, gehen wir zu Fuß weiter«, sagte der Haushofmeister. »Wir brauchen nur die Wasserschläuche, Stricke und was sonst noch nötig ist. Soviel wir eben tragen können.«

»Und was wird mit den Pferden?« fragte der Lehrer.

»Ich nehme an, sie bleiben hier in der Gegend«, sagte der Prinz. »Und da mein Pferd zum Leiter der kleinen Herde wird, können wir sie später wiederfinden. Die Schweiger reiten nicht auf solchen Pferden und werden sie nicht stehlen. Bestimmt finden wir sie wieder, wenn wir zurückkommen.«

»Gut«, sagte der Lehrer, »doch wie willst du über den Abgrund kommen?«

Der Prinz gab keine Antwort. Er beendete sein Mahl und legte sich ein wenig hin, um auszuruhen. Dann nahm er eines der Seile, die an seinem Sattel befestigt waren, und flocht es auf, um ein dünnes Seil zu bekommen. Der Lehrer half ihm dabei, ohne daß der Prinz darum gebeten hatte. Der Prinz wollte etwas sagen, ließ es aber, nachdem er einen Blick auf die untergehende Sonne geworfen hatte, und nur sein Gesicht verfinsterte sich. Sie machten drei dünne Seile aus dem einen dicken. Dann knotete der Prinz am Ende jedes Seils einen Pfeil fest und ging zum Rand des Abgrunds. Er spannte seinen Bogen und schoß einen Pfeil nach dem anderen hinüber. Wieder staunten der Haushofmeister und der Lehrer über seine Geschwindigkeit und Präzision. Die Pfeile schwirrten durch die Luft und landeten zitternd in den ehemaligen Grundpfeilern der Brücke. Dann band er sich ein dickes Seil um die Hüften und gab ihnen die Anweisung, ihn langsam in den Abgrund hinunterzulassen, während er die Enden der drei dünnen Seile in der Hand hielt. Sie ließen ihn langsam und vorsichtig hinunter, und als er tief genug war, rief er ihnen zu, sie sollten aufhören und das Seil an einem der Balken auf ihrer Seite festmachen. Dann begann er sofort, sich an den dünnen Seilen hochzuhangeln. Je höher er kam, um so weiter entfernte er sich von ihrer Seite und näherte sich den Balken auf der gegenüberliegenden. Von Zeit zu Zeit wickelte er sich die dünnen Seile um den Leib und ruhte sich kurz aus, wobei er in der Luft hing. Sie verfolgten sein Tun gebannt und wagten kaum zu atmen. Und wenn die Pfeile sich plötzlich lösten? Selbst wenn es nur einer war, waren dann die beiden anderen stark genug, den Prinzen zu halten? Nicht nur der Lehrer und der Haushofmeister standen da und starrten besorgt hinüber, auch das Pferd des Prinzen wurde zusehends nervöser. Manchmal wieherte es zu seinem Herrn hinüber und tänzelte nahe am Abgrund.

»Wir hätten es anbinden müssen«, sagte der Lehrer. »Es wird noch hinunterstürzen.«

»Jetzt kann das keiner mehr tun«, antwortete der Haushofmeister.

Was ihnen unmöglich vorgekommen war, gelang. Der Prinz stand am anderen Ufer des Abgrunds und befestigte dort das dicke Seil an einem Balken. Er zog seine Pfeile heraus und schoß sie zurück zum Lehrer und zum Haushofmeister. So spannten sie vier Seile über den Abgrund, drei dünne und ein dickes. Er wies sie an, seine Ausrüstung zusammenzupacken und auch aus den Dingen, die sie auf den Weg mitnehmen wollten, Bündel zu schnüren. Sie sollten die Bündel eines nach dem anderen an das dicke Seil hängen und eines der dünnen dranbinden. Der Prinz wollte die Bündel zu seiner Seite holen, indem er an den dünnen Seilen zog. Doch noch bevor das erste Bündel über dem Abgrund hing, passierte etwas Unglaubliches. Das Pferd des Prinzen wich zurück, dann fing es an zu galoppieren, sprang mit einem mächtigen Satz hinüber und landete buchstäblich am äußersten Rand, wobei es mit den Hinterhufen Erde und Steine lostrat. Alle drei schrien erschrocken auf. Der Prinz packte die Zügel und zog das Pferd auf einen sicheren Platz, klopfte ihm beruhigend den Hals und tätschelte seinen Kopf.

Die Situation war nun ganz anders.

»Hast du noch Betäubungsmittel?« schrie der Prinz zum Lehrer herüber.

»Ja!«

»Betäubt die Pferde!«

»Das Seil wird kein Pferd aushalten.«

»Wir bringen sie rüber, wie ich rübergekommen bin.«

»Wir werden es nicht schaffen, ein schweres Pferd hinunterzulassen, ohne daß uns das Seil aus der Hand rutscht!«

»Tut, was ich euch sage!« rief der Prinz ungeduldig von der anderen Seite. Dann fügte er, was sonst nicht seine Art war, hinzu: »Es wird alles gut werden.«

Der Haushofmeister und der Lehrer betäubten die Pferde, während der Prinz fortfuhr, sein Pferd zu beruhigen und freundlich auf es einzureden. Der Haushofmeister bedauerte, daß er seine Worte nicht verstehen konnte. Das Gefühl, daß der Prinz nicht nur rauh und böse war, ermutigte ihn. Ihm war die Vorstellung unerträglich gewesen, daß jemand immer und ständig nur böse war und keine anderen Gefühle kannte als Schadenfreude und das Vergnügen, andere zu verspotten, zu quälen oder ihnen weh zu tun. Der Haushofmeister freute sich, daß der Prinz nun menschliche Gefühle zeigte, wenn auch nur für sein Pferd. Im Ostreich war es üblich, ein freundliches Gesicht aufzusetzen, wenn man jemanden auf einen Fehler hinwies. Von hochgestellten Persönlichkeiten wie Ministern oder auch dem Haushofmeister, die sich im »Heiligtum des Guten« reinigten, erwartete niemand, daß sie noch Gefühle wie Zorn empfanden, doch es hatte sich herausgestellt, daß dieses Gefühl im Haushofmeister wiedererstanden war. Er war nicht mehr der vollkommene Mensch, der er eigentlich hätte sein müssen, doch seltsamerweise war er nicht sehr traurig darüber.

Sie fesselten die Pferde, nachdem sie sie direkt neben dem Abgrund betäubt hatten, um sie nicht erst hinschleppen zu müssen. Der Plan des Prinzen war einfach, er wollte sie auf die gleiche Weise hinüberbringen, wie er es selbst geschafft hatte. Zuerst mußten sie ein Pferd hinunterlassen, so weit, daß die Länge des Seils etwa der Breite der Schlucht entsprach, dann würde der Prinz es mit Hilfe seines Pferdes auf der anderen Seite hochziehen. Natürlich konnte er ein so schweres Pferd nicht mit den dünnen Seilen hochziehen, an denen er selbst hinaufgeklettert war. Deshalb bat er den Lehrer und den Haushofmeister, sie sollten ihm die Enden zweier dicker Seile zusammen mit der Ausrüstung hinüberschicken. Dann sagte er ihnen, wie sie das Pferd anbinden mußten. Das Ende des Seils, mit dem sie das Pferd hinunterlassen wollten, mußten sie an einem starken Pfeiler festmachen. Einer hielt das Seil mit dem doppelten Knoten, der andere ließ das Pferd mittels eines Holzbretts, das als Hebel diente, hinunter. Das Pferd hing in der Luft. Dann holte der Prinz sein Pferd, knotete die Enden der beiden dicken Seile am Sattel fest und befahl seinem Pferd zu ziehen, während er es am Zügel führte. Und während der ganzen Zeit knirschten die Seile am Felsen, rieben sich Fasern ab und ließen Erde und kleine Steine in die Schlucht fallen. Nun verstanden der Lehrer und der Haushofmeister auch, warum der Prinz zwei Seile verlangt hatte und nicht eines. Ein Seil reichte zwar, um das Pferd hinunterzulassen, doch nicht, um es über einen so felsigen Rand heraufzuziehen. Ängstlich beobachteten beide den Pfosten, der neben ihnen knarzte, doch alles klappte. Die beiden anderen Pferde brachten sie nach langen Pausen hinüber, um dem Pferd des Prinzen Gelegenheit zum Ausruhen zu geben. Auch der Rest der Ausrüstung kam heil hinüber, und als der kleine rote Mond, der in dieser Nacht zuerst aufging, sich am Himmel erhob, überquerten sie selbst die Schlucht. Der Lehrer und der Haushofmeister umarmten und küßten sich, als sie wieder auf festem Boden standen, und tanzten den rituellen Freudentanz, wie es bei ihnen üblich war. Der Prinz wandte ihnen den Rücken zu. Menschen, die sich umarmten, waren ihm unheimlich, er schreckte vor einer derartigen körperlichen Nähe zurück, die er nur vom Kampf kannte. Und natürlich erinnerte er sich an die körperliche Nähe, die er gespürt hatte, wenn er von seinem Großvater gekniffen worden war.

An diesem Abend, als sie an ihrem Feuer saßen und die beiden Monde schon hoch über ihnen standen, zog der Lehrer die Okarina heraus und spielte lange Zeit schwermütige und herzergreifende Melodien. Und als er das Lied der Fledermausschlangen spielte, pfiff der Prinz die Begleitung.

»Ich werde sie noch einmal durchqueren«, sagte der Prinz plötzlich.

»Bist du so sicher?« fragte der Lehrer.

Den Prinzen beschlich ein leiser Zweifel. Vielleicht diente die Krone doch einem ganz anderen Zweck, als er dachte.

11. KAPITEL
TOCHTER DER BLUMEN

Sie erstickte. Das war das erste Gefühl, an das sich Malila, die Prinzessin, erinnerte. Dann an Träume, seltsame Träume vom Fallen. An eine Kälte, die sie nicht kannte oder höchstens aus Träumen, aus ihrer Kindheit oder einem früheren Leben. Im ersten Moment wußte sie nicht, wo sie sich befand, ob sie immer noch träumte oder schon wach war. Ein seltsamer Geruch drang in ihre Nase, und sie wollte die Hand zu ihrem Gesicht heben, doch ihre Hände waren an ihrem Körper festgebunden. Auch ihre Beine waren gefesselt. Das letzte, an das sie sich erinnerte, war das Zelt, als sie schlafengegangen war. Sie erinnerte sich auch an den ameisenförmigen Fleck auf dem Zelt. Sie hatte ihn betrachtet, während sie horchte, ob jemand von ihren Freundinnen und Freunden noch wach war. Doch um sie herum hatte nächtliche Stille geherrscht, nur ab und zu unterbrochen vom Schnarchen des Lehrers aus dem benachbarten Zelt. Ihr wurde klar, daß sie jetzt anderswo war und daß sie wirklich gefesselt war. Nun erwachte sie völlig und erschrak. Noch nie in ihrem Leben war sie, in wachem Zustand, so erschrocken gewesen, wenigstens hatte sie es sich noch nie eingestanden. Nur ein nicht-guter Mensch hat Angst, so hatte sie es aus dem »weißen Buch« gelernt. Nur wer in seinem Herzen nicht-gute Gedanken hegt, nicht-reine Absichten – nur ein solcher Mensch wird von Angst gepackt. Und solche Absichten hatte sie noch nie gehabt, dessen war sie sich sicher, soweit sich ein Mensch dessen sicher sein konnte.

Da beugte sich plötzlich ein Gesicht über sie, das nicht von dieser Welt war. Sie erkannte ihn sofort. Sie hatte Bilder von solchen Gesichtern in ihren Schulbüchern gesehen. Oder hatte sich einer von ihren Freundinnen oder Freunden verkleidet, um sich einen Spaß mit ihr zu machen?

»Hör auf«, sagte sie. »Laß mich in Ruhe.«

Er hob sie vom Boden hoch. Sie stieß einen erschrockenen Schrei aus. Er hielt ihr den Mund zu. Seine Hand war nicht die eines normalen Menschen, sondern die Hand eines Schweigers, wie auf den Bildern – vier lange, starke Finger und zwei Daumen, einen an jeder Seite. Sie war so durstig, wie sie noch nie gewesen war. Der Schweiger trug sie zu einem Feuer und lehnte sie an einen Baumstamm. Dann sah sie sie, die Schweiger. Sie saßen um sie herum und starrten sie neugierig an. Ihre Körper waren in dichte, graue Pelze gehüllt, und im ersten Moment dachte sie, es sei ihr natürliches Fell. Sie hatte gelernt, daß die Schweiger früher, vor vielen Generationen, Wolfskatzen gejagt und ihre Felle für Kleidung und Bettzeug verwendet hatten. Heute war das bestimmt nicht mehr so, und trotzdem trugen sie Felle. Vielleicht nahmen sie die Pelze von Tieren, die sie leblos im Wald fanden? Jedenfalls trugen sie keine Stoffe, sie trugen Pelze. Wie konnten vernunftbegabte Menschen so etwas tun? Aus irgendeinem Grund erinnerte sie sich plötzlich an den eingesperrten Prinzen und an den Vortrag, den er ihr über die wilden Tiere in ihrem Land gehalten hatte, und als sie sich weigerte, das zu glauben, hatte er sie auf die Fische und die kleinen Nagetiere hingewiesen, die kleine Insekten fraßen. Sie schob die Gedanken beiseite und lächelte die Schweiger an, wie es ihre Art war, doch keiner lächelte zurück.

»Ich bin die Erbin des Reiches«, sagte Malila mit ihrer weichen, melodischen Stimme.

Einer von ihnen stand auf, und sie sah, daß seine Füße ganz ähnlich aussahen wie seine Hände, mit einer dicken, groben Haut. Malila schaute von seinen Füßen zu denen seiner Freunde und sah, daß alle barfuß waren.

Der Schweiger sprach, und sie stellte fest, daß sie tatsächlich sprechen konnten. Er hatte einen seltsamen Akzent, doch sie verstand ihn gut.

»Wir wissen, daß du die Erbin des Reiches bist«, sagte er. »Wir haben dich entführt, um dich zu unseren gelben Brüdern zu bringen. Sie werden für dich etwas Kostbares und Heiliges bekommen.«

»Von wem?« fragte Malila und lächelte ihn wieder an.

Er lächelte nicht.

»Vom König des Westreiches«, sagte er und setzte sich wieder.

»Ist das die Wahrheit?«

»Ja«, sagte der Schweiger.

Malila versuchte, sich von den Fesseln zu befreien, doch sie wußte, daß es unmöglich war. Sie brach in Weinen aus. Aus der Dunkelheit hinter dem Lagerfeuer tauchten zwei Frauen auf, Schweigerinnen. Sie nahmen ihr die Fesseln von den Füßen und brachten sie zu ihrem Zelt.

Dann begann die Reise. Der Wald, das Heulen der wilden Drachen, das die Schweiger zu Tode erschreckte und zugleich Achtung und Ehrfurcht in ihnen weckte. Sie überquerten einen Fluß über eine Holzbrücke. Die Ebene, das Gejaule der Wolfskatzen. Von Zeit zu Zeit jagten die Schweiger mit ihren langen Lanzen. Andere Waffen konnte sie nicht bei ihnen entdecken, außer den Krummschwertern und den Messern, die sie für alle Arbeiten verwendeten, natürlich auch dazu, Fleisch zu schneiden. Fleisch! Fleisch essen! Alle Qualen des Hungers, die der Lehrer und der Haushofmeister erlitten, erlitt auch die Erbin des Reiches. Das Schreien der Tiere, die geschlachtet wurden, vor allem der Hasen. Die Felle, die man ihnen gerade abgezogen hatte. Die Eingeweide der Tiere, die den Froschschakalen zum Fraß hingeworfen wurden, den Aasfressern der nur mit wenigen Büschen bewachsenen Ebene. Dann der Sack, den sie ihr mit Gewalt über den Kopf zogen, und der Geruch des Betäubungsgiftes, der gleiche Geruch, den sie gerochen hatte, als sie nach der Entführung erwacht war. Wann war das gewesen? Ihr kam es vor, als seien inzwischen Jahre vergangen. Dann das Erlebnis der Durchquerung der Schlucht, besser gesagt, das Erlebnis des Aufenthalts tief unten, unvergeßlich, verwirrend. Das Licht, die Pflanzen, die Fledermausschlangen und die Glühvögel. All die Namen, die sie in den Lehrbüchern für Tiere gelesen hatte, die es früher, vor langer Zeit, einmal gegeben hatte. Das Raubtierhafte ihrer Ernährung. Die Vögel, die die Insekten fraßen, und die Schlangen, die die Vögel und die Pflanzen fraßen, und die Pflanzen, die mit diesem amokartigen Tempo wuchsen. Sie hätte diese Gedanken nicht denken können, ohne die verbotenen Wörter zu benutzen, um die Dinge zu benennen; verbotene Dinge, die aber offensichtlich weiterhin existierten. Hatten die Tiere und Pflanzen keine Zeit? Oder war ihre Zeit eine andere? Vielleicht war eine Stunde bei ihnen ein Tag? Schade, daß es niemanden gab, den sie fragen konnte. Ihr Vater hätte es vielleicht gewußt.

Sie weinte viel, sie hatte Heimweh, doch niemand störte sich daran, so wie niemand sie dafür bestrafte, daß sie kaum mehr lächelte. Manchmal, wenn sie für einen Moment vergaß, wo sie war, lächelte sie für sich selbst. Dann wieder fragte sie die Schweiger nach dem Westreich, doch sie hörten nicht hin. Sie lachten nicht, und sie weinten nicht. Sie sprachen nicht mit ihr, außer den wenigen einzelnen Worten. In der Regel war es ein bestimmter Schweiger, der sprach, obwohl sie da nicht ganz sicher war, denn sie sahen alle gleich aus. Nur die Männer und Frauen und die Alten und Jungen konnte sie unterscheiden, mehr nicht. Manchmal trommelte einer von ihnen auf einer kleinen Trommel mit einem wundervollen Klang, und dann saßen alle wie verzaubert da und lauschten dem Rhythmus, als lauschten sie konzentriert einer Geschichte oder einer wichtigen Botschaft. Oder beteten sie vielleicht? Als sie sich der Nebelschlucht genähert hatten, hatte jener Schweiger auf einer großen Trommel gespielt, doch auf eine ganz andere Art, als wolle er jemandem in der Ferne eine Botschaft übermitteln. Doch auf der Okarina spielten sie erst, als sie die Schlucht auf einem blitzenden Weg durch das Moor entlanggingen. Als sie außerhalb der Nebelschlucht erwachte, sah sie von weitem die Berge.

Sofort erkannte sie den Unterschied zwischen den weißen und den gelben Schweigern. Auch diese trommelten viel, besonders als sie sich den Bergen näherten, hellbraune Berge mit silbernen und goldenen Adern, rötlich und grünlich und mit schneebedeckten Gipfeln. Hätte ihr jemand erzählt, daß sie, die Erbin des Reiches, mit eigenen Augen die Berge des ewigen Schnees und den purpurnen Dampf der Schlucht der Fledermausschlangen sehen würde, ganz zu schweigen von den Schweigern, hätte sie es nicht geglaubt.

Als sie die Augen aufmachte, dachte sie, sie hätten sich umgezogen, denn nun trugen alle Stoffkleidung. Doch dann sah sie, daß ihre Gesichter gelb waren, und erinnerte sich, daß hier, auf der anderen Seite der Nebelschlucht, ein anderer Stamm lebte als der, der sie aus dem Zelt entführt hatte. Während ich betäubt war, dachte sie, bin ich von einer Hand in die andere übergeben worden.

Auch die gelben Schweiger sprachen nicht mit ihr. Und auch hier sorgten zwei Frauen für sie. Schon am zweiten Tag fiel ihr etwas Seltsames auf. Als sie um Wasser bitten wollte, wandte sie sich an eine der beiden Frauen und schaute ihr in die Augen, und noch bevor sie ein Wort gesagt hatte, hielt ihr diese den Wasserschlauch hin, der an ihrem Hasenpferd festgebunden war. Malila hielt es erst für Zufall, doch diese Vorfälle wiederholten sich immer wieder. Da schaute sie der Frau in die Augen und fragte sie, wortlos, ob sie vielleicht ihre Gedanken hören könne.

»Ja«, antwortete die Schweigerin, ohne den Mund zu öffnen. »Ich höre sie.«

»Immer?«

»Nein, nur wenn sich deine Gedanken an mich richten.«

»So unterhaltet ihr euch miteinander?«

»Ja. Doch wir können uns so auch mit den Menschen deines Landes unterhalten.«

»Und mit den Bewohnern des Westreiches?«

»Nein«, antwortete die Schweigerin in Gedanken. »Ihr Gehirn ist vor lauter Bosheit verstopft, und wir können ihre Gedanken nicht hören, auch wenn sie es wollen, und sie können unsere Gedanken nicht verstehen.«

Die Prinzessin erkundigte sich nach dem Westreich und danach, was ihr Schicksal sein würde. Die Frau erklärte ihr freundlich und sanft, sie wüßten nicht, was dort mit ihr geschehen solle.

»Kannst du mir etwas über das Westreich erzählen, von der Lebensweise der Bewohner, ihren Kindern, und was wahr ist von den Geschichten über die Bosheit des Königs und der Bewohner?«

»Nicht ich«, antwortete die Schweigerin still. »Doch bald kommt der alte Schweiger. Er wird dir alles sagen, was du wissen willst.«

Von diesem Tag an wurde die Reise zu einem interessanten und spannenden Abenteuer für die Erbin des Reiches. Sie begann, die Schweiger zu mögen, obwohl ihre Lebensweise und ihre Sitten so verschieden waren von den ihren, und obwohl sie vorhatten, sie aus irgendeinem unklaren Grund – und vermutlich nicht freiwillig – dem König des Westreiches zu übergeben. Ihr kam der Gedanke, daß strenge, unerklärliche Gebote und Verbote vielleicht nicht unbedingt der richtige Weg waren. Und vielleicht waren die Bewohner des Ostreiches deshalb so wild auf diese wissenschaftliche Zeitung, die das nicht-moralische Handeln des Prinzen auf seiner Domäne und in der Gefängniswohnung im Palast beschrieb.

Anfangs litt die Prinzessin unter dem Reiten. Sie war nicht an die Reittiere der Schweiger gewöhnt, die nur wenig den Pferden ähneltem, die sie kannte, und deren Bewegungen eher Sprüngen glichen. Ihr Körper war von einem zarten Fell überzogen, das sich angenehm anfühlte. Ihre Ohren glichen denen von Eseln, und ihre Beine denen von Wildhasen, doch sie waren, im Verhältnis zum Körper, sehr lang. Ihre Köpfe sahen lustig aus: Pferdeköpfe mit den vorstehenden Nagezähnen von Hasen und den Augen von Mäusen. Erst als sie die Berge erreichten und begannen, zwischen den Felsen aufzusteigen, über die Spalten zu springen und schmale Wege am Abgrund entlangzugehen, lernte die Prinzessin die Geschwindigkeit, die Wendigkeit und die Vorsicht dieser seltsamen Pferde schätzen.

Eines Tages vereinte sich ihre Gruppe mit einer anderen, größeren Gruppe von Schweigern. Dann brachte die Schweigerin, die auf der Reise zu Malilas Freundin geworden war, einen alten, narbigen Schweiger zu ihr, der der Prinzessin alle Fragen hinsichtlich der Entführung beantworten sollte.

»Soll ich mit dem Mund zu dir sprechen oder mit den Gedanken?« fragte sie.

»Mit Gedanken«, antwortete er ihr, ohne die Lippen zu bewegen.

»Wer bist du?«

»Ich bin der Stammesälteste. Wir bedauern sehr, daß wir dich den anderen übergeben müssen. Sie sind seit uralten Zeiten unsere Feinde, und sie werden unsere Feinde sein, solange ihre Köpfe verstopft sind, doch wir haben keine Wahl.«

Er erzählte ihr die ganze Geschichte durch Gedankenübertragung.

Seit vielen Generationen schon versuchten ihre Feinde, die Könige des Westreiches, die Priester der Schweiger zu zwingen, ihnen das Geheimnis der Überquerung der Nebelschlucht zu verraten. Der Traum dieser Könige war, die Schlucht zu überqueren und das Ostreich zu erobern, dessen Bewohner für Gedanken offen waren wie die Schweiger, die deshalb in ihnen ihre Brüder sahen. Das strengste religiöse Gesetz der Schweiger gebot ihren Priestern, das Geheimnis der Überquerung der Schlucht zu bewahren, ob sie wollten oder nicht. Sie wußten, wenn sie dem König des Westreiches das Geheimnis verrieten, würden die Drachen ausgerottet werden, und wenn die Drachen ausstarben, würden auch die Schweiger aussterben.

»Warum?« fragte Malila.

»Zwei adlige Familien des Westreiches können Drachen jagen, und sie wissen, welche Waffe man gegen sie einsetzen kann. Nur Menschen mit einem verstopften Kopf können diese Waffe benutzen. Nicht immer waren die Drachen uns heilig, und wir waren auch nicht immer hier. Doch seit sie und wir hier sind, beziehen wir aus der Drachenkrone unsere Fähigkeit der Gedankenübertragung, die die Basis unserer Kultur ist. Jedes dieser heiligen Tiere trägt eine Krone auf dem Kopf, und ohne Krone ist es unmöglich, die Schlucht zu überqueren. Nun haben die Könige des Ostreiches den Platz unseres Heiligtums entdeckt, es verwüstet und die Krone genommen, die wir dort aufbewahrten.«

»Wie habt ihr diese Krone bekommen?« dachte Malila.

»Es ist eine alte Krone. Wir wissen nicht, ob jemand sie vom Kopf eines erjagten Drachen genommen hat oder ob der Drache eines natürlichen Todes gestorben ist. Vielleicht war es einer von euren Vorfahren, der uns die Krone gegeben hat, nachdem sie uns hierhergebracht haben.«

»Unsere Vorväter haben euch hierhergebracht?«

»So heißt es in der Überlieferung«, antwortete er. »Nun können wir unsere Kinder nicht zum Heiligtum bringen, damit ihnen die Krone die Fähigkeit der Gedankensprache verleiht. Es ist sehr schwer, mit jedem Säugling die Schlucht zu überqueren, um zum Heiligtum der weißen Schweiger zu gelangen. Wir sind darauf angewiesen, daß sie uns durch die Schlucht bringen, da unsere Krone gestohlen worden ist, und ohne sie können wir nicht hinüber.«

»Warum habt ihr nur eine Krone?« dachte Malila.

»Es darf nur je eine Krone zu beiden Seiten der Schlucht sein, sonst verlieren sie ihre Kraft.«

»Kennen nur eure Priester das Geheimnis der Überquerung?«

»Früher kannten nicht nur die Priester das Geheimnis, sondern auch die Stammesältesten, so wie ich. Heute kennen es nur noch drei Priester eines jeden Heiligtums.«

»Wie habt ihr es geschafft, das Geheimnis über so viele Generationen hinweg zu bewahren? Sterbt ihr, wie mein Vater und die drei Lehrer zur Wahrung der Überlieferung, wenn ihr es verratet?« fragte sie in Gedanken.

»Ja. Unsere Priester sterben und können das Geheimnis nicht unter Zwang verraten. Sie sterben, und das Geheimnis stirbt mit ihnen. Damals, als nicht nur die Priester das Geheimnis kannten, sondern auch die Stammesältesten, jagten uns die Könige des Westreichs und verhörten uns. Sie erfanden besondere Gifte und Foltergeräte, die die Könige des Westreichs schließlich gegen Konkurrenten aus ihrem eigenen Volk einsetzten, da sie ihnen bei uns nicht geholfen hatten, das Geheimnis zu erfahren. Jetzt erst haben sie den Ort unseres Heiligtums herausgefunden. Und du weißt vielleicht, daß wir selbst keinen Drachen jagen können.«

Er schwieg.

»Erzähle weiter«, bat Malila.

»Es gab Zeiten, da haben sie Söhne unseres Volkes in ihren Gefängnissen eingesperrt, auch Frauen und Kinder, und sie haben sie getötet, in der Hoffnung, daß einer von unseren Ältesten ihnen das Geheimnis der Überquerung verraten könnte. Doch alles, was sie entdeckten, war, daß es eine Beziehung zwischen der Krone und der Überquerung der Schlucht gibt. Sie ließen uns in Ruhe, als ihnen klar wurde, daß wir ihnen das Geheimnis nicht verraten konnten, selbst wenn wir es gewollt hätten, und jagten unsere Brüder und Schwestern nur für ihre Versuche und für das grausame Vergnügen, sie zu töten. Sie haben auch versucht, Sklaven aus uns zu machen, aber Schweiger sterben bald, wenn sie eingesperrt sind, deshalb haben sie auch damit aufgehört.

Alle Geschichten unserer Alten berichten von Kampf und Vernichtung, Mord und Folter, von Heldenmut und Selbstaufopferung, und Erniedrigung und Bosheit begleiten unsere Geschichte durch die Zeiten. Wir haben gelernt, uns zu wehren, und wir töten sie überall und bei jeder Gelegenheit. Deshalb haben sie ihr Reich mit einer Mauer umgeben, die Tag und Nacht bewacht wird. Wir haben gehofft, die Krone zurückzubekommen, als sie Delegationen ausschickten, die versuchen sollten, mit ihrer Hilfe die Schlucht zu überqueren, doch sie schützten die Delegation durch viele Soldaten und drohten, die Krone zu zerstören, falls wir angreifen würden. Deshalb beobachteten wir nur heimlich ihre vergeblichen und albernen Versuche. Ein ganzes Jahr hielten sie sich an der Schlucht auf, bis sie verstanden, daß sie das Geheimnis auf diese Art nicht herausfinden würden. Dann wandten sie sich mit einem Vorschlag an uns. Im Austausch gegen dich würden sie uns die Krone zurückgeben. Sie wollen dich, Malila, Blumentochter, und es gibt niemanden, der das mehr bedauert als ich.«

»Was passiert, wenn eure Kinder die Fähigkeit der Gedankensprache nicht bekommen?« fragte sie.

»Sie würden keine Schweiger, sondern kleine Tiere wie zum Beispiel die Wolfskatzen.«

»Aber warum ausgerechnet ich?« dachte die Prinzessin.

»Sie wollten irgend jemanden aus der königlichen Familie«, antwortete er.

»Und was werden sie mit mir tun?«

»Keiner unserer Ältesten oder unserer Priester weiß, was sie vorhaben. Es fällt uns schwer zu glauben, daß sie ihr Versprechen halten und uns die Krone zurückgeben. Wir sind auf alles vorbereitet und bringen dich sofort nach Hause zurück, wenn der Handel nicht klappt. Sie sind grausame und erfahrene Kämpfer, aber unsere Krieger sind stärker, wenn es um unser Heiligstes geht, und dann sind wir auch zu jedem Betrug bereit.«

Nach diesen Worten versiegte der Gedankenstrom, und sie empfing nur noch sein Bedauern über ihr Schicksal und darüber, daß er ihr nicht helfen konnte. So trennten sie sich.

Die Tage vergingen, und sie stiegen immer höher in die Berge. Malila fand sich langsam mit ihrem Schicksal ab. Je mehr sie über ihre Zukunft nachgrübelte, um so schlimmere Möglichkeiten fielen ihr ein, und es nahm kein Ende. Sie beschloß, das Urteil anzunehmen, egal, wie es ausfallen würde, denn sie hatte keine Wahl, ebenso wie ihre Entführer, die Schweiger, keine Wahl hatten. Trotz dieser Ergebenheit in ihr Schicksal weinte sie manche Nacht.

12. KAPITEL
KÖNIG VON DES BÖSEN GNADEN

Der König des Westreiches tobte vor Wut über das Versagen der ersten Delegation. Seine Wissenschaftler wußten, daß sie teuer bezahlen mußten, wenn sie nicht herausfanden, wie man mit Hilfe der Drachenkrone die Nebelschlucht durchquerte. Doch es gelang ihnen nicht, obwohl sie sich ein Jahr lang große Mühe gaben. Der König von des Bösen Gnaden schickte eine zweite Delegation mit einer Truppe der Armee zum Schutz gegen die gelben Schweiger, denn diese würden sicher versuchen, die Drachenkrone wieder in ihren Besitz zu bekommen. Natürlich entdeckten die Schweiger die Delegation. Es war nicht schwer, eine so große militärische Einheit aufzuspüren, die zum Rand der Nebelschlucht zog und sich an der vermuteten Überquerungsstelle niederließ.

Als Leiter des Lagers schickte der Kriegsminister einen Gesandten zu den Schweigern und ließ ihnen sagen, falls sie angriffen, würde er die Krone zerstören. Doch sie griffen trotzdem an, und drei Tage tobte ein grausamer Kampf, der mit dem Sieg der Schweiger und der Zerstörung der Krone geendet hätte, doch in der letzten Minute befahlen die Weisen der Schweiger den Rückzug. Danach griffen die Schweiger nicht mehr an, doch sie folgten ihren Feinden und beobachteten geduldig, was sie taten. Sie schickten keine Gesandten zum Lager des Westreiches, und von dort wurden auch keine mehr geschickt. Als die Delegation schließlich gezwungen war, das Lager abzubrechen und zurückzukehren, zerstörten die Schweiger die Brücke über den Abgrund, und jedesmal, wenn sie neu erbaut wurde, zerstörten sie sie wieder.

Als die zweite Delegation mit leeren Händen zurückkam, befahl der König, sie auszupeitschen. Die Angst vor einem Mangel an Wissenschaftlern hinderte ihn daran, sie zum Tode verurteilen zu lassen. Er berief den Kriegsrat ein. Die Minister standen vor ihm und zitterten vor Angst.

»Was steht in den ›Zerrissenen Büchern‹ über die Drachenkrone?« fragte er.

Da nur der Kriegsminister und der König berechtigt waren, die verbliebenen Blätter der alten Bücher zu lesen, die unter dem Namen »Zerrissene Bücher« bekannt waren, wandten sich alle Blicke dem Minister zu. Doch beide, Minister und König, wie ihre Vorväter, hatten diese Bücher immer vernachlässigt. Der Minister konnte den König natürlich nicht daran erinnern, und die ganze Schuld fiel auf ihn. Ihm wurde befohlen, sich in die Bibliothek zu begeben und nicht herauszukommen, bevor er eine neue Idee hatte. Schließlich entließ der König den Kriegsminister, nachdem er ihn schnarchend in der Bibliothek gefunden hatte. Er ernannte einen neuen, dem er das Haus seines Vorgängers übergab und die Aufgabe, die Bibliothek der Zerrissenen Bücher nicht zu verlassen, bevor er etwas gefunden habe. Innerhalb eines Monates fand der neue Minister die Lösung und beriet sich mit dem König. In einer alten Urkunde, die offenbar noch aus der Zeit vor der Teilung des Kontinents stammte, stand: »Wenn die Krone auf dem Kopf eines Sprosses der königlichen Familie ruht, wird das Geheimnis der Überquerung der Schlucht offenbar werden.«

»Warum haben sie das geschrieben?« fragte der König.

»Ich nehme an, damit das Geheimnis auch dann noch entdeckt werden kann, wenn alle Wissenden getötet werden oder einer Epidemie zum Opfer fallen.«

»Wir wissen, daß nur der König des Ostreiches, sein Name möge vergessen werden, das Geheimnis kennt«, sagte der König.

»Mein Körper und mein Geist sollen dein Teppich sein, mein König«, sagte der Minister unterwürfig. »Vielleicht wurde das Dokument noch vor der Teilung geschrieben, eine andere Erklärung habe ich nicht.«

»Gut«, sagte der König und spuckte anerkennend vor dem Minister aus. Dann wandte er sich an einen seiner Räte und befahl ihm, die Drachenkrone zu bringen.

Der Korb wurde geöffnet und die Decke entfernt. Die Umstehenden waren von dem Anblick geblendet. Wenn sie das verbotene Wort »schön« gekannt hätten, hätten sie sicher gesagt, daß dies der schönste Gegenstand sei, den sie je gesehen hätten. Und zweifellos wären auch die Einwohner des Ostreiches beim Anblick der Krone in Rufe der Begeisterung ausgebrochen, obwohl in ihrem Reich ein Überfluß an Schönheit herrschte.

»Wie sehen die Drachen aus, wenn ihnen so etwas auf den Köpfen wächst?« fragte einer der Räte, der die Krone zum erstenmal sah.

Keiner antwortete auf diese sinnlose Frage.

»Setze sie mir auf den Kopf«, befahl der König.

Der Kriegsminister nahm vorsichtig die Krone und setzte sie auf den Kopf des Königs. Dieser schloß die Augen und wartete, daß ihm das Geheimnis offenbar werde. Es wurde still.

»Nichts«, sagte der König schließlich.

Er befahl, alle Mitglieder der Familie zum Palast zu bringen. Der Kriegsminister kümmerte sich darum und sorgte auch dafür, daß die einzelnen Personen nicht aufeinandertrafen, ließ jeden Prinzen und jede Prinzessin auf getrenntem Weg zum Palast führen. Das dauerte eine ganze Woche. Ein Durcheinander in der Zeitplanung oder ein Fehler von einem der Begleiter führte trotzdem dazu, daß sich zwei Prinzessinnen im Flur trafen und sich gegenseitig kratzten und die Haare ausrissen. Vier Prinzen aus verschiedenen Zweigen der Familie kämpften mit Schwertern im kleinen hinteren Hof, und wenn man sie nicht getrennt hätte, hätten sie sich gegenseitig umgebracht, noch bevor man die Krone auf ihr Haupt hätte setzen können, um die Prophezeiung zu erfüllen. So wurden nur einige Nasen und Arme abgeschnitten, bevor der Hofminister sie mit einem Netz einfing. Die Köpfe waren an ihrem Platz geblieben, und der Kriegsminister setzte den vieren die Krone auf, einem nach dem anderen. Jedoch ohne

Erfolg. Immer weitere Mitglieder der königlichen Familie kamen zum Palast, und um ein anerkennendes Spucken des Königs zu erhalten, versuchten einige Prinzen und Prinzessinnen so zu tun, als verrate ihnen die Krone das Geheimnis. Doch jeder von ihnen erhielt statt dessen einen Regen von Flüchen und zehn Stockschläge, die von Menschen, die niedrigeren Standes als sie waren, ausgeführt wurden, und zwar mit großem Vergnügen.

»Vielleicht haben sie das Geheimnis trotzdem gesagt?« wagte einer der jüngeren Räte dem Kriegsminister zuzuflüstern.

»Wir haben diese Ratschläge unzählige Male ausprobiert. Es handelt sich um Lösungen, die sich auch ein Idiot wie du ausdenken kann.«

»Ich verkünde untertänigst, daß alle Mitglieder der königlichen Familie es probiert haben«, verkündete der Minister.

»Endlich haben wir eine Drachenkrone in der Hand, und niemand kann etwas damit anfangen!«

Mit wilden Augen suchte der König nach einem Opfer für seine Wut. Alle Ratsmitglieder hatten bereits den Saal verlassen, und daher blieb sein Blick am Kriegsminister hängen.

»Mein Körper und mein Geist sollen dein Teppich sein, mein König«, sagte der Minister mit zitternder Stimme. »Ich habe noch einen Vorschlag. Doch ich bitte, meinen Vorschlag erst bis zum Ende anzuhören und mir nicht vorher die Zunge aus dem Mund zu reißen.«

Der König war gütigerweise einverstanden, doch zur Sicherheit entfernte sich der Minister aus seiner Reichweite, soweit es der Saal zuließ. Dann faßte er Mut und öffnete den Mund, und seine Stimme rollte durch den Saal von einem Ende zum anderen: »Es gibt noch einen anderen Zweig der königlichen Familie auf dem Kontinent, mein Herrscher!«

Der König sprang auf und zog sein Schwert. Er rannte auf den Minister zu, doch unterwegs fiel ihm ein, daß er versprochen hatte, sich zurückzuhalten, bis er den ganzen Vorschlag gehört hätte. Hier, im Westreich, wurde jeder mit dem Tode bestraft, der es wagte, den König des Ostreichs und seine Familie zu erwähnen. Der König blieb stehen und überlegte, ob es überhaupt passend sei, daß er sein Versprechen halte. Dann dachte er, daß es in diesem Fall vom Ergebnis abhängen sollte. Vielleicht hatte dieser idiotische Minister doch etwas Wichtiges zu sagen. Er setzte sich wieder hin, bereit, weiter zuzuhören.

»Ich habe den Bericht gelesen«, schrie der Minister, »den unsere Leute nach dem Verhör der Schweiger geschrieben haben. Sie haben zwar das Geheimnis nicht herausgefunden, aber ich bin auf etwas gestoßen, was vielleicht erklärt, warum keiner der königlichen Familie, auch nicht Ihr, mein König, eine Verbindung zur Drachenkrone hat. Soll ich fortfahren?«

»Fahre fort.«

»Es ist derselbe Grund, weshalb wir mit den Schweigern kein Gespräch in Gedanken führen können.«

»Wer kann das?«

»Bevor sie unter der Folter krepierten, haben die Priester der Schweiger gesagt, die Menschen des Ostreiches könnten gedankliche Verbindung mit ihnen aufnehmen, ohne daß sie die Zeremonie im Heiligtum mitmachen und die Erlaubnis der Krone bekommen müßten. Die Ostreichler wissen das nicht. Und wenn die weißen Schweiger, die östlich der Nebelschlucht leben, die Kundschafter des Ostreichs treffen, die unter dem Namen »Lehrer zur Wahrung des Vermächtnisses« bekannt sind, führen sie mit ihnen, aber nicht mit ihren Begleitern, Gedankengespräche. Derjenige, der dort König heißt, hat die weißen Schweiger gebeten, nur die anzusprechen, die das Geheimnis kennen, sonst niemanden. Das beweist, mein König, daß die Krone, die Nebelschlucht und die Fähigkeit zur Gedankensprache den Schweigern von unseren Vorfahren noch vor der Teilung gegeben worden sind, und daß die Teilung ...«

»Ich habe dich nicht aufgefordert, mir eine Unterrichtsstunde in Geschichte zu halten!« schrie der König und stampfte mit dem Fuß auf. Im Saal erschienen die Wachsoldaten des Schlosses, und ihr Offizier fragte, ob er den Kriegsminister zur Hinrichtung führen solle, doch der König jagte sie mit einer Handbewegung hinaus.

»Wir müssen jemanden aus dem anderen Königreich in die Hand bekommen und ihm die Krone auf den Kopf setzen. Vielleicht erfahren wir dann das Geheimnis.«

»Und wie bekommen wir jemanden aus der Königsfamilie des Ostreichs in die Hand?«

»Wir schlagen den gelben Schweigern ein Geschäft vor: die Rückgabe der Krone gegen eine Entführung.«

»Und wie kommen sie ohne die Krone ins Ostreich?«

»Sie werden mittels Trommeln ihren weißen Brüdern die Nachricht übermitteln. Sie werden alles tun, um die Krone wiederzubekommen. Mein Geist und mein Körper sollen dein Teppich sein, mein König.«

»Und wie bringen die weißen Schweiger den Entführten durch die Schlucht?« fragte der König weiter.

Der König hat mehr Verstand, als ich angenommen habe, dachte der Kriegsminister und antwortete sofort: »Laut einem Dokument haben die weißen Schweiger auch eine Krone, die sich in einem anderen Heiligtum als dem befindet, das wir zerstört haben, auf der anderen Seite der Nebelschlucht.«

»Beim Namen des Bösen«, rief der König. »Dein Körper wird mir einen ganzen Tag als Teppich dienen, wenn dieser Plan mißlingt.«

»Ich habe nicht versprochen, daß die Krone aus dem Mund des Entführten sprechen wird, wenn wir sie ihm auf den Kopf setzen, mein König.«

Der König mußte ihm recht geben. »Du hast die Verantwortung bis zu dem Moment, wenn der Entführte vor mir steht, länger nicht.« Und zum Zeichen höchster Anerkennung spuckte der König dreimal vor dem Kriegsminister aus.

Egal, was sein wird, ich werde ihn zertreten, dachte er in seiner großen Güte bei sich. Der Minister verbeugte sich und drehte dem König den Rücken zu, und der König trat ihn zum Abschied kräftig in den Hintern und jagte ihn aus dem Saal.

Nachdem die gelben Schweiger verkündet hatten, daß der Entführte in ihren Händen sei und um wen es sich handelte, zog der Kriegsminister aus, um höchstpersönlich die Übergabe zu leiten. Alles verlief nach Plan. Die Entführte wurde zu einer Höhle auf dem Gipfel des Hühnerbergs gebracht. Zwei kleine Einheiten lagen in größerer Entfernung mit gespannten Bogen nördlich und südlich der Höhle. Zwei Soldaten zu Pferd näherten sich dem Höhleneingang. Einer von ihnen trug die Kiste mit der Krone, der zweite führte ein zusätzliches Pferd am Zügel. Zwei unbewaffnete Schweiger ritten auf ihren Hasenpferden aus der Höhle und blieben stehen. Einer von ihnen führte ein drittes Hasenpferd am Zügel, auf dem Malila saß. Alles war, wie es sein sollte. Die Soldaten legten die Kiste auf die Erde und traten fünf Schritte zurück. Die Schweiger stiegen von den Pferden und öffneten den Deckel der Kiste. Ein starker Glanz erstrahlte und fiel auf das blasse Gesicht der Prinzessin. Die Soldaten erschraken bei ihrem Anblick. Ein solches Gesicht hatten sie noch nie gesehen. Doch die Schweiger ließen sie nur einen kurzen Blick auf sie werfen. Nur mit Mühe lösten sie ihre Augen von ihr. Die Schweiger hoben die Hände, fielen vor der Krone in die Knie und murmelten Gebete. Malila mußte das Pferd besteigen, das der eine Soldat für sie mitgebracht hatte. Dann schaute sie die Schweiger an und schenkte ihnen ein trauriges Lächeln zum Abschied.

Die beiden Schweiger hoben die Kiste mit der Krone auf und drehten sich zu ihren Brüdern um, die ihnen entgegengaloppierten. In diesem Moment kamen die Soldaten aus den Löchern, in die sie sich gegraben hatten, und trennten die Schweiger, die die Krone trugen, von den anderen, die ihnen entgegenritten. Doch die beiden Soldaten waren zu langsam, es gelang ihnen nicht, die beiden gelben Schweiger mit der Krone zu töten, bevor die Reiter auf den Hasenpferden ihnen zu Hilfe eilten. Von der anderen Seite kamen inzwischen, mit gezogenen Schwertern, die Soldaten des Königs geritten. Malila, erschrocken, stand mitten im Getümmel. Das Brüllen und Schreien, die Schmerzenslaute und das grüne Blut der Schweiger, das rote Blut der Menschen, das vergossen wurde, von Schmerz und Haß verzerrte Gesichter, das alles verschwamm vor ihren Augen. Sie saß im Sattel, mit glasigen Augen, bis sie das Bewußtsein verlor und nach vorn auf den Hals ihres Pferdes sank.

Die Zahl der Krieger des Königs war hoch, und immer noch kamen welche aus den Löchern, die sie sich gegraben hatten. Je drei oder vier kämpften gegen einen Schweiger. Niemand achtete auf Malila. Wenn sie nicht ohnmächtig geworden wäre, hätte sie vielleicht fliehen können. Die Krone ging von einer Hand zur anderen, doch obwohl sie für ihr Heiligstes kämpften, wurden die Schweiger schließlich besiegt. Bevor der letzte gelbe Schweiger, der die Krone hielt, fiel, zerstörte er sie mit eigenen Händen. Der junge Schweiger, der als Bote zum Schlachtfeld geschickt worden war, bemerkte die zerstörte Krone nicht, und so erhielten die Stämme der gelben Schweiger die bittere Nachricht, die Krieger des Westreichs hätten die Krone und die Gefangene mitgenommen. Viele Gruppen gelber Schweiger zogen aus und verfolgten die fliehenden Krieger des Königs, doch ihre Hasenpferde, die sich so flink auf den Felsen vorwärtsbewegten, konnten in der Ebene nicht so schnell galoppieren wie die Pferde der Menschen. Es gelang ihnen nicht, sie einzuholen.

Der Kriegsminister kam mit einer Handvoll Verwundeter und mit der Prinzessin. Der König befahl sofort, daß alle, die an dem Kampf, bei dem die Krone verlorengegangen war, teilgenommen hatten, umgebracht werden sollten, außer der bewußtlosen Prinzessin und dem Kriegsminister. Letzterem befahl er, sich im Thronsaal auf den Boden zu legen, und nachdem er seine genagelten Stiefel angezogen hatte, trat er einen ganzen Tag bis zur Mittagsstunde des nächsten auf ihm herum.

Die gelben Schweiger riefen zum Krieg gegen das Westreich auf, und alle Stämme versammelten sich, um sich zu rächen und ihre Krone, von deren Vernichtung sie nichts wußten, zurückzuerobern. Da das Königreich von einer hohen, undurchdringlichen Mauer umgeben war, faßten sie den Entschluß, von einer verborgenen Stelle aus einen Tunnel unter der Mauer hindurchzugraben, damit sie, wenn die Zeit gekommen sei, ungesehen in das Land ihrer Feinde eindringen und es auch wieder verlassen könnten.

13. KAPITEL
Der gute Trieb

Der König verbarg sein Erstaunen beim Anblick der Gefangenen nicht. Ihr Gesicht sah so anders aus als das gleichaltriger junger Frauen. Und plötzlich stahl sich etwas in das Herz des Königs, was er nie gekannt und nie gefühlt hatte, und Worte, von denen er nicht wußte, wie man sie aussprach, drängten sich auf seine Zunge. Dann sah er das Lächeln, das erste Lächeln in den sechsundsiebzig Jahren seines Lebens. Das war ein Gesichtsausdruck, für den man im Westreich gesteinigt wurde. Eine seltsame Erinnerung, wie aus einer anderen Welt, stieg langsam in ihm auf. Konnte es sein, daß er schon einmal so ein Lächeln gesehen hatte? Und warum war das nächste, was ihm einfiel, das Gesicht seiner Mutter? Konnte es sein, daß sie ihn einmal angelächelt hatte? Vielleicht insgeheim, als er noch ein Kind war, ohne Erinnerung, zu einer Stunde, als sie überzeugt war, daß keiner der Geheimpolizisten des Schlosses sehen konnte, was sie tat? Der König erschrak. Gab es in seinem Reich noch andere Mütter, die so etwas taten? Das war doch wie ... wie eine Rebellion gegen das Königreich! Bei diesem Gedanken wurde sein Gesicht rot vor Wut. Seine Frau, die Königin, kam herein. Er wollte sie anschreien und sofort peinlich verhören lassen, um herauszubekommen, ob auch sie ihren kleinen Sohn anlächelte. Dann fiel sein Blick wieder auf die Königstochter, und er sagte nichts. Er hielt es nicht mehr für wichtig. Es war angenehm, dieses Lächeln zu sehen, doch dann hörte er die Stimme seiner Frau, die ohrenbetäubend durch den Saal kreischte:

»Wirf dieses Geschöpf sofort aus dem Palast, hast du gehört, Bösewicht?«

»Ja, das werde ich tun«, sagte der König und erschrak über die Gefühle, die in seinem Herzen aufstiegen. »Ja, gleich, eifersüchtige Frau, häßliche Tochter des Bösen.«

Die Prinzessin wurde sofort aus dem Saal gebracht.

»Was wirst du jetzt mit ihr tun?« fragte die Königin. »Nachdem wir die Krone verloren haben, ist sie zu nichts nütze.«

Der Kriegsminister schlug vor, noch abzuwarten.

»Wozu warten?« fragte die Königin wütend. »Man soll sie sofort töten! Man soll sie und den Kriegsminister zusammen an einem Strick aufhängen.«

Plötzlich wurde der König wütend. »Ich bin der König«, schrie er und befahl seiner Frau, sich vor ihm niederzuwerfen.

Während die Königin dies tat, sagte sie noch: »Du bist der König, aber ich bin die Königin! Warte nur, bis wir in unseren Zimmern sind, da kannst du eine Abreibung erleben!«

»Ruhe!« brüllte der König sie an. »Wir sind hier im Thronsaal und nicht im Schlafzimmer, du Miststück! Und jetzt hör zu. Der Kriegsminister sagt, daß ›sie‹ vielleicht versuchen werden, sie wiederzubekommen, und dann lohnt es sich doch, sie eine Zeitlang aufzuheben.«

»Wie werden sie es probieren?«

»Sicher mit Hilfe der Schweiger. Du kannst aufstehen.«

Die Königin erhob sich und verließ wütend den Saal.

Malila wurde in einem einsamen Gehöft eingesperrt, weit entfernt von der Hauptstadt. Drei Dienerinnen standen ihr zur Verfügung, wie es sich für eine Königstochter geziemte, und eine Wachtruppe paßte auf, daß niemand sich ihr näherte und sie nicht floh.

Dann geschah etwas Seltsames und Ungewöhnliches.

Es begann mit den Dienerinnen. Sie stritten sich, wer Malila das Essen bringen dürfe, wer ihr beim Ankleiden und Kämmen helfen und wer sie bei den beiden täglichen Spaziergängen morgens und abends begleiten dürfe. Das gleiche passierte mit den Soldaten. Sie begannen zu streiten, wer entlang ihres Spazierwegs stehen und wer die Bewachung ihres Schlafzimmers übernehmen dürfe; wer den Eingang bewachte und wer das Haus, wenn sie wach war, und somit in den Genuß ihres Lächelns kommen würde. Die Kunde dieses seltsamen Verhaltens drang nach draußen, und das Gerücht ging von einem zum anderen. Alle wollten, daß die verräterischen Soldaten abgelöst würden, ebenso die Dienerinnen, die sich gegen die Gesetze der Väter vergingen. Und als der Chef der Geheimpolizei davon hörte, schickte er sofort fähige Detektive aus. Sie deckten die Vorkommnisse auf und erstatteten dem König Bericht. Die Oberen der Akademie für satanische Wissenschaften erfuhren davon. Für sie war das eine enorme Herausforderung. Sie schickten berühmte Wissenschaftler, um alles aufzuschreiben, was für die Erforschung jener verächtlichen Lebewesen aus dem Ostreich nützlich sein könnte. Und dann geschah ein Wunder: Die Zeitung der Akademie, für die sich kein Mensch interessiert hatte, wurde schlagartig zur beliebtesten Zeitung des Königreichs. Kein anderes Blatt kam dagegen an, noch nicht einmal die früher so beliebten Zeitungen »Entsetzen« und »Folter«, auch nicht »Körperliche Grausamkeit« und erst recht nicht die Wochenzeitschrift »Beurteilung der geistigen Grausamkeit«. Die Bücher »Wie fügt man Schmerzen zu, ohne Spuren zu hinterlassen«, »Neue Methoden der Prügelei auf der Straße«,

»Wunden, Schnitte, Knochenbrüche, die nach dem Gesetz erlaubt sind«, »Tausend Wege, das Mordverbot zu umgehen« und die Monatszeitschrift »Kreuzotter« mit ihren spannenden, grausamen Geschichten – bei allen sanken die Verkaufszahlen so sehr, daß ihre Besitzer dem Konkurs nahe waren. Und das alles wegen dieser kleinen Zeitung, die nur zu wissenschaftlichen Zwecken herausgegeben wurde, eine Insider-Zeitung, nichts weiter. Alles in allem standen doch nur Berichte über die Gefangenschaft »jener« Königstochter darin. Was war es also, was alle Menschen des Königreiches so neugierig machte?

Es wurden die Kämpfe beschrieben, die die drei neuen Dienerinnen von »der da« mit Fäusten, Fingernägeln und Zähnen ausfochten. An dieser Geschichte war grundsätzlich nichts Spannendes, und das Böse dabei war nicht besonders großartig oder phantasievoll. Aber es stand auch da, warum die Dienerinnen von morgens bis abends stritten. Sie wollten »die da« sehen, wegen ihres »Lächelns«. Sie wollten neben ihr stehen, um die Berührung ihrer Hände zu fühlen, deren »Zartheit«. Sie wollten ihre Stimme hören und die Geschichten, die sie über ihr Land erzählte, das es nicht gab, wie ja jeder wußte. Sie wollten immer wieder darüber diskutieren, daß »die da« sie nie schlug und nie trat, sie nie kniff oder sie nie, um ihnen ihre Anerkennung zu zeigen, an den Haaren zog, wie es jede vornehme Dame mit Selbstachtung zu tun hatte.

Keiner wußte, was die Wörter in Anführungszeichen bedeuteten. Ein Wissenschaftler veröffentlichte ein Wörterbuch mit allen verbotenen Wörtern und versuchte anhand von Zeichnungen und Beispielen zu erklären, was sie bedeuteten. Das Buch war sofort vergriffen, doch Unbekannte hatten Abschriften hergestellt und verkauften sie zu weit überhöhten Preisen.

Die Soldaten bekämpften sich gegenseitig mit dem Schwert, um einen Posten nahe bei der Königstochter zu ergattern. Daraufhin schloß sich Malila in ihrem Zimmer ein und verkündete, sie würde nicht herauskommen, bis sie damit aufhörten. Sie versprachen es, hielten ihr Versprechen aber nicht, da das Halten eines Versprechens den Gesetzen des Landes widersprach. Nur was ein Untergebener einem Ranghöheren versprach, mußte gehalten werden, und auch nur dann, wenn es zugunsten des Königs oder des Reiches war. Doch weil sie deshalb die Königstochter lange Zeit nicht sahen, versprachen sie ihr wieder, mit den Kämpfen aufzuhören, und diesmal hielten sie ihr Versprechen. Eigentlich hätten sie dafür bestraft werden müssen, doch ihre Offiziere drückten ein Auge zu.

Drei Offiziere waren zur Bewachung der Prinzessin abgeordnet. Sie verließen das Gehöft nie und versäumten keine Gelegenheit, sich bei der Gefangenen aufzuhalten oder ihr zu folgen. Das ging so lange, bis sie ausgewechselt wurden, ihre Rangabzeichen verloren und für lange Zeit in ein Gefängnis mit Zwangsarbeit gesteckt wurden. Die Geschichte wiederholte sich jedoch, und wieder verkaufte sich die Zeitung der »Akademie für satanische Wissenschaften« wie warme Semmeln.

Die Abgesandten des Königs verwarnten Malila, doch als alles nichts nützte, befahl der König, sie zum Palast zu bringen und dort einzusperren. Es dauerte eine ganze Woche, bis der Befehl ausgeführt wurde, denn die Königin wehrte sich mit Händen und Füßen dagegen und versuchte, ihren Gatten mit Prügeln zu überzeugen, doch er hatte den letzten Schlag. Jeder im Palast war überzeugt, daß der König »die da« aus ganz anderen Gründen überführen lassen wollte, doch keiner sagte ein Wort, aus Angst, seinen Kopf zu verlieren. Es war klar, daß der König mit eigenen Augen sehen wollte, was er in den verbotenen Zeitungen gelesen hatte, die seine Geheimpolizisten für ihn auf dem Schwarzmarkt kauften.

Malila wurde mitten in der Nacht und unter schwerer Bewachung zum Palast gebracht und in ein kleines Zimmer im Seitenflügel gesperrt. Und dann geschah etwas, was sogar die bösen Wissenschaftler nicht wagten zu veröffentlichen. Das Gerücht ging von Mund zu Mund, daß die königlichen Minister und die Generäle durch Schmeicheleien und Versprechungen, durch Bestechung und durch Denunziation die Erlaubnis des Königs zu erlangen versuchten, sich von ihren Ehefrauen scheiden zu lassen und »die da« zur Frau zu nehmen. Und nicht, um sie zu schlagen, zu kneifen oder zu prügeln. Es war unglaublich, aber jeder einzelne von ihnen wollte sie wegen der bei höchsten Strafen verbotenen Dinge. Jeder einzelne wollte sie, um selbst die Bedeutung der Wörter aus dem verbotenen Wörterbuch herauszufinden: zärtliches Streicheln, Küsse – ein Wort, das im Wörterbuch als »leichtes Beißen« beschrieben wurde.

Inzwischen war Malila allein in ihrem Zimmer eingeschlossen, blaß und traurig. Sie sehnte sich nach den Spaziergängen in der Umgebung des Gehöfts und nach der frischen Luft. Es gab zwar nirgends Blumen, den Bäumen waren die Wipfel abgeschlagen, und es war kein Vogelgezwitscher zu hören, trotzdem war dieser Ort eine Erholung verglichen mit dem Palast mit seinen nackten Wänden und dem schimmligen Geruch, der über allem hing. Nur Ministern war erlaubt, ihr das Essen zu bringen, denn der König hoffte, sie würden nicht gegen das Gesetz verstoßen. Wenn sie ihr Zimmer betraten, versuchten sie, sich die Ohren zuzuhalten und schauten zur Seite. Diejenigen, die gezwungen waren, sich länger in ihrer Nähe aufzuhalten, verstopften sich die Ohren mit Wattepfropfen. Sie reichten ihr das Essen mit geschlossenen Augen, um ihr Lächeln nicht zu sehen, und an den Tabletts wurden lange Henkel angebracht, damit sie der Berührung ihrer Hand ausweichen konnten. Doch die Geheimpolizisten, die auf alles achteten, was im Palast geschah, behaupteten immer wieder, daß die Minister ihre Hände etwas von ihren Ohren entfernten, wenn sie im Raum waren. Es gäbe sogar Minister, die zu der Gefangenen gingen, auch wenn sie keinerlei Grund dazu hätten. Selbstverständlich wurden diese Aussagen der Geheimpolizisten aufgrund des Gesetzes zum Unglauben von niemandem geglaubt. Es ging sogar das Gerücht, daß der König selbst manchmal vorbeikomme, wie zufällig, und dann das Zimmer der Prinzessin betrete. Er bliebe einige Zeit bei der Gefangenen und unterhalte sich mit ihr.

Wieder verlangte die Königin, man solle sie sofort wegschaffen und töten. Woche um Woche brachte sie ihr Verlangen vor dem Rat vor. Und Woche um Woche lehnte der König dieses Ansinnen ab und sprach von dem Nutzen, der dem Königreich erwachsen könnte, wenn »jene« versuchen würden, die Gefangene mit Hilfe der Schweiger zurückzubekommen. Wenn sie vor diesem Zeitpunkt umgebracht würde, könnte das die Sicherheit des Landes gefährden.

»Und was ist der Zeitpunkt?« wollte die Königin wissen.

»Das werden wir sehen«, sagte der König und schickte sie weg.

Viele kluge und gebildete Menschen stellten sich auf die Seite der Königin. Sie sagten, man müsse die Königstochter umbringen, bevor es zu spät sei. Allmählich überzeugten sie den König, obwohl er das noch nicht zugab. Vor allem überzeugten ihn die Berichte der Geheimpolizisten. Bei einer kurzen Versammlung der Minister wurde beschlossen, die Sache so bald wie möglich zu erledigen, bevor die Seele des Volkes Schaden nehme, doch die Festlegung des Termins lag in der Hand des Königs. Er verschob die Ausführung von Tag zu Tag, von Woche zu Woche, und zwar vor allem wegen seines kleinen Sohnes. Im tiefsten Inneren empfand der König für seinen kleinen Sohn das verbotene Gefühl, für das er keinen Namen wußte. Und der kleine Prinz bestand auf dem Zusammensein mit Malila, nachdem er ihr Lächeln bei ihrem ersten Zusammentreffen gesehen hatte. Der Erzieher des Kronprinzen hatte vielleicht recht mit dem Vorwurf, daß er ihn nicht so viel schlug, wie es von einem Vater eigentlich verlangt wurde, insbesondere vom König, doch auch seine Frau, die Königin, wurde von dem Erzieher beschuldigt, den gleichen Fehler zu begehen. Der Junge hielt sich immer häufiger im Zimmer der Gefangenen auf, und der König verbot es ihm nicht. Noch seltsamer war es, daß auch die Königin ihrem Sohn erlaubte, in dieses Zimmer zu gehen, trotz der Proteste des Erziehers. Sie erlaubten es ihm mit der Ausrede, es diene dem Reich, wenn der Kronprinz seinen Horizont erweitere, und dies sei seine einzige Möglichkeit, eine von »jenen« kennenzulernen.

Als sie im Bett lagen, nach der gegenseitigen Portion Schläge, die sie beide nicht ganz ernst nahmen, erzählte die Königin in einem Ausbruch von Offenheit ihrem Mann von ihren geheimsten Gedanken.

»Ich kann es dem Kind nicht verbieten«, flüsterte sie, »er will es so sehr ...«

»Ich werde sie töten lassen müssen«, sagte der König leise.

»Ich weiß«, flüsterte die Königin, »aber inzwischen tut es mir leid, daß wir keine Tochter haben ...«

Auch dem König tat es leid, obwohl Eltern, die nur Söhne bekamen, nach dem Gesetz hoch angesehen waren. Ein König, der eine Tochter bekam, war schon immer eine lächerliche Figur gewesen. Natürlich wurden verächtliche Bemerkungen darüber nur in aller Heimlichkeit gemacht, aus Angst davor, daß einem wegen staatsfeindlicher Aussagen die Zunge abgeschnitten wurde.

»Solange du sie noch nicht umbringen läßt, gib ihr ein größeres Zimmer, damit sie mit dem Jungen spielen kann«, bat die Königin.

Der König hörte auf seine Frau. Es gab das Gerücht, daß er sehr auf sie höre. Er befahl, die Prinzessin in ein anderes Zimmer zu bringen, ein großes Zimmer mit verhängten Fenstern, damit möglichst wenig Menschen davon erfuhren. In jenen Monaten war dies das bestgehütete Geheimnis des Königreichs, ein Geheimnis, von dem alle wußten und das man sich gegenseitig zuflüsterte. Die Leute erzählten sich, wie sich der Kronprinz in dem neuen großen Zimmer mit »der da« die Zeit vertrieb. Sie schlage ihn nicht, sagten sie erstaunt, sie gebe ihm keine Ohrfeigen und kneife ihn nicht. Sie schreie ihn nicht an und verfluche ihn nicht, noch nicht einmal ein bißchen. Sie hebe ihn auf und drücke ihn an sich, und der Junge sterbe nicht davon, wie es in den medizinischen Büchern stehe. Und was am erschreckendsten war: Sie berühre mit ihren Lippen seine Wangen, ohne daß die betreffende Stelle anfange zu faulen. Die Reichen des Landes wären bereit gewesen, die Hälfte ihres Vermögens zu bezahlen, um zu erfahren, was sie dem kleinen Jungen erzählte, wenn sie allein im Zimmer waren, und Späher wurden ausgeschickt, um durch die Dachluken zu horchen, doch sie wurden erwischt und sofort in die Berge geschickt. Trotzdem verbreiteten raffinierte Schmuggler kleine Broschüren und bekamen viel Geld dafür. Niemand konnte nachprüfen, ob das, was darin geschrieben war, der Wahrheit entsprach oder ob es nur erfunden war. Trotzdem waren diese Broschüren die meistgelesene Lektüre. Alle verbotenen Wörter standen darin, gut, nett, schön, streicheln, Kuß, Umarmung, Freundschaft und so weiter. Nur ein Wort, das schlimmste von allen, wurde mit dem Buchstaben L. abgekürzt. Es standen Geschichten darin, die den

Lesern Schauer über den Rücken jagten, Geschichten über das Ostreich, das es ja bekanntlich nicht gab. Es wurde erzählt, wie sich die Menschen dort zueinander verhielten, welche Blumen und welche Tiere sie hatten und wie sie sich anzogen. Zum Beispiel, daß ihre Kleider aus weichen, glatten Stoffen gemacht waren, weiß oder bunt, und daß dort niemand eine Rüstung aus Blechstücken trug oder Schutzwesten gegen Faustschläge von zufällig Vorübergehenden. Niemand trug dort Helme mit Flammenschutz oder lief mit einem Schwert bewaffnet herum. Sie schliefen noch nicht einmal mit einem langen Messer unter dem Kopfkissen. In einer der Broschüren, die besonders großen Erfolg hatte, stand, daß die Königstochter dem Kronprinzen erzählt habe, daß die Menschen in ihrem Land einander glaubten und jedes Versprechen hielten, unabhängig von den Umständen und vom Rang des Betreffenden. Sie wären sogar bereit, sich gegenseitig zu schützen und einander zu helfen. Die Untertanen des Königs von des Bösen Gnaden waren fasziniert von diesen seltsamen Details, und sie waren bereit, jeden Preis zu zahlen, um neue Broschüren zu bekommen. Inzwischen verbreitete sich das Gerücht, es sei beschlossen, daß Malila geköpft werden solle. Schnelle Händler fanden einen neuen Weg, sich zu bereichern. Sie verbreiteten Porträts von Malila, in allen Größen, schwarzweiß und farbig, je nachdem, was der Kunde bezahlen konnte. Manche verliehen die Bilder sogar für kürzere Zeit, natürlich für viel Geld.

Der König war besorgt und rief den ältesten Weisen zu sich, um ihn um seinen Rat zu bitten. Der Weise führte den König in den Thronsaal, dann zu dem Ostturm, stieg mit ihm hinauf und schloß hinter ihnen alle Türen wieder ab. Schließlich kamen sie in ein verstecktes Zimmer ganz oben im Turm. Der Weise drückte auf einen geheimen Knopf, und der König fand in dem Versteck drei dicke Bücher. Eine ganze Woche lang stieg der König jede Nacht in den Turm hinauf und las. Er erfuhr, daß alles früher, vor vielen Generationen, ganz anders gewesen war. Damals, bevor sie die Menschen mit Gewissen vertrieben hatten. Folgendes stand am Ende des dritten Buches: *Die Untertanen des Reiches müssen vor der Entdeckung des Guten und Schönen geschützt werden, vor Freundschaft und Liebe, vor Lächeln und Zuneigung, denn es ist unmöglich, das alles aus den Herzen der Menschen zu reißen. Man kann nur erreichen, daß sie es vergessen. Wenn sie dann aber daran erinnert werden, werden sie sich danach sehnen, und wenn der Damm gebrochen ist, läßt sich die Flut nicht aufhalten.*

Der König legte die Bücher zurück und verschloß das Versteck.

»Du wirst deinen Nachfolger, der deinen Platz einmal erben wird, testamentarisch anweisen, daß er, wenn die Zeit gekommen ist, den

Thronfolger hierher bringt und ihm diese Bücher zeigt«, sagte der König zögernd.

»Das werde ich tun«, sagte der Weise, und der König glaubte ihm, denn nach dem Gesetz war es dem König erlaubt, der Ehrlichkeit eines Untergebenen zu glauben.

»Morgen werde ich sie töten lassen«, sagte der König und seufzte. »Nein, nicht morgen, übermorgen.«

»Ich habe von meinen persönlichen Kundschaftern gehört«, sagte der Weise und fuhr sich mit der alten Hand über den langen, weißen Bart, »daß die Königstochter dem Thronfolger ins Gesicht geschlagen hat, nachdem er seine Katze erwürgte.«

»Sie hat ihn ins Gesicht geschlagen?« rief der König. »Wenn das so ist, lasse ich sie erst in einem Monat töten.« Und sein häßliches Lachen rollte die Treppen des Turms hinunter.

14. KAPITEL
Der Kampf in den Bergen

Orkane stürmten zwischen den bedrohlich aussehenden Felsspitzen der Berge, und die drei halb erfrorenen Reiter saßen wie festgeschmiedet auf ihren Pferden. Sogar dem Prinzen gelang es nicht, etwas zu jagen, und schon seit vier Tagen hatten sie keinen Bissen gegessen. Das letzte war das Fleisch eines kleinen Felshasen gewesen, das sie sich geteilt hatten, die Hälfte für den Jäger, die andere für den Haushofmeister und den Lehrer. Auch die Pferde litten Hunger, obwohl sie immer nur einen halben Tag ritten und sie die andere Zeit frei laufen und nach Futter suchen ließen.

»Ist es noch weit?« fragte der Prinz zornig.

Der Lehrer beugte sich über seine Karte und versuchte, die Zeichnung der Späher zu verstehen.

»Wenn wir in guter Verfassung wären und genug Essen hätten und Gras für die Pferde, könnten wir in einer Woche die Mauer sehen, die die Grenze bildet«, sagte er schließlich. »Wenn es stimmt, was hier steht, fangen wir in drei Tagen mit dem Abstieg an.«

»Das heißt, wir müssen noch drei Tage die Berge hinaufsteigen?« fragte der Haushofmeister.

Der Lehrer nickte. »Ja. Doch wir können nicht auf den Pferden reiten. Die meiste Zeit werden wir sie führen müssen, auch den Anfang des

Weges bergab. Ich hoffe nur, daß es uns gelingt, sie über die schmalen Felswege zu bringen.«

»Aber die Pferde der Schweiger gehen diese Wege doch auch«, meinte der Haushofmeister. »Vielleicht sind auch die Pferde unserer Vorfahren hier über die Berge gekommen, zumindest die Pferde derer, die diese Karte gezeichnet haben.«

»Die Schweiger haben Hasenpferde«, bemerkte der Lehrer. »Hast du nie Bilder von ihnen gesehen?«

Der Haushofmeister erinnerte sich und lächelte. »Ja, das haben wir in der Schule gelernt.«

»Sie können wunderbar klettern und von Fels zu Fels springen«, erklärte der Lehrer.

»Wir müssen essen«, sagte der Prinz. »Sucht Sträucher für das Feuer.«

»Willst du versuchen zu jagen?« fragte der Lehrer ungläubig.

»Nein«, antwortete der Prinz. »Ich habe vor, eines der Pferde zu schlachten. Dann bleiben drei übrig, das reicht uns.«

Niemand antwortete. Der Haushofmeister und der Lehrer, bewaffnet mit Messern, standen auf und zogen los, um trockene Zweige zu sammeln. Für alle Fälle nahmen sie Pfeil und Bogen mit, falls sie zufällig einen Hasen sähen, obwohl sie von dreimal höchstens einmal trafen. Das sagte der Prinz, wenn er ihre Schießkünste verspottete.

Das Pferd, das geschlachtet wurde, war das Lastpferd des Lehrers, und das Fleisch blieb dem Haushofmeister im Hals stecken. Doch der Lehrer aß seine Portion. Der Haushofmeister weigerte sich zu essen, er gab erst am nächsten Tag nach. Der Prinz zerschnitt das Fleisch in lange Streifen und räucherte sie im Rauch des Feuers. Mit diesem Vorrat ausgerüstet, zogen sie nach drei Tagen weiter, um den letzten Bergrücken zu überwinden.

Das Pferd des Prinzen witterte die Schweiger zuerst. Sie kamen gegen Morgen, aus östlicher Richtung, als seien sie schon eine ganze Weile hinter ihnen hergeritten. Das Pferd zog den Prinzen am Ärmel und weckte ihn mit einem leisen Wiehern. Der Prinz sprang sofort auf. Erst dachte er, ein unbekanntes wildes Tier nähere sich ihrem Lagerplatz, doch als er auf einen hohen Felsen stieg, entdeckte er eine große Menge Schweiger, die auf ihren schnellen Hasenpferden den Berg heraufritten und, fast lautlos, immer näher kamen. Nur einmal löste sich ein Stein und rollte in eine Schlucht. Vielleicht endlich ein richtiger Kampf, dachte der Prinz, und ein Lächeln flog über sein Gesicht.

Er weckte den Haushofmeister und den Lehrer und trieb sie dazu an, ihre Bögen zu spannen. Sie brachten die drei Pferde hinter eine Biegung und banden ihnen dort die Beine zusammen, damit sie sich nicht davonmachen konnten, um Gras zu suchen oder Wasser, das sich in den Höhlen sammelte.

»Ich habe nicht vor, eines dieser vernunftbegabten Wesen zu verletzen«, sagte der Haushofmeister bedrückt.

»Du mußt dein eigenes Leben schützen«, widersprach der Prinz.

»Ich bin bereit, auf ihre Pferde zu schießen, aber nicht auf sie.«

»Versuch es doch«, spottete der Prinz. »Ich hoffe, daß du auf ihre Pferde zielst und die Schweiger triffst.«

Auf dem Gesicht des Haushofmeisters zeigte sich Wut, vielleicht zum ersten Mal in seinem Leben.

»Und was ist mit dir?« fragte der Prinz den Lehrer.

Der Lehrer zögerte. Er schaute beide an, und schließlich sagte er: »Ich bin bereit zu kämpfen.« Dann fügte er, wie um sich vor dem Haushofmeister zu verteidigen, hinzu: »Der König hat uns befohlen, seine Tochter wiederzubringen, dafür müssen wir am Leben bleiben.«

»Es gibt keinen Zweck, der alle Mittel heiligt«, sagte der Haushofmeister. »Für alles gibt es eine Grenze.«

Der Prinz klopfte dem Lehrer auf die Schulter, ohne daß er überlegt hatte, was er tat, und er erschrak nicht weniger als der bei dieser Geste der Zuneigung. Sofort verwandelte er die Bewegung und packte die Schulter des Lehrers, um ihn zu einem passenden Platz zum Schießen zu führen.

Alle drei lagen da und warteten.

»Sie sind nur mit Lanzen und Messern bewaffnet«, flüsterte der Prinz.

»Sie können aber ausgezeichnet mit Lanzen und Messern umgehen«, antwortete der Lehrer leise.

»Werfen sie die Messer?«

»Ich habe nie so etwas gelesen.«

Eines der Pferde wieherte hinter der Biegung, und sie schwiegen. Die Sonne stieg auf und beleuchtete die Bergspitzen mit roter Glut.

Erst als die Schweiger sehr nahe waren, befahl der Prinz flüsternd, die Bogen zu spannen, und nach einigen Sekunden rief er: »Jetzt!«

Gleich mit den ersten Pfeilen trafen sie zwei Hasenpferde und einen Reiter, und noch bevor die Schweiger ihre Waffen ziehen konnten, traf der Haushofmeister noch ein Hasenpferd. Der Lehrer verfehlte sein Ziel beim zweitenmal, und der Prinz traf zwei Reiter. Er schoß seine vergifteten Pfeile mit erstaunlicher Geschwindigkeit. Er bot dem Lehrer von seinen Pfeilen an, doch dieser lehnte ab.

»Ich hoffe, sie können ihre Wunden ausheilen«, flüsterte er, verwirrt vom Anblick des fließenden Blutes. »Bei vergifteten Pfeilen haben sie keine Chance.«

Die Schweiger wichen den Pfeilen aus. Sie berieten, indem sie sich anschauten, ohne daß ein Wort aus ihren Mündern kam. Dann ließen sie ihre Pferde sich hinlegen und gingen zum Sturmangriff über. Sie sprangen von Felsen zu Felsen, von einer Deckung zur anderen, kletterten schnell und geschickt, indem sie sich mit ihren Fingern und ihren langen, kräftigen Zehen festhielten.

Der Prinz traf sie, obwohl auch er manchmal sein Ziel verfehlte, während sie gebückt und schnell von einer Stelle zur anderen sprangen. Der Lehrer traf nicht. Einmal oder zweimal kam es ihm vor, als habe er jemanden verletzt, aber er war nicht sicher. Inzwischen kamen die Schweiger immer höher, immer näher. Der Haushofmeister stand mit blassem Gesicht daneben, den Bogen in der herunterhängenden Hand.

»Du kämpfst nicht gegen diese Affen dort?«

»Sie sind vernunftbegabte Wesen wie wir«, sagte der Haushofmeister, und sein Gesicht wurde noch blasser.

»Es ist dir egal, ob sie uns drei umbringen und ob deine Prinzessin bis in alle Ewigkeit dortbleibt?«

»Es ist mir nicht egal«, antwortete der Haushofmeister. »Aber ich habe dir schon gesagt, daß der Zweck nicht alle Mittel heiligt.«

Der Prinz lächelte und beobachtete einen Schweiger, der mitten im Sprung von seinem vergifteten Pfeil getroffen worden war und auf der Stelle erstickte.

Plötzlich schrie er dem Haushofmeister zu: »Geh und binde die Pferde los! Es sind zuviel, und der Paß hier ist zu breit, als daß wir ihn halten könnten!«

Der Haushofmeister rannte zu den Pferden, und dabei dachte er nur eines: Wie würde er es schaffen, das verrückte Pferd des Prinzen loszumachen? Erst als er die Pferde erreichte, erinnerte er sich wieder daran, daß der Prinz dem Tier nicht die Beine zusammengebunden, sondern ihm nur befohlen hatte, stehenzubleiben. Der Haushofmeister zog sein Messer und schnitt die Fesseln der beiden anderen Pferde durch. Dann hielt er sie fest. Plötzlich tauchte über ihm ein kräftiger Schweiger mit einem länglichen Gesicht auf. Er mußte ihm gefolgt sein, ohne daß der Haushofmeister sich erklären konnte wie, denn die Felswände neben dem Paß gingen fast senkrecht in die Höhe. Er mußte die Pferde schützen. Er durfte sie auf gar keinen Fall freigeben, denn dann würden sie weglaufen. Vielleicht würden sie aber auch bei dem Pferd des Prinzen bleiben? Er ließ die Zügel los und nahm seinen Bogen. Der Schweiger sprang. Der Haushofmeister versuchte, den Bogen, als wäre er eine Keule, dem Schweiger auf den Kopf zu hauen. Doch der wich dem Schlag mit einem Sprung zur Seite aus. Der

Haushofmeister war ein sehr starker und schneller Mann, und der Rückzug gelang ihm. Der Schweiger stolperte und fiel auf die Knie. Im Bruchteil einer Sekunde wurde dem Haushofmeister klar, daß er ihn mit Hilfe seines Messers, das er noch immer in der Hand hielt, töten konnte. Er zögerte. Da stand der Schweiger auch schon wieder auf den Beinen, bewaffnet mit einem glänzenden Schwert und einem kurzen Messer.

»Ich werde nicht kämpfen«, sagte der Haushofmeister und hörte, wie der Schweiger antwortete: »Das habe ich verstanden«, ohne daß er die Lippen bewegte. Ihm fiel ein, daß die Schweiger nicht sprachen, weil sie über die Fähigkeit der Gedankenübertragung verfügten.

»Strecke deine Hände aus, ich muß dich fesseln«, fuhren die Gedanken des Schweigers fort, und seine durchdringenden Augen waren auf ihn gerichtet.

Welche Farbe haben sie eigentlich? dachte der Haushofmeister, als der Schweiger ihn schnell an Händen und Füßen fesselte und ihn auf den Boden drückte. Es war eine Augenfarbe, wie er sie noch nie bei einem Menschen gesehen hatte. Gelb, dachte der Haushofmeister, gelb wie die Augen von Wolfskatzen.

»Richtig«, sagte der Schweiger, ohne daß er die Lippen bewegte. »Ich muß mit dir sprechen, mit dir und deinem Freund, nachdem wir den Dritten umgebracht haben.«

Er hob den gefesselten Haushofmeister auf den Rücken eines der Pferde und versuchte, den Zügel des Pferdes zu nehmen, das dem Prinz gehörte. Das wilde Tier sprang ihn an, als wäre es kein Pferd, sondern ein Tiger, und mit einem gezielten Tritt seines Vorderhufs warf es ihn so zu Boden, daß er das Bewußtsein verlor.

Mit größter Anstrengung gelang es dem Haushofmeister, sich aufzusetzen. Er überlegte. Vielleicht könnte es ihm gelingen, langsam seine Fesseln an einem Felsen aufzureiben. Doch das würde zu lange dauern. Nein, er könnte sie mit dem krummen Schwert des Schweigers aufschneiden. Er rutschte auf den Knien hinüber und begann mit der Arbeit. Hoffentlich kommt er nicht zu schnell zu Bewußtsein, dachte er, und während der ganzen Zeit hörte er wildes Geschrei, das vom Ort des Kampfes zu ihm drang. Ich werde ihn auf den Kopf schlagen müssen, wenn er zu sich kommt, bevor ich meine Beine frei habe. Während der Haushofmeister noch überlegte, ob er das mit gefesselten Beinen tun könnte, erschien der Prinz. Auf dem Rücken trug er den blutenden Lehrer. Er brach in freudiges Lachen aus, als er die Szene erblickte. Ohne auch nur einen Moment zu zögern, warf er den Verwundeten auf sein Pferd, durchschnitt die Fesseln an den Füßen und Händen des Haushofmeisters und mit derselben

Bewegung die Kehle des Schweigers. Der Haushofmeister versuchte noch, es zu verhindern, doch er war nicht schnell genug.

»Du dreckiges Miststück«, rief der Haushofmeister, unfähig, sich zu beherrschen. »Warum hast du das getan?«

»Steig auf!« schrie der Prinz.

Der Haushofmeister sprang in den Sattel und packte die Zügel des Pferdes, auf dem der verwundete Lehrer lag. Der Prinz ritt voran und trieb den Haushofmeister zur Eile an. Doch auf dem unebenen, schwierigen Weg am Hang und auf den gewundenen Pfaden über Felsklippen, von denen man nicht wußte, ob sie stark genug waren, das Gewicht von Pferd und Reiter auszuhalten, ging es nur noch langsam vorwärts, vor allem weil der Verwundete bei jeder Kurve und jedem plötzlichen Anhalten aufstöhnte.

Was hat der Schweiger gemeint, als er sagte: ›Ich muß mit dir sprechen, mit dir und deinem Freund, nachdem wir den Dritten umgebracht haben?‹ dachte der Haushofmeister. Er würde es nie mehr erfahren. Er versuchte ein seltsames Gefühl zu unterdrücken, das in ihm aufstieg. War das Haß? Wäre er jetzt fähig, den Prinzen wegen seiner Bosheit zu töten? Die Erinnerung an den durchschnittenen Hals des Schweigers ließ ihm keine Ruhe. Es war richtig, der König hatte das Schicksal seiner Tochter in die Hände dieses Unholds gelegt, dieses Enkels des Buckligen. Zweifellos hatte er gewußt, was er tat. Zweifellos war nur der Prinz in der Lage, etwas zu erreichen, sogar wenn sie beide, er und der Lehrer, unterwegs ausfielen. Doch eigentlich durfte nie ein Sohn des Bösen die Nebelschlucht überqueren, das war die Voraussetzung für die Existenz des Ostreichs. Plötzlich wurde dem Haushofmeister etwas klar. In dem Moment, in dem sie im Westreich ankommen würden, würde der Prinz sie im Stich lassen. Was kümmerte ihn das Schicksal der Prinzessin? Warum sollte er zurückkehren? Die Burg und die Domäne, das Erbe seiner Väter – was war das alles gegen die Freiheit des Bösen, die er dort finden würde? Gegen die wilden Berge und die Freiheit, zu kämpfen und zu töten, zu jagen und sich in Situationen zu bewähren, wie sie ihm im Ostreich nicht geboten wurden? Nein, dachte der Haushofmeister, nie im Leben werde ich den Anblick des Schweigers mit dem langen Gesicht vergessen, auch nicht seine Stimme, die ich in meinem Kopf gehört habe, in meinen Gedanken. Doch warum hatte der Prinz seine Fesseln durchschnitten? Er hätte ihn einfach liegenlassen können. Die Schweiger hätten das Werk vollendet. Auf diese Art hätte er außer seinem Reitpferd ein Lasttier gehabt, und vielleicht würde er bald wieder Fleisch brauchen. Und warum hatte er den Lehrer gerettet?

Erneut stöhnte der Verwundete, und der Haushofmeister schaute sich besorgt um. Er rief dem Prinzen zu, er möge anhalten.

»Wir müssen ihn verbinden«, sagte er.

»Bald können wir anhalten«, antwortete der Prinz.

»Sie verfolgen uns nicht!« rief der Haushofmeister, obwohl er sich dessen nicht sicher war, doch der Prinz ritt weiter.

Trotz allem hat er mich nicht zurückgelassen, dachte der Haushofmeister, auch nicht den verwundeten Lehrer. Den braucht er allerdings, damit er ihm den Weg zeigt. Vielleicht hat er doch vor, mit uns zurückzukehren? Oder er will sich alle Möglichkeiten offenhalten. Bestimmt entscheidet er sich erst, wenn wir dort sind. Der Haushofmeister grübelte. Wenn dem Lehrer etwas passiert, wird er uns dann vorher das Geheimnis der Überquerung der Nebelschlucht verraten? Er kann es nicht. Selbst wenn er wollte, könnte er es nicht.

Als der Weg breiter wurde, ritten sie nebeneinander. Doch das Pferd des Haushofmeisters achtete auf einen respektvollen Abstand zu dem wilden Pferd des Prinzen. Der Prinz wollte genau wissen, was vorgefallen war. Bisher hatte er sich noch nie nach ihren Angelegenheiten erkundigt oder nach etwas, was während seiner Abwesenheit vorgefallen war. Vielleicht will er nur wissen, wie die Schweiger kämpfen, dachte der Haushofmeister. Vielleicht auch, was ich selbst gemacht habe, warum mich der Schweiger nicht getötet, sondern nur an Armen und Beinen gefesselt hat.

Der Haushofmeister berichtete dem Prinzen widerwillig, wie er versucht hatte, den Schweiger mit seinem Bogen zu schlagen, und wie dieser ihn gefesselt hatte. Er zögerte einen Moment, dann erzählte er auch, wie er seine Worte im Kopf gehört hatte, in Gedanken, und wie er auf die gleiche Weise geantwortet hatte, obwohl er nicht wußte, wie das funktionierte.

»Er hat einfach meine Gedanken gehört«, sagte er.

»Die ganze Zeit?«

»Nein, nur wenn ich etwas gedacht habe, das ihn betraf. Eigentlich nur dann, wenn ich ihm etwas sagen oder ihn etwas fragen wollte. Ich weiß es wirklich nicht.«

Der Prinz lachte ungläubig.

Wieder mußten sie über einen engen und gefährlichen Felsweg kriechen, wobei sie die Pferde an den Zügeln hinter sich herzogen. Der Haushofmeister beschloß, dem Prinzen zu sagen, was ihn bedrückte. Und als sie wieder nebeneinander ritten, stieß er mit einer ihm selbst fremden Stimme aus: »Du hättest den Schweiger nicht umbringen müssen.«

Erstaunt hörte er, daß seine eigene Stimme der des Prinzen glich, wenn dieser wütend war. War es vielleicht nur eine Frage der Zeit, wann er anfing, so zu werden wie der Prinz? Nein, nie! Schließlich bestand eine große Kluft zwischen dem Klang einer Stimme und wirklichen Handlungen.

»Ich habe ihn nicht getötet«, sagte der Prinz und warf ihm einen spöttischen Blick zu. »Ich habe nur die Haut an seinem Hals durchgeschnitten, um dich zu ärgern, dich fleischfressenden Vegetarier.«

»Das ist dir gelungen«, sagte der Haushofmeister, und bevor er sich wieder in der Gewalt hatte, stahl sich ein Lächeln auf sein Gesicht, das Lächeln der Guten, das der Prinz so haßte.

Der Prinz sagte kein Wort.

»Warum hast du ihn nicht getötet?« fragte der Haushofmeister weiter.

Der Prinz lachte. »Du hast mich mit deiner Güte angesteckt.«

Der Haushofmeister versuchte, sich über den Klang dieses Lachens klarzuwerden. Dann fiel ihm plötzlich wieder der Schweiger ein und daß er gesagt hatte, »nachdem wir den dritten getötet haben«. »Der Dritte« war sicher der Prinz. Dann konnten die Schweiger also zwischen ihm und den Bewohnern des Ostreichs unterscheiden. Vielleicht fühlten sie es in Gedanken. Einstweilen verschob er die Entscheidung, ob er dem Prinzen davon erzählen sollte oder nicht.

Der Prinz sagte: »Du hättest ihn wirklich mit dem Bogen totschlagen können, doch man muß wissen wie. Wenn du willst, bringe ich dir bei, wie man mit Keulen kämpft. Die Keule ist besser als alles andere, ich meine jetzt, nachdem wir nur noch zu zweit sind.«

»Zu zweit?« Der Haushofmeister erschrak und drehte den Kopf. Der Lehrer war noch immer ohne Bewußtsein. »Wir müssen anhalten und seine Wunden verbinden«, sagte der Haushofmeister.

»Ich habe alles getan, was man in dieser Hinsicht tun konnte«, meinte der Prinz. »Mein Großvater war Arzt, und glaub mir, man kann nichts mehr für ihn tun.«

»Hattest du überhaupt Zeit dazu?«

»Ja, sie haben sich zurückgezogen. Die vergifteten Pfeile und die Messer haben ihnen nicht gefallen. Aber sie werden uns folgen und uns innerhalb eines Tages einholen, vermute ich. Beim nächstenmal werden sie nicht einfach im Sturm angreifen. Im Moment sind unsere Köpfe keinen Pfifferling mehr wert.«

Sie blieben stehen. Gemeinsam hoben sie vorsichtig den Lehrer vom Pferd und legten ihn auf die Erde. Der Haushofmeister beugte sich über ihn und fragte: »Hörst du mich?«

Er bekam keine Antwort. Dann öffnete der Lehrer die Augen und versuchte zu sehen, wer mit ihm sprach. Er flüsterte: »Die Schweiger ... wenn sie kommen ... sprechen in Gedanken... immer die Wahrheit ...«

Die Anstrengung war zu groß, der Lehrer ruhte einen Moment, dann flüsterte er weiter: »Ich bin bestraft ... ich habe getötet ...«

»Deine Verletzung hat nichts mit deinem Versuch zu tun, deine Aufgabe zu erfüllen«, sagte der Haushofmeister und versuchte, seiner Stimme einen sicheren Ton zu verleihen.

»Meinst du –«, flüsterte der Lehrer, und das Sprechen schien ihm immer schwerer zu fallen. Doch schließlich gelang es ihm, seine Frage zu beenden. »Meinst du, die Väter versammeln mich zu sich?«

Der Haushofmeister war sich nicht sicher, was mit einem Guten geschehen würde, der den rechten Weg verlassen und ein vernunftbegabtes Wesen getötet hatte, wenn auch nur zur Selbstverteidigung. Ein solcher Fall war ihm im Rahmen seines Dienstes im Palast nie vorgekommen. Trotzdem versuchte er, seiner Stimme den gleichen sicheren Ton zu geben wie vorher, und er sagte schnell: »Ganz ohne Zweifel. Mach dir keine Sorgen. Außerdem wirst du noch viele Jahre leben.«

Zwei Lügen auf einmal, dachte er. Meine ersten beiden Lügen. Und dann erinnerte er sich plötzlich, daß er einmal seine Mutter angelogen hatte. Damals, als sie fragte, woher er die blaue Glaskugel hatte, die seiner kleinen Schwester gehörte. Doch er schob diesen Gedanken sofort zur Seite und beugte sich über den Lehrer. Mit welcher Leichtigkeit könnten sie nun miteinander sprechen, wenn sie die Gedankensprache beherrschen würden. Der Lehrer atmete noch. Er wollte etwas sagen, doch die Worte erstarben ihm auf den Lippen.

Der Haushofmeister sprach die überlieferten Gebete, und der Prinz saß etwas weiter weg und beobachtete ihn heimlich. Gut, daß er nicht lacht, dachte der Haushofmeister erleichtert, und als er sicher war, daß die Seele den Körper verlassen und ihren Weg eingeschlagen hatte, rief er den Prinzen. Gemeinsam verbrannten sie den Körper auf einem Haufen trockenen Dorngestrüpps. Die ganze Nacht bewachte der Haushofmeister das Feuer, und als die Sonne aufging, sang er das letzte Gebet. Er sang und verstreute die Asche auf der Erde, wie es seit ewigen Zeiten die Sitte seiner Väter war.

Währenddessen wartete der Prinz auf die Ankunft der Schweiger, doch sie kamen nicht.

»Ich verstehe es nicht«, sagte der Prinz. »Ich verstehe nicht, was sie vorhaben. Ich war sicher, daß sie diese Zeremonie ausnutzen und mit uns abrechnen würden.«

Sie luden schnell ihre gesamte Ausrüstung auf den Rücken des Pferdes, das dem Lehrer gehört hatte, dann ritten sie weiter.

Es war ein seltsames Gefühl, zu zweit zu reiten. Das dritte Pferd war nun das Lastpferd. Trotzdem kam es dem Haushofmeister jedesmal, wenn er ihm einen Blick zuwarf, vor, als trage das Pferd nichts auf dem Rücken.

Eine schmerzliche Leere. Der Prinz ritt vor ihm, und auch dessen Pferd sah seltsam aus. Vielleicht, weil ein Teil seiner Last umgeladen worden war. Nein, es war nicht nur das. Es fehlte etwas. Der Haushofmeister betrachtete die beiden Pferde und versuchte sich zu erinnern.

»Fehlt nicht etwas von der Ausrüstung?« rief er dem Prinzen zu.

Der Prinz schaute nicht zurück, als er antwortete. »Ja. Einen Sack habe ich irgendwo zurückgelassen. Ich hoffe, daß die Seele deines Freundes ihn bewacht, bis wir zurückkommen.«

»Du versündigst dich gegen das Andenken eines Toten«, sagte der Haushofmeister.

»Lache ich etwa?« fragte der Prinz und wandte den Kopf. Er sah sehr ernst aus.

»Die Krone!« rief der Haushofmeister. »Wo ist die Krone?«

»Glaubst du, ich hätte den Drachen für die Schweiger gejagt? Die Krone wartet auf mich, bis wir zurückkommen. Falls wir überhaupt zurückkommen.« Jetzt lachte der Prinz doch.

Wohin zurückkommen, dachte der Haushofmeister, zur Krone oder nach Hause? Die Krone war jetzt sicher vor den Schweigern, aber die Rückkehr war fraglich. Denn auch wenn der Prinz im Westreich blieb, würde die Krone auf ihn warten.

Nach einem Ritt von einer Stunde standen sie verwirrt an einer Wegkreuzung. Sie wußten nicht, ob sie dem gewundenen Pfad den Bergrücken hinauf folgen sollten oder an der wilden Schlucht entlangreiten. Es gab niemanden mehr, der die Karte lesen konnte. Der Prinz wählte den gewundenen Pfad bergauf, und der Haushofmeister widersprach nicht. Sie wußten ohnehin beide nicht, welcher Weg der richtige war. Der Haushofmeister ritt weiterhin hinter dem Prinzen, und sein Herz war schwer. Wer wußte, was sie unterwegs erwartete. Nicht umsonst hatten seine Frau und seine Kinder geweint, als sie ihm beim Abschied um den Hals gefallen waren. Und noch eine Frage bedrückte ihn. Ob der Lehrer zu den Vätern versammelt worden war oder ob sie seine Seele zum ewigen Wandern verurteilt hatten.

15. KAPITEL
VERBÜNDETE

Wasser! Den ganzen Weg über konnten sie die Pferde nicht tränken, und gegen Abend gossen sie fast alles Wasser aus ihren Schläuchen in eine trockene Felsenhöhlung, damit die Tiere trinken konnten. So konnten sie nicht weiterreiten. Der Zweifel, ob sie den richtigen Weg gewählt hatten, begann an ihnen zu nagen. Der Haushofmeister machte sich mehr und mehr Sorgen, doch der Prinz war noch immer fröhlich.

Auch am nächsten Tag fanden sie kein Wasser. Ein Zeichen, daß sie wohl auf dem falschen Weg waren. Wenn sie zurückgehen wollten bis zu der letzten Wasserstelle, einem tiefen Brunnen, dann mußten sie das gleich tun, damit das Wasser nicht ausgetrocknet wäre, bevor sie ankamen. Bereits in den frühen Morgenstunden wandte der Prinz sein Pferd.

»Ja«, sagte der Haushofmeister. »Ich denke auch, daß wir sofort zurück müssen.«

Bergab ging es nun zwar schneller, doch die Pferde zeigten bereits deutliche Zeichen der Erschöpfung. Auch für den Prinzen und den Haushofmeister reichte das Wasser nur knapp. Sie waren zu großzügig gewesen, als sie am ersten Abend nach dem Tod des Lehrers ihren Pferden Wasser aus den eigenen Schläuchen gegeben hatten. Doch vielleicht fühlten auch die Pferde, daß sie zurückgingen zum Wasser, denn sie liefen weiter, obwohl ihre Beine sie kaum noch trugen. Schon vor einigen Stunden war der Haushofmeister abgestiegen, später war ihm der Prinz gefolgt. Am nächsten Morgen ging es weiter, ohne daß sie noch einen Tropfen Wasser gehabt hätten. Immerhin kannten sie den Weg, und so erreichten sie schließlich die Wasserstelle. Nachdem sie ihren Durst gestillt und vorsichtig die Pferde getränkt hatten, schauten sie sich um und sahen im Licht der hellen Mittagssonne Dutzende von Schweigern, die auf den Felsen um sie herum standen und sie lautlos beobachteten. Der Prinz streckte die Hand nach dem Bogen aus und nahm einen vergifteten Pfeil, doch der Haushofmeister hielt ihn zurück.

»Mich bringt man nicht so einfach um«, sagte der Prinz und riß sich los. »Ich lasse mich auch nicht gefangennehmen, solange ich noch eine Hand rühren kann.«

»Sie hätten uns längst umbringen können, wenn sie es gewollt hätten«, sagte der Haushofmeister. »Was ist mit deinem Pferd passiert? Wieso hat es die Schweiger nicht bemerkt?«

Erst als er den Satz zu Ende gesprochen hatte, merkte der Haushofmeister, daß er sich der Sünde des Spottes schuldig gemacht hatte.

»Sie sind jetzt erst gekommen«, entgegnete der Prinz wütend. Er machte einen Schritt zurück und verbarg sich hinter einem Felsvorsprung, dann rief er sein Pferd zu sich. Der Haushofmeister blieb stehen, wo er stand. Er hatte keine Angst, fast so, als habe er das Auftauchen der Schweiger erwartet. Er schaute zu den Schweigern hinauf und sah, daß es sehr viele waren, viel mehr als bei dem letzten Zusammentreffen. Ein Schweiger hob den Arm, und der Haushofmeister erkannte ihn sofort an seinem länglichen Gesicht, dem hohen Wuchs und den breiten Schultern.

Sein Kragen stand offen, und sein Hals war verbunden. Der Prinz hat also nicht gelogen, dachte der Haushofmeister, und ihm fiel ein, daß er ihm gleich geglaubt hatte. Vielleicht aus Gewohnheit, weil er immer alles glaubte, was jemand sagte. Der Haushofmeister drehte sich nach dem Prinzen um, doch er sah nur den Schwanz seines Pferdes.

Der Langgesichtige stieg den Felsen herunter und kam näher, und dann hörte der Haushofmeister, wie seine Gedanken zu ihm sprachen, wie bei ihrer ersten Begegnung.

»Ich freue mich, dich am Leben zu sehen«, sagte der Haushofmeister.

»Wir müssen miteinander sprechen«, erwiderte der Schweiger, ohne daß ein Ton zu hören war.

»Ich bin bereit«, sagte der Haushofmeister.

»Wer bist du?«

Der Haushofmeister wunderte sich über diese Frage. »Ich bin ein Untertan des Königs des Ostreichs«, dachte er.

»Dein Reisegefährte ist nicht wie du. Sein Gehirn ist verstopft, er ist einer von den Bösen. Was hast du mit ihm zu tun? Wir müssen ihn töten, aber wir wollen dich nicht verletzen. Deshalb haben wir gewartet, daß du uns erklären kannst, was ihr beide zusammen macht.«

»Er ist ein Sohn meines Landes, seine Familie lebt auf der geächteten Domäne. Es stimmt, daß er ein Abkömmling des Westreichs ist, doch seine Vorfahren sind vor vielen Generationen zu uns gekommen.«

»Ich verstehe.« Der Schweiger nickte. »Er ist also ein Nachkomme des schwarzen Prinzen.«

»Was tust du dort, zum Teufel?« rief der Prinz aus seinem Versteck. »Betest du?«

»Nein«, antwortete der Haushofmeister. »Sie sprechen mit mir. Das heißt, der, dessen Hals du aufgeschnitten hast.« Dann verbesserte er sich: »Dessen Haut am Hals du aufgeschnitten hast.«

»Ich höre nichts. Bisher hat kein Mensch ein Wort gesprochen«, rief der Prinz.

»Erinnerst du dich, was ich dir nach unserem ersten Zusammentreffen mit den Schweigern gesagt habe? Erinnerst du dich, was der Lehrer vor seinem Tod gesagt hat? Ich höre ihre Gedanken, wenn sie sich an mich wenden.«

»Das glaube ich nicht. Warum höre ich nichts?«

»Er meint, du seist einer von den Horden des Bösen. Er unterscheidet unsere Gehirne und sagt, deines wäre verstopft. Vielleicht ist mit dieser Erklärung die Unfähigkeit zur Gedankenübertragung gemeint.«

Das ärgerte den Prinzen. Er verlangte einen Beweis. »Sage ihm in Gedanken, daß er einen Arm heben soll.«

Der Schweiger hob die Hand, ohne daß der Haushofmeister ein Wort gesagt hätte. Dann verlangte der Prinz flüsternd, der Schweiger solle auf einem Fuß stehen. Auch das geschah. Jetzt kam der Prinz aus seinem Versteck heraus und setzte sich auf den Boden.

»Setz dich«, forderte er den Haushofmeister auf. »Ich weiß von meinem Großvater, daß man sich auf den Boden setzen muß, wenn man ihnen Verhandlungsbereitschaft zeigen will.«

Der Haushofmeister setzte sich. Tatsächlich legte der Langgesichtige seine Waffen auf den Boden und kam ganz herunter. Er senkte den Kopf zum Gruß und setzte sich zu ihnen. Sofort kam noch ein anderer Schweiger, der neben ihm Platz nahm.

»Da der Böse unsere Gedanken nicht hört, werden wir durch den Hals sprechen«, sagte der Langgesichtige.

»Auch wir werden durch den Hals sprechen«, bestätigte der Haushofmeister.

Der Prinz fragte schnell: »Habt ihr die Erbin des Reiches entführt?«

»Wir haben Unrecht getan«, bestätigte der Schweiger.

Und dann fragten die beiden Schweiger, wie aus einem Mund: »Wie seid ihr durch die Nebelschlucht gekommen?«

»Eure Brüder, die weißen Schweiger, haben uns herübergebracht«, log der Prinz.

»Das haben wir uns gedacht«, meinte der Langgesichtige. »Doch wir waren nicht sicher. Vielleicht haben sie es als Sühne für die Entführung getan.«

»Wann hattet ihr Verbindung mit ihnen in der letzten Zeit?« fragte der Prinz.

»Als sie uns die Gefangene übergeben haben.«

Der Haushofmeister atmete erleichtert aus. Schnell schob er den Gedanken weg, damit der Schweiger nicht die Wahrheit entdeckte.

»Wann habt ihr die Königstochter übergeben?« fragte der Prinz.

Der Schweiger seufzte. »Vor langer Zeit.«

Dann erzählte er ihnen, wie die Soldaten des Königs ihr Heiligtum zerstört und ihnen das Allerheiligste genommen hatten, die Drachenkrone, die der Schlüssel zu ihrer Kultur war. Er berichtete von dem Abkommen, das sie mit den Bösen geschlossen hatten, und von der Entführung, die ihre weißen Brüder, die die Grenzen und die Bräuche der Bewohner des Ostreiches kannten, für sie ausgeführt hatten. Schließlich erzählte er auch von dem Kampf bei der Höhle und wie sie beides verloren hatten, die Krone und die Prinzessin.

»Hoffentlich ist sie überhaupt noch am Leben«, murmelte der Haushofmeister.

»Wir können nicht heimlich ins Land unserer Feinde eindringen«, sagte der andere Schweiger. »Sie würden uns sofort erkennen. Nur Leute, die aussehen wie sie, also ihr zum Beispiel, können das tun.«

»Wir haben einen langfristigen Plan«, sagte der Langgesichtige. »Doch wenn ihr die Absicht habt, ins Westreich zu gehen, solltet ihr lieber nichts davon wissen. Dann könnt ihr nichts verraten, falls sie euch fangen und foltern.«

»Warum haben sie euch die Krone gegen die Prinzessin geboten?« fragte der Prinz.

»Das wissen wir nicht«, antwortete der zweite Schweiger.

»Warum habt ihr uns bei unserem ersten Treffen angegriffen?« fragte der Haushofmeister.

»Wir hielten euch für Goldgräber. Die Einwohner des Westreichs graben nach Gold. Dort kann man für Gold alles kaufen, was man will, sie würden für Gold sogar ihre Kinder verkaufen. Sie stehlen sich in die Goldbrüche in den Bergen, und wenn wir sie dort erwischen, kehren sie nicht nach Hause zurück«, erklärte der Langgesichtige.

»Im allgemeinen erwischen wir sie«, fügte der zweite Schweiger hinzu.

Der Langgesichtige nickte. »Deshalb ist das Gold bei ihnen auch sehr teuer.«

»Wir haben euch jetzt alles gesagt«, meinte der zweite Schweiger. »Was habt ihr nun vor?«

»Wir werden uns die Prinzessin holen«, sagte der Haushofmeister.

»Wie?«

»Wir werden vor den König treten und sie zurückverlangen.«

Der Prinz lachte innerlich über die Naivität des Haushofmeisters, doch er sagte nichts.

»Unsere Feinde sind eure Feinde«, sagte der Langgesichtige nach einem langen Schweigen.

»Seid ihr bereit, uns zu helfen?« fragte der Prinz.

Die beiden Schweiger berieten sich miteinander durch Gedankenübertragung.

»Wir sind bereit, mit euch einen Bund zu schließen«, sagte der Langgesichtige schließlich.

Die Schweiger wollten herausbekommen, wo sich die Krone befand. Der Haushofmeister und der Prinz versprachen, ihnen die Nachricht zu bringen, falls sie am Leben bleiben würden, selbst wenn es ihnen nicht gelänge, die Prinzessin zu befreien. Der Haushofmeister meinte das auch wirklich so. Sie baten dafür die Schweiger um Ausrüstung und um einen Führer für den Weg und darum, daß die Schweiger sie nach Erledigung ihres Auftrags zurück ins Ostreich bringen würden. Die Schweiger versprachen, sie bis zur Nebelschlucht zu bringen und sie dort ihren weißen Brüdern zu übergeben.

»Braucht ihr nicht jemanden, der einen Drachen für euch jagt?« fragte der Prinz vorsichtig.

»Kannst du Drachen jagen wie die Söhne des ungnädigen Königs?« fragte der Schweiger erstaunt.

»Ich habe es noch nicht versucht«, antwortete der Prinz. »Vielleicht.«

»Nein«, sagte der Langgesichtige. »Solange sich noch eine Krone in der Hand eines Stammes befindet, eines weißen oder gelben, dürfen wir dem heiligen Tier nichts tun.« Die beiden Schweiger legten die Hände an die Stirn zum Zeichen der Heiligung.

»Warum hast du das gefragt?« wollte der zweite Schweiger wissen.

»Ich wollte nur wissen, ob die Geschichte über meinen Vorfahr auf Wahrheit beruht.«

»Ja, auch wir kennen sie«, bestätigte der Langgesichtige.

Nachdem die beiden Schweiger noch eine Weile beraten hatten, schlugen sie vor, den Haushofmeister und den Prinzen über einen geheimen Weg in das Land ihrer Feinde zu bringen, obwohl dieser Weg zu ihrem Plan gehörte.

»Ich gehe nicht über einen Geheimweg hinein«, verkündete der Haushofmeister. »Ich werde frei und offen als Abgesandter meines Königs das Land betreten.«

»Wie du willst«, meinte der Prinz. »Ich lasse mir von unseren Verbündeten helfen und gehe heimlich.«

»Und wie wirst du das Geheimnis bewahren, bis du zurückkommst?« fragte der Langgesichtige den Prinzen.

Dieser lachte. »Ich werde es schon um meinetwegen gut bewahren. Ich habe vor, so zu tun, als wäre ich einer von ihnen, ein echter Untertan des ungnädigen Königs. Deshalb wird es niemanden einfallen, mich zu fragen, woher ich komme.«

»Es wird dir nicht schwerfallen, dich zu verstellen«, sagte der zweite Schweiger. »Wir haben dich kämpfen gesehen.«

Der Prinz gab keine Antwort. Er würde in ihrem Beisein nicht lachen, denn er hatte nicht vor, sie zu verletzen. Was würden ihm die gelben Schweiger geben, wenn er ihnen die Krone brächte? Er wollte nur eines: daß sie ihn mit einem kleinen Heer durch die Nebelschlucht führten. Wenn er aus dem Westreich zurückkam, würde er eine Krone für sie haben, und wenn es vielleicht nicht die Krone war, die der ungnädige König im Moment noch in Händen hatte, dann wäre es eben die andere, die er selbst vom Kopf des Drachen geschnitten hatte. Ob sie den Unterschied merken würden? Vielleicht hatte sein Großvater wirklich recht, und die zweite Prophezeiung ging in Erfüllung? Vielleicht würde er wirklich das Ostreich erobern? Der Prinz unterdrückte ein Lachen. Was für ein Glück, daß mein Kopf verstopft ist, dachte er. Wenn sie ihn mit einem kleinen Heer durch die Nebelschlucht bringen würden, wäre es für ihn ein leichtes, im Ostreich zu tun, was er wollte. Sie hatten keine Krone – das war das Zeichen!

Der Prinz stand auf und streckte dem Langgesichtigen die Hand hin, doch der verstand diese Geste nicht. Erst als er die erklärenden Gedanken des Haushofmeisters hörte, stand er auf und drückte die Hand des Prinzen. Der betrachtete sie neugierig.

Auch der Haushofmeister schüttelte den Schweigern die Hände. Als der zweite Mond aufstieg, der rote, begannen die Feierlichkeiten zur Bestätigung des Bündnisses. Die Schweiger machten einen großen Kreis um brennende Bäume und tanzten einen wilden und mitreißenden Tanz. Der Prinz und der Haushofmeister saßen zusammen mit dem langgesichtigen Schweiger und seinem Freund und schauten dem Treiben zu. Irgendwann wies ein Schweiger sie an, ihre Hände auf die Erde zu legen, und der Schweiger bedeckte sie mit Asche. Der rhythmische Tanz fand in völliger Lautlosigkeit statt, doch den Gesichtern und den Bewegungen der Tänzer war anzusehen, daß sie in ihren Köpfen den Rhythmus oder die Melodie hörten. Vielleicht sangen sie sogar innerlich zusammen.

Nachdem sie sich die Hände mit Asche beschmiert hatten, mußten sie aufstehen und durchs Feuer gehen. Nicht etwa darüber hinwegspringen. Die Schweiger gingen barfuß hindurch, ohne daß sie mit der Wimper zuckten, der Prinz und der Haushofmeister mit Schuhen. Erstaunt sahen sie, daß die Fußsohlen ihrer Verbündeten unversehrt blieben.

Plötzlich ging der Haushofmeister zu seinem Pferd, holte die Okarina des Lehrers heraus und begann zu spielen. Die Schweiger blieben verblüfft stehen. Dann kamen sie näher, knieten sich um den Haushofmeister herum und hörten zu. Offenbar hatten sie noch nie Musik mit den Ohren gehört.

Wie halten sie sich die Fledermausschlangen vom Leib? dachte der Prinz.

Der Haushofmeister ging von fröhlichen Melodien zu traurigeren, anrührenderen über. Lieder der Sehnsucht. Die Schweiger nahmen sich gegenseitig in die Arme, als suchten sie Trost und Schutz beieinander. Plötzlich spielte der Haushofmeister das Lied der Durchquerung, das Lied, das die Fledermausschlangen fernhielt. Da standen alle Schweiger auf und sangen laut mit.

Das ist die Antwort auf meine Frage, dachte der Prinz.

Beim Untergang des roten Mondes befahl der Langgesichtige das Ende der Feierlichkeiten. Sie waren nun Verbündete.

16. KAPITEL
IM LAND DER FEINDE

Der Tunnel ins Westreich führte unter der Grenzmauer hindurch und endete in einem Wäldchen am Fuß eines Felsens. Nur Eingeweihte wußten, wo der Felsen war und wie man den Eingang öffnete, damit man durch einen schmalen Gang in den Tunnel kriechen konnte. Die Schweiger waren noch nie durch den Tunnel ins Land der Feinde gegangen, denn man hätte sie sofort erkannt. Fast alle Arbeiten zum Schutz des Eingangs waren von innen gemacht worden. Es hatte zwar eine Überlegung gegeben, Vertriebene des Westreichs als Spione einzusetzen, statt sie zu töten, doch von ihnen war nicht die geringste Dankbarkeit oder Treue zu erwarten, deshalb hatte man die Idee wieder fallengelassen zugunsten einer anderen. Man wollte ihnen einige Kinder wegnehmen und sie zu Schweigern erziehen. Da ihr Aussehen sie dann nicht verraten würde, könnte man sie, wenn sie erst erwachsen wären, als Spione ausbilden. Diese Kinder würden zum Heiligtum gebracht und dort von der Krone die Fähigkeit zur Gedankenübertragung erhalten. Doch der Plan würde erst in sechzehn bis achtzehn Jahren ausgeführt werden können, wenn die Kinder erwachsen wären. Deshalb hatten die Schweiger einen zweiten Tunnel angelegt, einen zusätzlichen, für den Tag der Rache. Dieser Tunnel besaß Vorratsräume für Nahrung und Waffen und hatte verschiedene geheime Abzweigungen und Eingänge. Vielleicht waren die Schweiger deshalb bereit, dem Haushofmeister und dem Prinzen das Geheimnis des ersten Tunnels preiszugeben.

Trotz der Bündniszeremonien trauten die Schweiger dem Prinzen, der ihrer Ansicht nach einen verstopften Kopf hatte, nicht völlig. Deshalb boten sie ihm viel Gold dafür, wenn er zurückkäme und ihnen sagte, wo der ungnädige König die Krone aufhob, für den Fall, daß er sonst keinen Grund haben würde, zurückzukommen.

»Und woher wissen wir, daß er nicht irgendeine Geschichte erfindet, nur um das Gold zu bekommen?« fragte einer der Schweiger.

»Daran habe ich nicht gedacht«, bekannte der Langgesichtige, dann drehte er sich um und sagte zu dem Prinzen: »Wir werden dich dann mit dem Wahrheitsgift befragen müssen.«

Der Prinz überlegte. »Gut«, sagte er dann.

Wer weiß, was er vorhat, dachte der Haushofmeister besorgt.

Niemand konnte wissen, wieviel Zeit der Haushofmeister und der Prinz bis zu ihrer Rückkehr brauchen würden. Daher entschied der Langgesichtige, in der Nähe des Eingangs eine gut versteckte ständige Wache einzurichten. Mindestens drei Jahre sollte die Wache dort sein, versprachen die Schweiger. Dann würden sie die Lage besprechen und möglicherweise nur einen Wachtposten für den Notfall dalassen. Bis zur letzten Minute versuchten sie, den Haushofmeister zu überreden, das Land durch den Tunnel zu betreten, doch vergeblich.

»Ich trete vor die Wachen und verlange, daß man mich zum König führt«, sagte er. »Ich bin ein Gesandter meines Königs und kein Spion.«

Doch er beschloß, sein Pferd und seine Ausrüstung bei den Schweigern zu lassen. Staunend sah er, mit welcher Gelassenheit auch der Prinz sein Pferd bei ihnen ließ, doch bald verstand er, warum. Während er zum nächsten Tor in der Grenzmauer schritt, galoppierte das Pferd an ihm vorbei, griff die Grenzwächter an, die es zurückhalten wollten, und noch bevor sie Zeit gefunden hatten, Pfeile aus ihren Köchern zu ziehen, war es schon in ihrem Land verschwunden, nur eine Staubwolke war noch zu sehen. Als der Haushofmeister am Tor ankam, sprachen die Soldaten noch immer von dem Pferd, das so wild war, wie sie noch keines gesehen hatten. Sie überlegten, ob es vielleicht einem Vertriebenen gehörte oder ob es vielleicht durch ein anderes Tor herausgekommen war und nun wieder zurück wollte.

Sie hielten den Haushofmeister an und schlugen ihn ins Gesicht. Der Haushofmeister wehrte sich nicht.

»War das dein Pferd?« fragten sie.

»Nein«, antwortete der Haushofmeister und bekam sofort noch eine Ohrfeige.

»Ich bin kein Sohn eures Landes«, sagte er. »Der König des Ostreichs schickt mich, ich habe einen Brief ...«

Wieder konnte er nicht weitersprechen, die Wächter brachen in Gelächter aus und schlugen ihn wieder. Einer von ihnen nahm dem Haushofmeister den Brief aus der Hand und zerriß ihn in kleine Stücke.

»Schlagt den Spinner!« riefen sie sich gegenseitig zu.

»Er hat das Wort gesagt.«

»So ein Land gibt es nicht, du Dummkopf! Bist du lebensmüde?«

Verletzt und zerschlagen wurde der Haushofmeister zum Offizier der Wache gebracht.

»Einer von den Vertriebenen, den die Schweiger nicht umgebracht haben, ist zurückgekommen und behauptet, ein Gesandter des Königs von ›dort‹ zu sein, dem Land, das es gar nicht gibt. Er ist vermutlich verrückt geworden.«

Der Offizier stand auf und spuckte den Soldaten dankbar ins Gesicht. Doch sein Gesicht bekam einen erstaunten Ausdruck, als er die seltsame Kleidung des Haushofmeisters betrachtete, die ganz anders aussah als alles, was er kannte.

Der Haushofmeister wiederholte, was die Wächter bereits gesagt hatten, und beharrte auf seiner Aussage.

»Hast du den Brief?« fragte der Offizier amüsiert.

»Ich hatte ihn«, antwortete der Haushofmeister, »aber eure Wächter haben ihn zerrissen.«

»Ich werde dich in die Hauptstadt schicken«, sagte der Offizier nach einigem Nachdenken. »Dort werden sie entscheiden, ob du ein Verrückter bist, ein Vertriebener oder ein Gesandter. Jedenfalls wird jeder Vertriebene, der ohne Erlaubnis zurückkehrt, aufgehängt. Was stand in dem Brief?«

»Ich habe ihn nicht gelesen, doch ich nehme an ...«

»Du hast ihn nicht gelesen?« Der Offizier hob die Faust, ließ sie dann aber wieder sinken. Er wollte sich nicht schmutzig machen.

»Ich kann meine Botschaft mündlich überbringen«, sagte der Haushofmeister, der einer Ohnmacht nahe war.

»In welcher Angelegenheit?«

»In der Angelegenheit unserer Erbin des Reiches, die entführt und in euer Land gebracht worden ist«, antwortete der Haushofmeister.

Der Offizier lachte schadenfroh.

»Die letzten Nachrichten, die ein Bote aus der Hauptstadt gebracht hat, sagen, daß sie bald aufgehängt wird. Aber aus irgendwelchen Gründen verschiebt der König das Aufhängen immer wieder, vielleicht hebt er das Schauspiel für das Fest des Todes auf.«

Der Haushofmeister hörte nichts mehr. Er fiel zu Boden und verlor das Bewußtsein.

Der Schmerz brachte ihn wieder zu sich. Er fühlte, wie sein Körper im Rhythmus eines Pferdes geschüttelt wurde. Er war auf einem Sattel festgebunden, und sie ritten eine breite, befestigte Straße entlang. Sein Pferd lief zwischen zwei anderen, und verschwommen nahm der Haushofmeister zwei Gestalten wahr, die er schon am Tor getroffen hatte. Dann fiel es ihm wieder ein: Sie brachten ihn in die Hauptstadt. Er versuchte zu sehen, ob seine Wunden verbunden waren. Mit höchster Anstrengung hob er den Kopf, doch er konnte keinen Verband entdecken. Wieder sank sein Kopf vornüber, und bevor ihn die Ohnmacht packte, hörte er noch die aufgekratzten Stimmen seiner Begleiter.

Das zweite Mal wachte der Haushofmeister auf, als sein Körper auf den Boden geworfen wurde. Wieder wußte er nicht, wo er sich befand. Bin ich etwa um die Wette geritten und gestürzt? dachte er erstaunt und versuchte, seinen Diener zu rufen. Dann verschwamm alles vor seinen Augen, und er hörte eine Stimme mit einem fremden Ton sagen:

»Tot. Lassen wir ihn hier.«

»Er ist noch nicht ganz tot. Mach ihn fertig.«

Jemand lachte. »Er ist fertig.«

»Du bist wohl zu faul, ihn umzubringen?« antwortete die erste Stimme und entfernte sich.

Der Haushofmeister wußte nicht, ob sich die Stimme wirklich entfernte oder ob er nur nicht mehr richtig hörte. Er wußte auch nicht, ob die Dunkelheit um ihn herum die Nacht war oder ob seine Augen nachgelassen hatten. Wer wagte es, all die geheimen Wörter laut auszusprechen, noch dazu in Anwesenheit eines Haushofmeisters? Dann verloschen seine Gedanken.

Ist das meine Frau, die mit mir spricht? dachte der Haushofmeister erstaunt. Er versuchte zuzuhören, und plötzlich erinnerte er sich an alles. War er etwa bereits tot und das, was er hörte, waren die Stimmen seiner Väter? Sie kamen näher, und er konnte die Stimme einer Frau unterscheiden, als lese sie aufgeregt etwas vor. Er horchte.

»... und dann nahm sie den kleinen Sohn des Königs in den Arm und drückte ihn an sich. Und er starb nicht. Danach berührte sie mit den Lippen seine Wangen. Auf diese Art drücken die Guten ihre Beziehung zueinander aus, zwischen Freunden, innerhalb der Familie und zwischen Mann und Frau. Keine Schläge, keine Tritte und kein Kratzen. Der kleine Prinz bekam keine fauligen Wunden, wie in unseren medizinischen Büchern steht. Ich habe es selbst nachgeprüft. Ich weiß natürlich nicht, ob es eine saugende Berührung war oder ein leichter Biß, wie die Leute behaupten. Die Menschen aus dem Reich der aufgehenden Sonne nennen eine solche Berührung ›Kuß‹.«

Nun hörte der Haushofmeister andere Stimmen, die Fragen stellten.

Sie klangen sehr ungläubig. Er verstand, daß es sich um eine Versammlung von zehn oder fünfzehn Menschen handelte. Es war dunkel, weil es Nacht war, und das flackernde rote Licht war der Schein eines Feuers.

»Malila die Gute«, fuhr die weibliche Stimme fort zu lesen, »sagt, daß alle Menschen des Untergrunds einander vertrauen müssen, denn gegenseitiges Vertrauen ist etwas Gutes. Mißtrauen und Lüge sind Sünde. Nur so kann in unserem Land eines Tages die Herrschaft des Bösen ein Ende finden.« Die Stimme der Frau klang begeistert.

Der Haushofmeister traute seinen Ohren nicht. Lebte sie wirklich noch? Hatte es die junge, unschuldige Erbin des Reiches geschafft, im Westreich eine Art Untergrundbewegung ins Leben zu rufen? Vielleicht leide ich an einem Fieberwahn, dachte er beschämt. Doch die Stimmen hörten sich wirklich an, und der Haushofmeister erkannte sie als Realität. Eines Tages würde er das alles vielleicht verstehen, wenn er am Leben bleiben würde.

»Kann es wirklich sein, daß der Junge keine fauligen Stellen an der Wange bekommen hat?« fragte die Stimme eines Mannes.

»Das ist der Bericht eines Augenzeugen, eines Untergrundmenschen im Palast.«

»Wer ist er?«

»Du weißt, daß es unmöglich ist, seinen Namen preiszugeben.«

»Ob der König die Hinrichtung noch einmal verschiebt?« Diesmal war es die Stimme einer jungen Frau. »Schreibt er etwas darüber?«

»Nein«, antwortete die Predigerin mit zitternder Stimme.

»Was wird sein, wenn er den Urteilsspruch ausführen läßt?« fragte ein anderer.

»Malila hat drei Priester, und jeder Priester hat drei Stellvertreter. Jeder Stellvertreter hat wieder drei Stellvertreter, und sie werden ihren Weg gehen und ihre Worte verkünden, bis der kleine Erbe des Reiches erwachsen sein wird. Auf ihm ruht unsere ganze Hoffnung.«

»Dann wird er alle umbringen«, rief einer spöttisch und lachte laut.

Der Haushofmeister hörte einen Mann seufzen. Dann verstummten die Stimmen. In dieses Schweigen hinein klang ein Seufzer des Schmerzes. Plötzlich verstand der Haushofmeister, daß er es war, der geseufzt hatte, und wieder verschwamm alles. Er hörte ein Gewirr von Stimmen und sah, daß blendendes Licht auf sein Gesicht fiel. Papier raschelte, dann las jemand laut: *»Ein Vertriebener, der zurückkam, wird verurteilt zum Tod.«*

Dann hörte er nichts mehr.

Diesmal war er sehr vorsichtig, als er wieder zu Bewußtsein kam. Erst erzählte er sich in Gedanken alles, was er auf der Reise ins Westreich erlebt hatte, um sicher zu wissen, wo er sich befand, dann tastete er die Erde unter und neben sich ab. Zu seinem Erstaunen stellte er fest, daß er auf Stoff lag und nicht auf Erde.

Träumte er etwa wieder von seinem Zuhause und von seinem Bett? Dann tastete er über seinen Körper. Er war wirklich verbunden, ganz und gar. Konnte das sein? Plötzlich fiel ihm die Untergrundbewegung der Prinzessin ein, und wieder zweifelte er an seinem Gedächtnis. Er hörte Schritte und das Quietschen einer Tür. Eine Frau sprach.

»Aber Vater, er war nicht bei Bewußtsein. Er kann uns nicht verraten. Außerdem könnte er nur erzählen, daß wir ihn aufgelesen und seine Wunden verbunden haben. Dann können wir immer noch sagen, daß wir einen neuen Arbeiter gebraucht und ihm nur deshalb geholfen hätten. Wer kann beweisen, daß er ein beschriebenes Blatt dabei hatte?«

»Sie werden den Beweis durch Foltern herausbekommen.«

»Man kann alles durch Foltern herausbekommen, auch wenn du nichts getan hast, das weißt du doch.«

»Eine Behandlung mit Wahrheitspulver bringt es an den Tag.«

»Wenn wir versuchen wollen, gut zu sein«, fuhr die Frau fort, »oder wenigstens weniger böse, wie du sagst, müssen wir einem Sterbenden helfen und ihn vor dem Tod retten. Wir dürfen nicht daran denken, daß wir unser eigenes Leben damit aufs Spiel setzen. Das sind die Worte von Malila, der Blumentochter, in ihrem Buch.«

»In all den Jahren, seit wir uns von den anderen entfernt haben, ist es uns gelungen, unsere Haut zu retten, und jetzt geht alles verloren.«

»Du willst, daß wir ihn umbringen und den Untergrund verlassen? Oder sollen wir ihn umbringen und so tun, als wäre er gestorben?«

Es wurde still.

»Du bist nicht sicher, nicht wahr? Glaube mir, Vater, wenn du ja gesagt hättest, hätte ich nicht in deinem Haus bleiben können.«

Die Stimmen kamen näher, und er sah mit seinen fast geschlossenen Augen eine junge Frau und einen hochgewachsenen Mann. Der Ausdruck auf seinem faltigen Gesicht ähnelte dem der Grenzwächter und der Soldaten. Vermutlich hatten alle Bewohner des Westreiches einen ähnlichen Gesichtsausdruck, dachte der Haushofmeister. Er öffnete die Augen, und die beiden wichen erschrocken zurück.

»Ich bin kein Vertriebener«, sagte der Haushofmeister mit sichtlicher Anstrengung. »Schaut euch die Kleidung an, die ich trug. Falls überhaupt noch etwas davon übrig ist. Der König des Ostreichs hat mich geschickt. Ich bin gekommen, um seine Tochter aus der Hand eures Königs zu retten.«

Er versuchte zu lächeln. Doch es gelang ihm nicht.

17. KAPITEL
LETZTE HOFFNUNG

Der Haushofmeister erregte Aufmerksamkeit auf der Straße, obwohl er gekleidet war wie alle anderen im Westreich. Und zwar, weil er weder Schläge noch Tritte noch Fausthiebe zurückgab, wenn er welche bekam, und weil er niemanden zur Seite stieß, der ihm auf dem Gehsteig zu nahe kam.

Einen ganzen Monat lang hatte er im Haus seiner Wohltäter gelegen, und voller Angst hatte er die Nachrichten gehört, die von den berittenen Boten überbracht wurden. Jedesmal war Malilas Hinrichtung wieder verschoben worden.

»Könnte es sein, daß unser König zur Untergrundbewegung gehört?« fragte die junge Frau erstaunt.

Die Tochter des Bauern war schön, obwohl sie ihr Gesicht manchmal aus reiner Gewohnheit auf eine häßliche und beängstigende Art verzerrte. Nachdem er ihr Vertrauen gewonnen hatte, hatten sie ihm berichtet, welche Kämpfe sie ausgestanden hatten, bis ihnen klar war, was sie mit ihm tun sollten. Sie waren Mitglieder einer völlig neuen Gruppe des Untergrunds, und keiner von ihnen wußte, wie sich ein Mensch mit Gewissen verhalten müsse, wenn er plötzlich in seinem Getreidefeld einen verdächtigen, verletzten Fremden fand. Sie hörten ihm aufmerksam zu. Anfangs nur die Familie, dann kamen die Nachbarn. Der Haushofmeister erzählte ihnen von seinem Land und seinen Bräuchen. Von Vertrauen und gegenseitiger Hilfe. Vom Lächeln und vom Lachen. Von Freundschaft und Zuneigung. Von Liebe. All diese Worte mußte er immer wieder erklären, denn es fiel ihnen schwer, ihre ganze Bedeutung zu verstehen.

Bald wußte der Haushofmeister, daß er ihnen nicht die Wahrheit sagte. Viele Male überlegte er, ob er ihnen weiterhin nur von den guten Dingen erzählen solle oder auch von den verbotenen. Sie waren zwar völlig anders als die Verbote im Westreich, doch vermutlich hatten sie, wie alle Verbote, einen Einfluß auf die Menschen. Er mußte die ganze Reise noch einmal durchgehen, die Schweiger treffen, lernen, wie man Fleisch ißt, und auch den Prinzen kennenlernen, um zu verstehen, was in seinem eigenen Heimatland nicht in Ordnung war. Er verstand, daß das Leben dort besser wäre, wenn der König die Verpflichtung zum Lächeln und zu guten Gedanken und guten Träumen aufheben würde, außerdem die Strafe der Vertreibung für jede Aggression, auch wenn sie nicht besonders verletzend war. Doch nachdem er gründlich nachgedacht hatte, beschloß er, diese Details zu übergehen. Diese Mängel hatten kein besonderes Gewicht im Vergleich zu der unendlichen Bosheit und dem Leiden, dem Haß und der Verachtung, dem Mißtrauen und der Kälte, die in diesem Land herrschten. Er mußte alles tun, um diese Menschen zu ermutigen und nicht zu schwächen.

Als es ihm allmählich besser ging, auch wenn er noch nicht auf den Beinen stehen konnte, brachte er ihnen bei zu lächeln. Dafür mußten sie lernen, Spiegel herzustellen, etwas, was es bei ihnen nicht gab. Dann übten sie stundenlang und bekamen Noten dafür. Doch keiner von ihnen lächelte wirklich, auch nach langem Üben nicht. Ihr Lächeln wirkte verzerrt, als komme es nicht aus dem Herzen. Traurig gab er ihnen gegenüber die Wahrheit zu.

»Ihr müßt eure Kinder anlächeln«, sagte er, um sie zu trösten. »Sie werden dann sicher lernen, richtig zu lächeln.«

Als er endlich stehen konnte, lehrte er sie, wie man sich umarmt und küßt, wie man ein Kind an sich drückt, wie sich Mann und Frau umarmen. Sie wichen instinktiv zurück. So groß war ihre Angst vor einer körperlichen Berührung, die in ihrem Land nur Schmerz, Leid, Betrug bedeutete. Langsam wurde der Haushofmeister in ihren Augen zum Heiligen, zum Stellvertreter Malilas, zum Prediger der neuen Lehre, zum Gesandten. Sie wußten, daß früher oder später jemand das Gehöft verraten würde, deshalb beschlossen sie, den Ort zu verlassen, sobald sie den Haushofmeister zur Hauptstadt gebracht hätten, wie er es wünschte.

Seine Begleiter waren nicht untätig, als sie ihn dorthin brachten und neben ihm zum Palast schritten. Sie schlugen und traten ihn, um auszusehen wie alle anderen. Und diejenigen unter ihnen, die Schwerter hatten, lärmten und sorgten dafür, daß der Gehsteig leer wurde. Doch als sie dem Palast immer näher kamen, verließen sie ihn. Er mußte so tun, als sei er allein gekommen, und die Kleider des Westlandes sollte er sich in einer öffentlichen Toilette nahe beim Palast ausziehen. So tat er es, und nun war er wieder gekleidet wie ein hochgestellter Bürger seines Landes, und selbstverständlich trug er keine Waffen. Wäre es nicht bereits Abend gewesen und der Himmel von Wolken bedeckt, hätte er den Palast nicht lebend erreicht.

Am Eingang erwarteten ihn zwei riesige Wächter des Königs, die zur Untergrundbewegung der Hauptstadt gehörten. Sie brachten ihn hinein und schmuggelten ihn zum wachhabenden Offizier, der auch zu ihren Leuten gehörte. In Sachen Organisation und Ordnung waren die Bewohner des Westreichs groß. Auch das Eindringen des Haushofmeisters in den Palast war genau geplant. Alles war im voraus überlegt, bis zu der Sekunde, wenn er vor den König gerufen würde.

»Ein Verrückter, der behauptet, ein Minister ›jenes Landes‹ zu sein und ein Gesandter dessen, der sich dort ›König‹ nennt«, verkündete der Ausrufer.

Der König machte ein Zeichen mit der Hand, und die Tür ging auf.

Er saß auf seinem Thron. Sein Gesicht mit einer besonderen Maske sah aus wie eine Satansfratze, und Raubtierzähne waren über seine eigenen gesteckt. Er war in der Gesellschaft einiger Menschen, die nicht viel freundlicher aussahen.

Der Haushofmeister verbeugte sich, und alle brachen in Lachen aus. Niemand hätte ihn dazu bringen können, dem König seinen Hintern darzubieten, um den Begrüßungstritt zu empfangen, der bei ihnen »Gruß der Demütigung« genannt wurde und der dazu gedacht war, daß der Ankömmling dem Tretenden seine Unterwerfung demonstrierte. Er trat ihnen aufrecht entgegen. Sein Gesicht war wieder geheilt, nur die Narben waren noch deutlich zu sehen. Er sah anders aus als alle anderen. Der König und seine Ratgeber betrachteten ihn, wobei sie versuchten, ihre Neugier zu verbergen. Auch der Zeremonienmeister war so fasziniert, daß er vergaß, zu dem Fremden hinzugehen und ihn, wie es der Brauch war, im Namen das Königs zu treten und zu schlagen.

Der Haushofmeister erzählte dem König von seiner Reise, ohne auf Einzelheiten einzugehen und ohne den Prinzen zu erwähnen. Die weißen Schweiger hätten sie durch die Schlucht gebracht, sagte er, die Lüge des Prinzen benutzend. Dann erzählte er von den gelben Schweigern, die seinen Reisegefährten getötet hatten und die ihm dann, als sie verstanden hatten, daß er kein Feind war, geholfen hätten, bis hierher zu kommen. Er erzählte von dem Vorfall am Grenztor und wie ihn die Soldaten weggeworfen hatten, als sie ihn für tot hielten. Ich bin ein anderer Mensch geworden, schoß es ihm durch den Kopf, doch er hatte keine Zeit, darüber nachzudenken. Er mußte glaubwürdig erfinden, was mit ihm vom Zeitpunkt seiner Ohnmacht bis zu seiner Ankunft in der Hauptstadt geschehen war, daß er unterwegs Landeskleidung gefunden hatte und sie erst hier, bevor er den Palast betrat, ausgezogen habe. Zugleich mußte er aufpassen, daß seine Geschichte niemanden in Schwierigkeiten brachte. Er hatte sich alles vorher überlegt und staunte, wie mühelos er die Einzelheiten erzählte, ohne zu stottern, als spräche er die reinste Wahrheit. Er empfand noch nicht einmal ein Bedürfnis, wegen seiner Lügen ein Reuegebet zu sprechen.

»Und wie bist du in den Palast gekommen, Lügner?« rief einer der Anwesenden.

»Mit einer Gruppe, die zur Besichtigung hereingelassen wurde«, sagte er. »Ich habe mich unter sie gemischt.«

»Und was willst du?« fragte der König.

»Ich bin als Gesandter meines Königs hier«, sagte der Haushofmeister, »und in seinem Namen bitte ich um die Erbin des Reiches. Mein König ist bereit, alles für sie zu bezahlen, was Ihr verlangt und was er zu bezahlen in der Lage ist, und er wird sich dafür dem König des Westreichs und allen seinen Nachkommen zu Dank verpflichtet fühlen.«

Er beendete seine Rede mit einem Lächeln.

Plötzlich brach ein Sturm aus. Alle sprangen auf und schrien, zogen ihre Schwerter und stürzten sich auf den Haushofmeister. Es wäre nichts von ihm übriggeblieben, hätte sie der König nicht in letzter Sekunde mit lauter Stimme zurückgerufen. Auch er war beim Anblick des Lächelns im Gesicht des Haushofmeisters erschrocken, dieses Lächelns, das er zum ersten Mal im Gesicht Malilas gesehen hatte.

»Übergebt ihn der Akademie für satanische Wissenschaften«, befahl er. »Dort wird man die ganze Wahrheit über seine Reise herausfinden, auch wie er durch die Nebelschlucht gekommen ist. Sie werden alles erfahren, was uns interessieren könnte, und alles, was für uns wichtig ist. Und dann, am letzten Tag des Todesfestes, lassen wir ihn im Stadion hinrichten, zusammen mit der Gefangenen.«

»So machen wir es!« riefen einige.

»Kann ich die Erbin des Reiches sehen?« fragte der Haushofmeister in aller Unschuld.

Der König lachte böse. »Natürlich. Wir bringen dich sofort zu ihr, du Hundesohn.« Er gab ein Zeichen mit der Hand, und der Zeremonienmeister näherte sich dem Haushofmeister und begann ihn zu schlagen.

»Er muß noch einigermaßen heil bleiben für das Verhör«, warnte ein Mann, der bisher noch nichts gesagt hatte. »Er steht es nicht länger als eine Woche durch, und dann bekommen sie nicht alles aus ihm heraus. Die Akademie hat Urlaub bis nach dem Todesfest.«

Der Haushofmeister warf dem Mann einen Blick zu. Ob er wohl auch zum Untergrund gehört? überlegte er.

»Sperrt ihn im Palast ein, in der Zelle für verurteilte Minister«, sagte der König und setzte sich wieder auf seinen Thron.

Der Haushofmeister wurde ziemlich grob gepackt und weggebracht.

Erst nach drei Tagen steckte ihm ein Unbekannter mit verhülltem Gesicht einen Brief der Königstochter zu. Sie schrieb von dem Auftrag, der ihr zugefallen war, über den Hunger nach etwas anderem, den sie hier im Land gefunden hatte, unter Menschen, die nur an Brutalität und Haß in der Beziehung zueinander und zur Welt gewöhnt waren. »Hast du unterwegs gesehen, daß in ihrem Land keine Pflanze blüht?« schrieb sie. Sie fürchtete um das Schicksal des Haushofmeisters, doch ihren eigenen Tod, der früher oder später kommen würde, erwartete sie gelassen, als sei die Kunde, die durch sie in dieses Land gekommen war, eine ausreichende Entschädigung für ihren Tod. Sie berichtete von dem kleinen bösen Prinzen, dem Erben des Reiches, in den sie, soweit es ihr möglich sei, die Saat des Guten lege, und von ihrer Hoffnung, daß eines Tages, wenn er den Thron seines Vaters erbe, er dieses Land ändern werde. »Allein die Tatsache, daß seine Mutter, die Königin, ihn mir so oft überläßt, sagt etwas über die Herzen der Menschen hier aus«, schrieb Malila. Wenn der kleine Prinz eines Tages gekrönt würde, stünden ihm Scharen von Beratern aus dem Untergrund zur Verfügung. Zugleich war die Prinzessin überzeugt, daß die Detektive des Königs den Untergrund bestimmt bald entdecken und viele Spione in die neuen Gruppen einschleusen würden. Dann wäre mit zahllosen Opfern zu rechnen. Ob das den Verlauf aufhalten würde? Sie hoffte nein, aus ganzem Herzen. Der Brief war voller Sehnsucht nach ihrem Zuhause, nach ihrem Vater, nach dem Lächeln ihres Volkes, nach Blumen und nach Tieren, die nicht entsetzt fliehen, wenn sie den Schatten eines Menschen sehen. Nach Vögeln und ihrem Gesang im Morgengrauen. Sie schrieb, hier gebe es nur ausgestopfte Vögel oder solche mit gestutzten Flügeln im Zoo der Akademie für satanische Wissenschaften. Der kleine Sohn des Königs habe ihr davon erzählt. »Verschlucke diesen Brief sofort, nachdem du ihn gelesen hast«, schrieb sie am Schluß, und der Haushofmeister tat wie ihm geheißen.

»Malila, die Blumentochter, bittet um eine Antwort«, sagte der Mann mit dem verhüllten Gesicht und gab ihm Papier und ein Stück Kohle zum Schreiben. Seine Stimme klang wie die des Edlen, der ihn vor dem Gefängnis der Akademie bewahrt hatte, als er vor den König und seine Minister getreten war. Ist das ein Zufall, oder handelt es sich wirklich um denselben Menschen? Weiß er überhaupt, was Blumen sind, oder wiederholt er lediglich das Wort als Titel für die Erbin des Reiches? überlegte der Haushofmeister.

Er schrieb voller Leidenschaft, wenn auch kurz, wie es der Bote von ihm verlangte. Er erzählte ihr von der Reise, ohne Einzelheiten zu erwähnen. Er ermutigte sie und versuchte, ihr Hoffnung zu machen, obwohl er selbst nicht daran glaubte, wieder freizukommen. Er bat sie, einen ihrer Anhänger zu beauftragen, seinem Leben ein Ende zu machen, wenn er die Folter nicht mehr aushalte und der Verdacht bestehe, daß er jemanden oder etwas verraten könne, weil sie ihm das Wahrheitsgift spritzen wollten. Dann schrieb er noch eine verschlüsselte Botschaft: »Der Prinz, der Enkel des Buckligen, macht sich Sorgen um dich, zusammen mit deiner ganzen Familie. Er hat mich gebeten, dir seine Grüße ausrichten zu lassen, und daß er keine Zweifel habe, dich in Bälde wiederzusehen.« Ob sie das verstehen würde? Es war schon viel Zeit vergangen, seit sie, jeder auf seine

Weise, dieses Land betreten hatten, und der Haushofmeister hatte nichts mehr von dem schwarzen Prinzen gehört. Nun war er ihre letzte Hoffnung.

Die Nachrichten, die durch die reitende Post in die Hauptstadt drangen, sprachen von einem wilden Ritter, groß und stark wie keiner, der sich an den Ausscheidungswettkämpfen zum Todesfest beteiligte. Diese Wettkämpfe hatten einen zeremoniellen Charakter, und man durfte in ihnen nach Herzenslust verwunden und töten, ohne daß man wegen Zerstörung königlichen Eigentums bestraft wurde. Den Nachrichten zufolge hatte der wilde Kämpfer einen Widersacher beim Schwerterkampf mit einem einzigen Hieb von der Schulter nach unten geteilt. So etwas wollte sogar der König mit eigenen Augen sehen, und es wurde verkündet, der Wilde werde zu den Feierlichkeiten eingeladen, zusammen mit den anderen Siegern, und alle sagten voraus, er werde diesjähriger Todesminister.

Das alles erfuhr der Haushofmeister in einem Brief, den ihm Malila durch den Boten mit dem verhüllten Gesicht schickte.

Er fuhr fort, ihm Briefe von ihr zu bringen, weigerte sich aber, eine Antwort mitzunehmen. »Dieses Risiko ist zu groß für mich und meine Familie«, erklärte er dem Haushofmeister. »Ich kann es nicht eingehen.«

»Sei nicht erstaunt«, schrieb die Königstochter an den Haushofmeister, »daß wir beide bei den zeremoniellen Wettkämpfen am Todesfest, das bald stattfindet, anwesend sein werden, und über das, was wir dort alles zu sehen bekommen. Ich bin nicht sicher, ob wir es aushalten, obwohl sie vorhaben, uns mit dem Gesicht zu den Kämpfen festzubinden und uns von Dienern mit Messern bedrohen zu lassen, wenn wir die Augen schließen. Meine einzige Hoffnung ist, daß ich das Bewußtsein verliere, wie es mir bei dem Fest im letzten Jahr passiert ist. Kaum zu glauben, ich bin schon ein ganzes Jahr hier. Jedenfalls werde ich versuchen, dich im Stadion zu sehen, wenigstens von weitem. Und das ist mir ein großer Trost. Wenn du mich sehen willst, mußt du dorthin schauen, wo der kleine Thronfolger sitzt, und das ist immer neben der Loge des Königs. Auf seinen ausdrücklichen Wunsch werde ich sicher bei ihm sein. Ich segne dich bis zu meinem letzten Tag, in Freundschaft, Malila, Erbin des Reiches.«

Als ihm der treue Bote mit dem verhüllten Gesicht berichtete, daß der berühmte Ritter die Hauptstadt erreicht habe und daß sich die Straßen leerten, als er mit gezogenem Schwert hindurchgaloppiert sei, auf einem Pferd, das nach allem getreten und gebissen habe, das ihm in den Weg kam, egal, ob Mensch oder Pferd oder Hund, war der Haushofmeister überzeugt, daß es sich um den schwarzen Prinzen und sein Pferd handelte. Er bat den Boten, der Tochter des Königs eine wichtige Nachricht zu überbringen. Der Bote zögerte, doch schließlich erklärte er sich dazu bereit, die Botschaft einer Dienerin Malilas zu übergeben.

»Wird sie nichts verraten?«

»Nein«, sagte der Bote. »Von ihren drei Dienerinnen ist nur eine nicht im Untergrund, sie ist eine Spionin der geheimen Palastpolizei. Doch die beiden anderen und die Blumentochter wissen es und nehmen sich in acht, wenn sie dabei ist.«

Der Haushofmeister durfte auf keinen Fall den schwarzen Prinzen in Gefahr bringen, denn sie wußten ja nicht, was er vorhatte. Außerdem war sich der Haushofmeister nicht sicher, ob der Prinz ihnen überhaupt noch helfen wollte. Vielleicht hatte er sich hier schon so sehr eingelebt, daß er dieses Land gar nicht mehr verlassen wollte. Schließlich war er hier im Westreich, dem Land des Sonnenuntergangs, wie es die Schweiger nannten, zu einem berühmten Mann geworden, den sogar der König sehen wollte. Und falls er wirklich den Rang des Todesministers erringen sollte, was fast sicher war, würde es ihm an nichts fehlen. Was könnten wir ihm bieten, dachte der Haushofmeister, und sein Mut sank. Trotzdem war er ihre letzte Hoffnung.

Und dies war die Nachricht, die der Haushofmeister an die Erbin des Reiches schickte: »Ich freue mich schon auf den Anblick des berühmten schwarzen Ritters und seines verrückten bösen Pferdes, auch wenn unsere eigene Zukunft im Dunkeln liegt.«

18. KAPITEL
DER TODESMINISTER

Beide sahen das Gesicht des schwarzen Prinzen, und beide erkannten ihn sofort. Beide hörten auch zum ersten Mal den Namen, mit dem er von allen genannt wurde – der blutdürstige Akratan. Von den Wettkämpfen selbst sahen sie nicht viel. Das Todesfest zeichnete sich durch große Grausamkeit aus. Das ganze Jahr mußten sich die Bösen beherrschen, nicht zu morden und einander nicht ernsthaft zu verletzen, denn das war gegen das Gesetz, das die Arbeitskräfte für den König schützte. Doch wenn diese Einschränkung fiel, brach die Grausamkeit aus und überschwemmte das dafür bestimmte Stadion. Malila wurde sofort ohnmächtig, und als die Wächter kamen und sie wecken wollten, fing der kleine Prinz so an zu schreien, daß er die Aufmerksamkeit seines Vaters erregte. Dieser befahl, sie in Ruhe zu lassen. Der Haushofmeister hingegen versank in völlige Verwirrung, und mit weit offenen Augen betrachtete er das Feld, ohne daß er irgend etwas wahrnahm.

Die schlimme Nachricht wurde der Königstochter von ihren beiden treuen Dienerinnen überbracht, die zum Untergrund gehörten: Akratan hatte in der Arena eine solche Grausamkeit und solche Kraft gezeigt, wie man sie bisher im Königreich seit altersher nicht gesehen hatte. Jemand erinnerte sich an die mechanischen Lehrer, die einmal die Söhne der Edlen bis zu einer solchen Kunstfertigkeit trainiert hatten, doch diese Lehrer waren schon vor einer Generation verschwunden. Vermutlich waren sie zum Abfall geworfen worden, und auch die, die im Museum ausgestellt waren, konnten von niemandem repariert werden.

Wie alle erwartet hatten, gewann Akratan den Titel des Todesministers. Als ihn der König fragte, welchen Preis er verlange, wurde es ganz still im Stadion, und die Zehntausende von Besuchern hörten jedes Wort, als er erwiderte: »Jene Königstochter von ›dort‹ zur Frau.«

Tosender Beifall erklang. Der König stand auf und hob die Hand. Als es wieder ruhig geworden war, gab er Akratan seine Zustimmung, doch er sagte: »Ich muß dir verkünden, Todesminister, daß deine Verlobte in drei Tagen hingerichtet werden wird, bei der Abschlußzeremonie des Festes.«

Akratan zögerte nicht mit der Antwort: »Ich schlage ihr selbst den Kopf ab!« Dann brach er in böses Lachen aus.

Der König und die Umstehenden lachten auch, und dann brüllte das ganze Publikum vor boshaftem Gelächter.

»Was geschieht mit dem zweiten Gefangenen?« fragten die Minister des Königs.

»Sofort nach dem Fest wird er der Folter der Akademie übergeben«, erwiderte der König, »und noch am selben Tag umgebracht.« Er wandte sich an den Prinzen. »Willst du auch ihm den Kopf abschneiden, Akratan?« Mit diesen Worten versetzte er ihm einen anerkennenden Tritt.

»Selbstverständlich«, antwortete Akratan. »Und zwar scheibchenweise.«

Wieder lachte das Publikum.

Der Prinz hatte nicht vor, Malilas Kopf abzuschlagen. Sein Vorschlag war der erste Schritt zum Verlassen des Westreichs. Dieses Land war dem Schloß seines Großvaters zu ähnlich, und er hatte es hassen gelernt. Einige Wochen lang hatte er sehr schlechte Laune gehabt, bis er verstand, was ihn störte. Die Erkenntnis hatte ihn überrascht. Er sehnte sich nach dem Ostreich, dem »Land des Sonnenaufgangs«, wie es die Schweiger nannten. Er sehnte sich nach Blumen, nach singenden Vögeln hinter der Mauer der Domäne. Und zwar nicht, um sie zu jagen. Er sehnte sich nach Bäumen, denen nicht die Wipfel abgeschnitten waren, nach den Einwohnern der Dörfer und der kleinen Städte, in die er nach dem Tod seines Großvaters so oft gegangen war. Er sehnte sich sogar nach den Bewohnern der Hauptstadt, es war spannend, berauschend und sogar befreiend gewesen, sich dort auszutoben. Hier hingegen war es langweilig, weil es sozusagen vom Gesetz befohlen wurde. So allgemein üblich, daß einem schlecht werden konnte von dem Leiden und der Brutalität, den Lügen und den Erniedrigungen. Dort konnte man alles glauben, was die Menschen sagten, und nur er war es, der alle belog. Hier war es umgekehrt, und das weckte seinen Widerwillen und die Sehnsucht nach dem, was er immer verabscheut hatte. Darum hatte er sich zur Rückkehr entschlossen.

Allerdings wollte Akratan auf seine Rache am Ostreich nicht verzichten. Bei dem Zusammentreffen mit den Schweigern war ihm jedoch klargeworden, daß sie ihn nie im Leben an der Spitze eines Heeres durch die Nebelschlucht bringen würden. Er konnte das Ostreich nur erobern, wenn er ein Heer hatte und mit ihm nach Osten zog, unterwegs die Drachenkrone holte, die er versteckt hatte, das Geheimnis der Durchquerung herausfand und seine Soldaten selbst durch die Schlucht führte. Das Heer mußte groß genug und gut ausgebildet sein. All das machte seine Rachepläne zu undurchführbaren Träumen. Er mußte nach Hause zurückkehren und auf eine andere Gelegenheit warten.

Vor dem Todesfest hatte er gehofft, den Preis zu gewinnen. Er hatte auch gewußt, was er fordern würde. Wenn er die Domäne wiederbekommen wollte, mußte er sein Versprechen halten und Malila und möglichst auch den Haushofmeister zurückbringen. Sein Plan war, sich auf dem Rückweg die Krone zu holen. Notfalls würde er sie sogar den gelben Schweigern geben, falls diese inzwischen von ihren weißen Brüdern erfahren hatten, wie er, der Lehrer und der Haushofmeister durch die Schlucht gekommen waren und nun die Krone verlangten. Er war zu diesem Schritt bereit, nachdem die Krone sowieso für ihn ihren Wert eingebüßt hatte. Er war auch nicht sicher, ob er noch einen anderen Drachen jagen würde, wenn er wieder auf der anderen Seite wäre. Die Schweiger würden es ihm nicht erlauben, und er sah keinen Sinn mehr darin, sich einer Gefahr auszusetzen, nur um ein Souvenir zu erlangen. Wenn ich wirklich einmal eine Krone brauche, dachte er, dann weiß ich ja, wie ich sie bekommen kann.

Noch am selben Abend änderte sich die Situation vollkommen. Bevor er zu dem prächtigen Haus ging, das jedes Jahr dem neuen Todesminister zur Verfügung gestellt wurde und wohin ihm seine Braut gebracht werden sollte, nahm der Prinz an einem königlichen Empfang teil. Alle wichtigen Menschen waren anwesend und kamen in den Genuß, vom König angespuckt zu werden. Dann wurden die Gäste gebeten, sich nicht gegenseitig zu bekämpfen, um alle Kraft für den zweiten Tag des Festes aufzuheben. So blieb den Gästen keine Wahl, sie konnten sich nur miteinander unterhalten. Der Kriegsminister lud Akratan zu einem Glas ein, und da er Malila an diesem Abend bekommen sollte, kam das Gespräch auf sie.

»Warum ist sie hierhergebracht worden?« fragte Akratan, als wäre er nur einfach neugierig.

Der Kriegsminister lachte. »Staatsgeheimnisse dürfen nur die Minister erfahren.«

»Ich sollte mich vorstellen«, sagte Akratan so spöttisch, daß es unter anderen Umständen zu einem Faustkampf zwischen ihnen gekommen wäre. »Ich bin der Todesminister, mein Herr!«

»Sehr angenehm«, antwortete ihm der Kriegsminister in ähnlichem Ton. »Wegen dieser Geschichte hat mein Vorgänger den Kopf verloren, und auf mir ist der König einen ganzen Tag lang herumgetrampelt. Was bezahlst du mir für die Einzelheiten?«

Der Prinz zog einige Goldmünzen aus der Tasche und gab dem Kriegsminister eine davon als Anzahlung. »Eine Münze für jeden Satz, der sich glaubwürdig anhört, und, falls nötig, für die entsprechende Erklärung.«

Der Kriegsminister stimmte zu. Er wählte sorgfältig seine Worte aus und erzählte dem Prinzen in aller Kürze, was geschehen war.

»Wir haben den Schweigern die Krone abgenommen.« Das war der erste Satz. »Es ist unmöglich, aus ihnen das Geheimnis herauszubekommen, wie man die Schlucht überquert«, war der zweite. »Nun, da du Minister bist, kannst du alles darüber erfahren, und vielleicht findest du neue Verhörmethoden.«

»Dieser Satz gilt nicht«, sagte der Prinz und bezahlte nichts.

»In Ordnung«, stimmte der Kriegsminister zu. »Aber höre weiter. Mein Vorgänger hat die zerrissenen Bücher vernachlässigt.«

»Was sind das für Bücher?«

»Gilt der Satz?«

»Ja.«

»Ich habe alte Dokumente gefunden, vielleicht sogar noch aus der Zeit vor der Trennung des Kontinents. In ihnen steht folgendes: ›Wenn die Krone auf dem Kopf eines Sprosses der königlichen Familie ruht, wird das Geheimnis der Schluchtdurchquerung offenbar‹.«

Akratan zuckte nicht mit der Wimper. Er konnte den Fortgang der Geschichte schon erraten, doch er ließ den Kriegsminister weitererzählen, obwohl ihn das zusätzliche Goldmünzen kostete. Der Kriegsminister berichtete von den Versuchen des Königs, allen seinen näheren und ferneren Familienmitgliedern die Krone aufs Haupt zu setzen. »Bis mir einfiel«, beendete der Kriegsminister seine Geschichte, als er sah, daß Akratan nur noch eine Münze in der Hand hielt, »jemand mit einem nicht-verstopften Kopf herbeizuschaffen und ihm die Krone aufzusetzen.«

»Und dann?«

»Du hast keine Münzen mehr«, antwortete der Kriegsminister gehässig.

Akratan wühlte in seiner Tasche wie jemand, der sich nicht sonderlich für die Geschichte interessierte. Dabei wollte er unbedingt wissen, warum der König einen ganzen Tag lang auf dem Kriegsminister herumgetrampelt war, das heißt, warum der geplante Versuch mißlungen war. Er war aufgeregt, doch nach außen ließ er sich nichts anmerken. Später dann erzählte ihm jemand anders ganz nebenbei, daß die Krone verlorengegangen war und nie auf Malilas Kopf gewesen sei. Nachdem er das alles erfahren hatte, änderte er seine Pläne.

Nach dem Empfang lehnte er eine Einladung des Kriegsministers an alle Minister zu einer privaten Feier ab und eilte zu seinem neuen Haus. Kurz nach seiner Ankunft wurde Malila von ihren Bewachern gebracht. Bei ihrem Eintritt wurde sie von Akratan mit einer Ohrfeige begrüßt, wie es zwischen Braut und Bräutigam üblich war, und sie fiel zu Boden.

Der Termin für die Hochzeit war auf den nächsten Morgen festgesetzt. Malila wußte, daß sie die wilde Hochzeitszeremonie, die hier üblich war, nicht durchstehen könnte, vor allem, da die vor aller Augen stattfinden würde. Doch es war ihr noch nicht gelungen, Gift zu besorgen, um sich umzubringen. Sie hatte nicht geahnt, daß Akratan sie noch am selben Abend zu sich bringen lassen würde. Sie hatte vorgehabt, den letzten Abend ihres Lebens mit ihren beiden Freundinnen aus dem Untergrund zu verbringen, um ihnen letzte Anweisungen zu geben, und bei Morgengrauen zu sterben. Daß sie so plötzlich abgeholt wurde, hatte ihre Pläne durchkreuzt.

Akratan jagte die Bewacher mit solchen Faustschlägen weg, daß sie gegen die Wände torkelten. Als sie schließlich allein waren, bückte er sich, hob die Blumentochter hoch und legte sie auf sein Bett.

»Du kennst mich?« fragte er.

»Natürlich, doch ich habe zum erstenmal deinen Namen gehört«, sagte Malila und lächelte ihn mit schmerzverzogenem Gesicht an.

Auch diesmal wieder stieg dieses seltsame Gefühl in ihm auf und schnürte ihm die Kehle zu, als er ihr Lächeln sah, wie damals, als er noch im Palast ihres Vaters eingesperrt war. Und auch diesmal ärgerte er sich nicht über ihr Lächeln, wie er sich sonst immer über das ewige Lächeln der

Bewohner des Westreichs ärgerte. Es konnte auch daran liegen, daß er so lange kein wirkliches Lächeln mehr gesehen hatte. Wenn alles klappen würde, würde sie tun müssen, was er wollte, doch er wußte nicht, ob er ihr befehlen würde, mit dem Lächeln aufzuhören. Sie würde seinen Sohn gebären, und das wäre der erste Teil seiner Rache. Durch das Geheimnis der Schluchtdurchquerung und den Besitz der Drachenkrone würde er ihrem Vater seinen Willen aufzwingen. Wenn sie zur Grenze kämen, würde er den erstbesten Einwohner zum König schicken. Er würde ihm drohen, die Krone dem ungnädigen König zu übergeben, zusammen mit dem Geheimnis der Durchquerung, und wenn sich der König überzeugen wolle, daß er beides besitze, dazu noch die Prinzessin, so könne er das durch einen der Lehrer zur Wahrung des Vermächtnisses gerne tun.

»Ich habe vor, meinen Auftrag zu erfüllen und dich zu deinem Vater zurückzubringen«, sagte er.

»Warum?« fragte die Prinzessin mißtrauisch.

»Dieses Land gefällt mir nicht«, erwiderte Akratan. »Es macht keinen Spaß, ein Böser unter Bösen zu sein.«

An seiner Antwort war etwas sehr Menschliches, und Malila, die sich vor ihm fürchtete, schaute ihn neugierig an. »Du willst nur böse unter Guten sein?« fragte sie.

»Ja«, antwortete er widerwillig. Er hatte beschlossen, sich nicht auf ein Gespräch mit ihr einzulassen. »Unter der Bedingung, daß man mich nicht einsperrt«, fügte er spöttisch hinzu.

»Was hat dir mein Vater versprochen, wenn du mich zurückbringst?«

»Alles, was mir und meinem Großvater gehört hat.«

»Du hattest vor, mich hierzulassen, und jetzt hast du deine Meinung geändert?«

»Ja.«

»Der Haushofmeister«, sagte Malila, »wird nach den Abschlußfeierlichkeiten der Folter übergeben werden. Ich muß dafür sorgen, daß er getötet wird, bevor ...« Sie schwieg.

»Was wolltest du sagen?«

Sie gab keine Antwort.

»Etwas über den Untergrund?«

»Was weißt du?«

»Meine Pläne sind mit ihnen abgesprochen«, sagte er.

»Hast du meine Leute getroffen?« flüsterte sie besorgt.

»Erst vor kurzer Zeit, und nur zufällig, als ich einen von ihnen vor der Folter rettete.«

»Du hast einen vor der Folter gerettet?«

»Ja«, antwortete er. »Er hat sehr interessante Dinge erzählt, die haargenau zu meinen Plänen passen.«

»Hat er etwas vom Untergrund gesagt?«

»Ja.«

»Dann hat man uns entdeckt«, flüsterte Malila.

»Von denen, die ihn gefoltert haben und gehört haben, was er sagte, droht euch keine Gefahr«, sagte der Prinz und strich zart über sein Schwert. »Seither haben sie kein Wort mehr gehört.« Er kicherte.

»Dann ist das der letzte Moment zu fliehen«, sagte Malila.

»Deshalb habe ich gefordert, daß man dich zu meiner Frau macht.«

Sie schaute ihn an, doch sein Gesicht verriet nichts.

»Laß meine beiden Dienerinnen, die draußen warten, hereinkommen.«

Malila erzählte ihnen, was passiert war, und befahl ihnen, sofort ins Schloß zurückzukehren und dafür zu sorgen, daß alle gewarnt würden. Es dürften keine neuen Freunde mehr aufgenommen werden, und andere, die erst in den letzten Monaten zum Untergrund gestoßen waren, sollten entlassen werden. Die erschrockenen Dienerinnen umarmten und küßten Malila mit gekünstelten Bewegungen, doch ihre Tränen waren echt. Malila gab ihnen den Blumenanhänger, den sie immer um den Hals trug, für den kleinen Prinzen mit. Später, wenn er erwachsen sei, sollten sie ihm das Lebensbuch geben, das sie insgeheim geschrieben hatte, seit sie im Palast war, und das sie in seinem Zimmer versteckt hatte. Dann machten sich die beiden auf den Weg, und Malila war mit dem Prinzen wieder allein.

»Wie wirst du den Haushofmeister befreien?«

»Ich werde ihn nicht befreien.«

Malila schwieg einen Moment, dann sagte sie: »Du wirst mich fesseln und knebeln müssen. Ich werde mir die größte Mühe geben, daß es dir nicht gelingt. Ich werde schreien, wann immer ich kann, und versuchen, Aufmerksamkeit zu erregen. Ich bin nicht bereit, wegzugehen, ohne daß ich versucht hätte, den Haushofmeister zu retten.«

»Sie werden dich töten. Verstehst du nicht, daß uns keine Zeit bleibt?«.

»Du kannst mich ja auch schlagen«, sagte sie.

»Du willst wirklich dein Leben riskieren für ihn?«

»Das ist genau das, was er für mich tut«, antwortete sie.

Ich werde mir meine Pläne nicht durch ihre Verrücktheiten durchkreuzen lassen, dachte er. Wenn ich es schaffe, den Haushofmeister zu befreien, gut, und wenn nicht – dann nehme ich sie mit Gewalt mit und schnüre sie zu einem Paket zusammen.

»In Ordnung«, sagte er. »Bereite dich auf einen schnellen und wilden Ritt vor, Malila. Ich schließe dich hier unter Aufsicht ein, und wenn ich nicht innerhalb einer Stunde mit dem Haushofmeister zurückkomme, heißt das, daß du für immer hierbleibst.«

Sie nickte.

»Warum lächelst du nicht?« fragte er plötzlich.

»Ich habe schon längst aufgehört zu lächeln, Akratan. Du hast mein erstes Lächeln seit langem gesehen. Schade, daß es vergeudet war.«

Er ging hinaus. Gleich darauf war der Galopp seines wilden Pferdes zu hören. Hat er wirklich vor, mich nach Hause zurückzubringen? überlegte Malila. Sie konnte es nicht glauben. Warum war sie hierhergebracht worden, und warum brachte er sie zurück? Zwischen diesen beiden Dingen bestand kein logischer Zusammenhang.

Der Haushofmeister wußte, daß sein Ende nahe war. Er wußte, daß er die Folter nicht durchstehen könnte wie die Untertanen des Königs, die an Schläge und Schmerzen seit frühester Kindheit gewöhnt waren. Deshalb hatte er durch den Boten mit dem verhüllten Gesicht Malila ausrichten lassen, sie solle dafür sorgen, daß er vorher getötet würde. Doch der Bote kam zurück und sagte, Malila sei zu Akratan gebracht worden, um seine Frau zu werden. Morgen früh sei die Hochzeit, und übermorgen abend, bei den Abschlußfeierlichkeiten des Festes, würde ihr Mann sie töten. Auch ihn, den Haushofmeister, werde Akratan töten, und zwar auf besonders grausame Art vor einem geladenen Publikum. Der treue Bote war sehr erstaunt, als er sah, daß sich das Gesicht des Haushofmeisters erhellte. Er sprang auf und ging mit großen Schritten in der Zelle hin und her.

Es dauerte nicht lange, bis auf der Treppe Schritte zu hören waren. Die Wächter öffneten die Tür. Der Kriegsminister und der berühmte Akratan traten herein. Letzterer ging sofort zum Haushofmeister und versetzte ihm einen Schlag, der augenscheinlich sehr heftig war. Auch der Haushofmeister war verblüfft von dem Faustschlag, doch er verstand sofort, was er zu tun hatte. Er fiel zu Boden und tat, als verliere er das Bewußtsein. Die Wächter fingen an zu lachen, bis Akratan ihnen durch kräftige Prügel andeutete, sie sollten hinausgehen und die Tür schließen. Dann streckte Akratan den Kriegsminister mit einem einzigen Schlag auf den Kopf zu Boden und zog ihm das Schwert vom Gürtel.

Der Haushofmeister sprang auf und rief: »Tu so etwas nicht, wenn es nicht unbedingt nötig ist!«

Zu seinem großen Erstaunen erstach Akratan den Minister nicht. Er legte das Schwert einen Moment zur Seite und zog dem Kriegsminister blitzschnell die Gewänder vom Leib.

»Zieh das an«, befahl er.

Während der Haushofmeister die prächtigen Kleider anzog und das Schwert umgürtete, erstach Akratan den Kriegsminister und wischte sein Schwert an dessen Untergewand ab, bevor er es wieder in die Scheide steckte. Sofort danach verließen beide den Raum und traten, begleitet von den Wächtern, im Schutz der Dunkelheit auf die Straße. Dort bedeutete ihnen der angebliche Minister, sie sollten gehen, indem er ihnen erstaunlich sanfte Fußtritte versetzte, die ihren Argwohn erweckten. Und vielleicht hätten sie versucht, sein Gesicht zu sehen, obwohl es dunkel war, doch die harten Fausthiebe Akratans und seine kräftigen Tritte brachten sie dazu, den Sitten ihres Landes zu gehorchen. Die Wächter galoppierten auf ihren Pferden davon und waren gleich verschwunden. Nur ihr Lachen, mit dem sie sich gegenseitig wegen der erhaltenen Prügel verspotteten, war noch eine Weile zu hören.

Alles war vorbereitet. Der Prinz ritt voran, hinter ihm der Haushofmeister auf dem Pferd des Kriegsministers, einem der kräftigsten und besten Pferde des Reiches. Malila hatte eines der königlichen Pferde, das ein Reitknecht, ebenfalls Mitglied des Untergrunds, vom Palast gebracht hatte. Einige Menschen mit verhüllten Gesichtern brachten sie aus der Stadt, und dort verabschiedeten sie sich mit einem starken Händedruck, wie es im Untergrund üblich war. So sehr waren sie an ihre Sitten gewöhnt, daß der Reitknecht seine rechte Wange hinhielt, um zum Zeichen der Dankbarkeit angespuckt zu werden, doch Malila gab ihm einen Kuß.

»Ich wünsche euch alles Gute«, sagte sie mit zitternder Stimme. »Möget ihr euren Kampf gewinnen, und mögen für euer Land bessere Tage kommen.«

»So sei es«, sagten ihre Anhänger, stiegen von ihren Pferden und fielen vor ihr auf den Boden.

»Los!« befahl der Prinz.

Kurz darauf waren die drei Reiter in der Dunkelheit verschwunden. Die Begleiter lagen noch eine Weile auf dem Boden, drückten ihre Ohren an die Erde und lauschten dem Geräusch der galoppierenden Pferde nach.

In den ersten Tagen ritten sie auf offener Straße, im hellen Tageslicht, und übernachteten in Herbergen. Der Prinz verteilte großzügig Geld und Fußtritte und wurde überall untertänig empfangen. Doch schon am fünften Tag ging das Flüstern los, wenn sie auftauchten, und Soldaten nahmen ihre Verfolgung auf. Der Prinz verstand sofort, was geschehen war. Ihre Pferde waren zwar die besten des Reiches, aber die Gesandten des Königs konnten unterwegs ihre Pferde wechseln und waren daher in der Lage, sie einzuholen. Sie mußten sich vorsehen. Sie konnten nicht mehr am Tag reiten und nicht mehr in Herbergen übernachten. Sie ritten fern der Straßen und lagerten in Wäldern oder im Gebüsch. Sie hatten jetzt keine Zeit mehr, umständlich herauszufinden, welche Leute zum Untergrund gehörten, deshalb zogen sie es vor, Obst und Gemüse aus Gärten zu stehlen. Nur der Prinz versuchte von Zeit zu Zeit, ein Tier zu jagen, doch schon vor vielen Generationen hatten die Bewohner des Landes die meisten Tiere ausgerottet, die hier einmal gelebt hatten, und er hätte höchstens eine Ratte erwischen können.

Am achten Tag gerieten sie in einen Hinterhalt. Er war nicht besonders gut geplant und eher zufällig. Vielleicht hatten die Soldaten des Königs sie noch nicht so früh erwartet. Im Herzen des Königs war der Verdacht erwacht, daß sie nicht versuchen würden, durch eines der Tore hinauszukommen, weil das eigentlich unmöglich war. Er wollte sie erwischen, bevor sie die Grenzmauern erreichten, aus Angst, sie könnten einen anderen Weg wissen. Patrouillen aus Ingenieuren und Polizisten begannen mit der Kontrolle der Grenzmauer und suchten nach irgendwelchen Auffälligkeiten, doch alles schien sicher.

Der König kochte vor Wut, und er befahl, den toten Kriegsminister, der noch immer in Unterwäsche dalag, noch einmal zu töten. Dann befahl er, jeden zu töten, der ihm über den Weg lief. Seinem kleinen Sohn versetzte er eine schreckliche Tracht Prügel, ließ aber gleich danach den Hofarzt rufen. Er befahl, die Dienerinnen der Königstochter hinzurichten, doch sie waren wie vom Erdboden verschwunden. Nur eine Dienerin war noch da, und diese wurde auf der Stelle aufgehängt, obwohl sie behauptete, sie sei eine Angehörige der geheimen Palastpolizei. Gleichzeitig ritten Boten in alle Winkel des Landes, um Hinterhalte zu legen und die Fliehenden aufzuhalten, noch bevor sie in die Nähe der Grenzmauer kamen.

Das Pech des Haushofmeisters war, daß er am rechten Straßenrand ritt, als die Soldaten des Königs mit gezückten Schwertern auftauchten. Es gelang ihm, sein Schwert zu ziehen, das Schwert des Kriegsministers, mit einer Geschwindigkeit, die er nie von sich erwartet hätte, und er parierte den ersten Schlag, so wie er gelernt hatte, eine Keule abzuwehren, als der Prinz versucht hatte, ihn zum Kämpfer auszubilden. Doch als sein Pferd, ein ausgebildetes Kampfpferd, heftig ausschlug und der angreifende Soldat einen Moment das Gleichgewicht verlor und dem Haushofmeister ausgeliefert war, nutzte er die Gelegenheit nicht aus. Das hätte er mit dem Leben bezahlen müssen, hätte der Prinz nicht aus den Augenwinkeln gesehen, was geschah. Obwohl ein Soldat ihn angriff, drehte er sich um, um den Haushofmeister zu retten. Er warf ein Messer, das er aus seinem Ärmel gezogen hatte, und entkam selbst nur durch ein Wunder dem

Schwert seines Angreifers. Der Haushofmeister beschloß nun, ebenfalls zu kämpfen, um das Leben der Königstochter zu retten. Doch er wollte niemanden töten. Wieder gelang es ihm, den ersten Schwerthieb abzuwehren, der Angreifer sprang plötzlich von seinem Pferd und sofort auf das von Malila. In der einen Hand hielt er ein Messer, mit der anderen klammerte er sich an ihren Haaren fest. Sie schrie laut auf, mit einer ganz fremden Stimme, und der Haushofmeister versetzte, ohne zu zögern, dem Angreifer einen Hieb mit dem Schwert.

»Du hast mein Leben gerettet«, sagte Malila wenig später, als der Kampf beendet war.

Der Prinz sagte nichts. Trotz des spöttischen Tons, der zwischen ihnen herrschte, mochte er den Haushofmeister, und tief in seinem Herzen empfand er Achtung vor diesem Mann. Vielleicht war das der Grund, daß er diesmal nicht die Gelegenheit nutzte, ihn zu ärgern. Er zog seine vergifteten Pfeile aus den Körpern der Soldaten und nahm ihnen ihre Bogen ab. Dann sagte er, sie sollten auf drei Pferde der Soldaten steigen und ihre eigenen Pferde hinter sich herführen, damit diese sich ein bißchen ausruhen könnten.

Nach einer Weile, als sie ihre Geschwindigkeit etwas verringerten, ritt der Haushofmeister an die Seite des Prinzen und fragte:

»Brauchst du mich überhaupt noch auf dieser Reise?«

»Warum fragst du das?«

»Ich möchte verstehen, warum du mich befreit hast und warum du dich selbst in Gefahr gebracht hast, um mein Leben zu retten.«

»Ich brauche dich nicht«, sagte der Prinz und deutete auf Malila. »Aber sie hat sich darauf versteift, daß sie ohne dich nicht weggeht.«

Den zweiten Teil der Frage des Haushofmeisters beachtete er nicht. Doch insgeheim fragte er sich besorgt, ob er sich womöglich an der Krankheit des Gutseins angesteckt hatte. Warum hatte er sich in Gefahr gebracht, um den Haushofmeister zu retten? Ich bin irgendwie durcheinander, dachte er. Schade, daß mein Großvater nicht da ist, um mir eine Ohrfeige zu geben.

Fünfzehn Tage nachdem sie in der Hauptstadt des Westreichs aufgebrochen waren, konnten sie die Lagerfeuer der Grenzwachen erkennen. Wenig später stellten sie fest, daß ganz in der Nähe des Eingangs zum Geheimtunnel eine große Einheit von Soldaten lagerte. Das bedeutete, daß sie warten mußten. Nach Sonnenuntergang verschwand der Prinz, ohne ein Wort zu sagen, und kam mit drei Soldatenuniformen zurück. Sie zogen sie über ihre Kleider. Der Prinz trat zu seinem Pferd, um sich von ihm zu verabschieden, und sprach lange auf es ein. Es sah tatsächlich so aus, als würde das Pferd alles verstehen. Von Zeit zu Zeit wieherte es und stampfte auf. Dann zogen sie zu Fuß los, der Prinz, der Haushofmeister und Malila.

Als sie in die Nähe des Lagers gekommen waren, befahl ihnen der Prinz, sich hinzulegen. Er selbst schlich vorsichtig durch die Büsche. Dann hörten sie aus der Richtung, in der er verschwunden war, ein unterdrücktes Stöhnen, danach das schon bekannte Sausen seines Messer. Kurz darauf war er wieder da und bedeutete ihnen mitzukommen. Als plötzlich das Pferd eines Wachmannes durchging und etliche Soldaten ihm nachjagten, angefeuert vom Spott und dem Gelächter ihrer Kameraden, nutzten die drei die Gelegenheit, um unbemerkt durch das Lager zu schleichen. Der Prinz rollte den großen Stein zur Seite, der über dem Einstieg zum Tunnel lag, und sie krochen hinein. Im Tunnel war ein Hebel mit einem Griff. Der Prinz zog an dem Hebel, und der Stein rollte auf den Eingang zurück. Im Tunnel war es still, kein Geräusch von draußen drang herein. Erst mußten sie kriechen, dann gingen sie gebückt weiter, bis sie zu einer Stelle kamen, wo der Tunnel breit und hoch genug wurde, daß sie aufrecht gehen konnten. Ein Hebel, ähnlich dem beim Einstieg, fand sich am Ausgang, und sie krochen hinaus in die Nacht. Von weitem waren die Stimmen der Grenzwächter zu hören, auch die Lagerfeuer am Fuß der Mauer sah man. Eine große Gruppe von Schweigern erwartete sie, an ihrer Spitze der Langgesichtige. Doch es war keine Zeit, viel zu fragen oder zu erklären. Die Schweiger hatten von einem Vertriebenen erfahren, was im Westreich passiert war und daß die Gefangenen geflohen waren. Nachdem ein anderer diese Nachricht bestätigt hatte, waren sie losgezogen. Vom Grenztor her kam das Pferd des Prinzen galoppiert, gefolgt von dem Pferd des Kriegsministers. Grenzsoldaten mit Fackeln in den Händen ritten hinterher, Soldaten, die nicht verstanden, was geschah, sondern einfach den fliehenden Pferden zu dem Versteck der Schweiger neben dem Eingang zum Tunnel folgten.

Plötzlich packte der Prinz Malila an der Hand und zog sie hinter sich her. So rannte er seinem Pferd entgegen.

»Stehenbleiben!« rief der Langgesichtige.

Der Prinz drehte sich nicht um. Das Pferd roch seinen Herrn von weitem, änderte die Richtung und kam zu ihm. Hinter ihm galoppierte das Pferd des Kriegsministers. Der Prinz hielt sie an, half Malila in den Sattel und sprang selbst auf sein Pferd. Schnell ritten sie weiter.

Die Soldaten des Königs folgten ihnen. Doch dann witterten ihre Pferde die Hasenpferde der Schweiger, änderten die Richtung und begannen laut zu wiehern.

»Schweiger!« schrien die Soldaten und zogen ihre Schwerter.

Die Schweiger wußten nicht, was sie tun sollten, dem Prinzen folgen, der in der Dunkelheit verschwunden war, oder gegen ihre Feinde ziehen, die sich unvorsichtig weit von der Grenzmauer entfernt hatten. Der Langgesichtige übergab dem Haushofmeister die Zügel seines Pferdes samt der Ausrüstung, wie er es zurückgelassen hatte. Der Haushofmeister hörte die erregte Stimme des Schweigers: »Warum flieht er mit der Prinzessin?«

»Er hat seine eigenen Pläne«, dachte der Haushofmeister.

»Wir werden ihn einholen«, versprach der Langgesichtige. »Doch vorher wollen wir unsere Rechnung mit jenen dort begleichen. Bleib du hier. Ich will nicht, daß du dich dem Schlachtfeld näherst.« Dann sagte er noch: »Ich rechne es dir hoch an, daß du nicht mit diesem betrügerischen Prinzen geflohen bist.«

Der Strom seiner Gedanken brach plötzlich ab, und der Haushofmeister sah im Licht des aufgehenden ersten Mondes, wie er im Getümmel der Pferde und Krieger verschwand. Schreie von verwundeten Tieren und Menschen schallten durch die Nacht.

Der Haushofmeister wartete. Er betete für den Sieg seiner Freunde, und sein Herz wurde schwer bei den Schmerzensschreien. Er dankte dem Schöpfer alles Guten und seinen Vätern für die Existenz der Nebelschlucht, die schon so lange sein Heimatland vor ähnlichen Szenen bewahrt hatte.

19. KAPITEL
IN DEN BERGEN

Viele Tage lang irrten sie in den Bergen umher. Tagsüber versteckten sie sich vor den Schweigern in Felsspalten und Höhlen, in den Nächten ließen sie sich vom Pferd des Prinzen weiterführen. Die Regenzeit hatte begonnen, das bewahrte sie und ihre Pferde vor dem Durst, doch viele Nächte ritten sie naß und zitternd vor Kälte. Außerdem fehlte es ihnen an Nahrung. Der Prinz hatte wenig Proviant mitgenommen, und damit sie nicht verhungerten, mußte er, trotz der Gefahr, manchmal vor Sonnenaufgang jagen.

Während der ersten Tage sprach der Prinz kein Wort. Vergeblich versuchte Malila, Antwort auf ihre vielen Fragen zu bekommen. Wann würden sie zur Nebelschlucht gelangen? Warum flohen sie? Würden sie nicht von den Schweigern durch die Schlucht gebracht? Hatte er sie belogen und wollte sie gar nicht zurückbringen? Was wollte er dann?

Allmählich fing der Prinz an, ihr wenigstens zuzuhören. Doch er fürchtete, sie würde fliehen, deshalb fesselte und knebelte er sie, wenn er zum Jagen ging.

»Vielleicht sollten wir ein Abkommen treffen«, schlug sie eines Tages vor. »Du hörst auf, mich zu fesseln, und ich verspreche dir, weder zu schreien noch zu fliehen.«

»Woher weiß ich, daß du dich an dein Versprechen hältst?«

Sie lachte. »Du hast recht. Ich bin ja auch schon verdorben.«

Trotz allem, was der Prinz tat, war Malila glücklich. Sie war frei. In den Bergen wuchsen, trotz der Höhe, in der sie sich befanden, Blumen, und Vögel zwitscherten. Nachdem sie sich schon mit ihrem Schicksal abgefunden hatte, mit ihrem bevorstehenden Tod, hatte sich plötzlich doch noch alles geändert, und sie war voller Hoffnung. Sie war nicht mehr bereit, auf die Dinge zu verzichten, die sie für immer verloren geglaubt hatte. Sie sehnte sich nach ihrem Vater, nach der grünen Natur und nach den Seen im Osten ihres Landes, wo sie eine Sommerresidenz besaßen, und ihre Sehnsucht wuchs von Tag zu Tag. Die Gefühle, die sie so lange verdrängt hatte, regten sich mit doppelter Kraft, und da sie keinen anderen hatte, dem sie ihre Gedanken mitteilen konnte, sprach sie zu den Pferden, und als sie merkte, daß der Prinz zuhörte, sprach sie immer weiter. Im allgemeinen antwortete er nicht, doch manchmal warf er ihr einen aufmerksamen Blick zu. Ein oder zweimal brach er sein Schweigen und lachte spöttisch, doch es beleidigte und verletzte sie nicht mehr, wie es das anfangs getan hatte.

»Nach den Begriffen meines Landes bin ich schon nicht mehr gut«, sagte sie einmal nachdenklich. »Sicher werde ich in die Liste der Anwärter für Neuerziehung eingetragen.« Sie lachte.

»Du lachst, als wäre dir das egal«, meinte er erstaunt.

»Wenn ich auf die Liste komme? Ja, das ist mir egal«, antwortete Malila. »Was ich dort in jenem Land erlebt habe, war für meine spätere Aufgabe besser als jede Schule. Sogar du hast doch angefangen, sie zu verabscheuen, nicht wahr?«

»Sie sind mir zu ähnlich, und ich möchte einzigartig sein«, sagte er.

Allmählich kamen sie immer öfter ins Gespräch.

»Wirst du dein Versprechen halten und mich nach Hause zurückbringen?«

»Ja«, sagte er, »aber zu meinen Bedingungen, nicht zu denen deines Vaters.«

»Und was sind deine Bedingungen?«

»Das wirst du erfahren, wenn es soweit ist.«

Malila erschrak. Sie hatte den drohenden Unterton in seiner Stimme gehört. Was heckt er nur aus? fragte sie sich besorgt. Merkwürdigerweise hatten sie sich wieder nach Westen gewandt. Malila wurde klar, daß der Prinz die ganze Zeit über gedacht hatte, die Schweiger seien hinter ihnen her. Nun nahm er offensichtlich an, sie seien bereits auf dem Weg zur Nebelschlucht, deshalb drehte er aus irgendeinem Grund um. War es hier zu gefährlich?

Sie ritten nun schnell und zielgerichtet, ohne überflüssige Pausen. Der Prinz war in Gedanken versunken. Um ihn zum Reden zu bringen, fing sie eines Abends an, von zu Hause zu sprechen. Sie erzählte ihm von der Bibliothek der geheimen Bücher und von ihrer Verwunderung über die Geschichten, die sie dort gelesen hatte. Jetzt würden sie ihr sicher unschuldig und fröhlich vorkommen.

»Ich weiß, daß dein Vater vertrieben wurde, weil ...«

»Er wurde von deinem Vater ermordet«, unterbrach sie der Prinz wütend.

»Das stimmt nicht!« Malila sprang auf. »Er wurde vertrieben. Wer hat dir das gesagt?«

»Mein Großvater.«

»Dein Großvater wollte, daß du uns haßt. Ich habe die Unterlagen gesehen.«

»Warum hast du verlangt, sie zu sehen?«

Sie lächelte. »Ich habe mich für dich interessiert.«

»Wann war das?«

»Die Unterlagen habe ich mir angesehen, als du im Käfig eingesperrt warst. Aber ich habe schon angefangen, mich für dich zu interessieren, als ich dich durch den Spalt in der Mauer gesehen habe. Erinnerst du dich? Du warst noch ein Junge.«

»Bist du deshalb zum Käfig gekommen und wolltest mit mir sprechen?«

»Vielleicht«, sagte sie.

»Warum wolltest du damals mit mir spielen, als du mich durch den Spalt gesehen hast?«

»Weil du anders warst als alle Kinder, die ich kannte.«

»Ein guter Grund«, antwortete er und lachte.

Malila sagte nichts. Sie fühlte sich wie ein erfolgreicher Dompteur, weil es ihr endlich gelungen war, ihn zu einem freundlichen Lachen zu bringen.

»Deine Mutter war die erste Frau, die ich in meinem Leben gesehen habe«, sagte der Prinz nach einer Weile.

Dann beschäftigte er sich lange mit dem Lagerfeuer.

»Erinnerst du dich an deine Mutter?« fragte sie.

»Nein. Sie starb bei meiner Geburt.«

»Auch das ist nicht richtig«, sagte Malila verärgert. »Dein Großvater wollte jede Erinnerung an sie auslöschen.«

»Was weißt du?«

»Sie ist gestorben, als du fünf Jahre alt warst.«

»Bist du sicher?«

»Natürlich bin ich sicher. Ich habe es in deiner Akte gelesen.«

»Ich erinnere mich nicht.«

»Ich glaube ... Ich glaube, es gibt von jedem registrierten Bürger eine Porträtzeichnung.«

Der Prinz sprang auf und lief durch die Höhle.

Er sprach nicht weiter. Wenn ich noch eine Weile mit ihm zusammen bin, dachte Malila, kann ich ihn vielleicht etwas besänftigen, so daß er weniger böse und aufbrausend ist. Vielleicht könnte ich ihn sogar mögen. Sie lächelte erstaunt. Eigentlich mochte sie ihn.

Die ganze Nacht ritten sie westwärts, ohne anzuhalten, obwohl ein mit Hagel vermischter Regen auf sie niederprasselte. Malila klapperte mit den Zähnen, und sie zitterte am ganzen Körper. Er trieb die Pferde nicht an, vielleicht aus Angst, sie würden auf den nassen Felsen ausrutschen, doch er ließ sie auch nicht rasten. Nur einmal blieb er einen Moment stehen und hängte ihr seinen Mantel um. Sie fror zu sehr, als daß sie das abgelehnt hätte, obwohl es höflich gewesen wäre. Er macht sich Sorgen um mich, dachte sie. Vielleicht hat er doch nichts Schlimmes vor. Oder er achtet auf meine Gesundheit, damit ich am Leben bleibe und er mich für seine Pläne einsetzen kann.

Gegen Morgen kamen sie an der Stelle an, wo der Prinz die Drachenkrone versteckt hatte. Er band sein Pferd vor einen Felsvorsprung und befahl ihm zu ziehen. Das Pferd machte einen Satz vorwärts, und das Seil riß. Der Prinz legte das Seil nun doppelt. Diesmal bewegte sich der obere Teil der Felsspitze und gab ein leeres Wasserloch frei. Der Prinz starrte eine Weile in das Loch, und sie sah seinem Gesicht an, daß er seinen Augen nicht traute.

Malila schaute ihn von der Seite an. »Was ist passiert?« fragte sie.

Er setzte sich auf den Boden.

»Nichts. Ich habe hier etwas versteckt, und jemand hat es vor mir herausgeholt.«

Sie schaute in das Loch.

»Wie kannst du das genau sehen? Warte, bis es hell wird.«

»Was ich versteckt habe, hat geleuchtet«, antwortete der Prinz. »Sogar durch einen Sack.«

Wie haben sie das Versteck gefunden? überlegte er. Bestimmt haben sie vom Haushofmeister erfahren, daß die Krone hier irgendwo in der Nähe ist. Aber wie haben sie sie gefunden? Vielleicht hat ihnen die Krone selbst ein Zeichen gegeben, so etwas wie ein Signal in Gedanken.

Er zitterte, es gelang ihm nicht, seinen Schüttelfrost zu unterdrücken. Etwas geschah mit ihm. Nicht wegen der verschwundenen Krone. Er hatte schon vorher angefangen zu zittern, als sie noch auf dem Weg hierher gewesen waren. Vermutlich wegen der Müdigkeit und der Kälte. Oder man fühlte sich so, wenn man krank wurde. Er war noch nie krank gewesen.

Draußen wurde es hell, und die Sonne ging auf. Nun erst sah Malila sein Gesicht. Es glühte vor Fieber. Sie ging zu ihm und berührte seine Stirn. Der Prinz schüttelte sich. Sie zog ihre Hand zurück.

»Habe ich dir weh getan?«

»Nein«, antwortete er, »aber ich ertrage es nicht, wenn man mich anfaßt.« Er versuchte aufzustehen und zu den Pferden hinüberzugehen, doch ihm wurde schwindlig und er fiel hin.

»Wir bleiben eine Weile hier«, sagte er. »Schau dich um, es gibt hier irgendwo eine Höhle. Ich fühle mich nicht ganz wohl.«

Er blieb liegen.

»Du zitterst vor Kälte«, sagte Malila.

Alles war naß, und es gelang Malila nicht, ein Feuer zu machen. Sie gab die Versuche auf und suchte die Höhle. Sie fand den Eingang hinter einem dichten Gestrüpp. Die Höhle war groß und trocken.

»Soll ich die Pferde hineinbringen?« fragte sie.

Sie konnte den Prinzen nun nicht im Stich lassen. Vielleicht wäre sie trotzdem geflohen, wenn ihr etwas Vernünftiges eingefallen wäre. Aber sie wußte nicht, wo sie sich befand und wohin sie sich wenden sollte.

Er winkte ab. »Laß sie draußen stehen.«

Gegen Mittag wurde das Wetter gut. Die Sonne trocknete die Pflanzen, und inzwischen war Malila auf einige Bäume gestoßen, die vom letzten Sturm umgerissen worden waren. Sie waren verhältnismäßig trocken. Sie sammelte Reisig und Äste, die sie mit Hilfe seines Schwertes in kleine Stücke schlug. Der Prinz kam manchmal zu sich und versuchte dann jedesmal aufzustehen, aber vergebens. Als er sie sah, sein Schwert in beiden Händen, riß er die Augen auf, doch dann verlor er wieder das Bewußtsein.

Malila pflegte den Prinzen Tag um Tag und kümmerte sich nicht um seinen Widerwillen gegen körperliche Berührung. Sie nahm seinen Kopf in den Schoß und flößte ihm geduldig Suppe ein, die sie aus verschiedenen Wurzeln und Pilzen gekocht hatte.

Mein Lehrer zur Wahrung des Vermächtnisses wäre stolz, wenn er mich so sähe, dachte sie. Er hat sein Leben für meine Rettung gegeben und noch nicht mal erfahren, daß sein Opfer nicht vergebens war.

Manchmal erkannte der Prinz sie nicht, wenn er für kurze Zeit aufwachte. Er sprach in seinen Fieberträumen, oft hörte sie das Wort »Krone«. Was für eine Krone meinte er? Die Königskrone? Oder eine Drachenkrone? Sie bemühte sich, ihn ermutigend anzulächeln, wenn er bei Bewußtsein war. Sie erzählte ihm dann auch von sich selbst, von ihrer Kindheit und von den Büchern, die sie gelesen hatte. Sie wußte allerdings nie, ob er sie verstand und ob er ihr überhaupt zuhörte. Doch manchmal fragte er sie etwas. Einmal wachte er erschrocken auf, tastete nach ihr und rief sie. Dann erzählte er ihr einen Traum. Von einer fremden Frau, die neben ihm gesessen habe.

»Vielleicht war ich als Kind einmal krank und sie hat mich gepflegt. Plötzlich habe ich sie erkannt und mich erinnert. Du hast recht gehabt, Malila. Mein Großvater hat wirklich alles getan, damit ich sie vergesse. Wenn ich zurückkomme, suche ich noch einmal ganz gründlich. Bestimmt finde ich in irgendeiner Rumpelkammer ihr Bild.«

Allmählich wurde er wieder gesund. Doch sie beeilten sich nicht wegzureiten. Der Prinz sorgte wieder für das Feuer und für die Pferde. Manchmal jagte er. Malila kochte weiterhin Suppen aus Gräsern, Wurzeln und Pilzen. Er bewachte sie nicht länger, sondern ließ sie herumlaufen, wo sie wollte.

»Seit wir hier sind, machst du dir keine Sorgen mehr wegen der Schweiger«, sagte sie.

»Im Gegenteil«, antwortete er. »Ich warte darauf, daß sie kommen und uns holen.«

Aber ihre Sehnsucht, endlich nach Hause zu kommen, war so groß, daß sie nicht ruhig warten konnte. Sie versuchte, ihn zu überreden, sich auf den Weg zu machen. Bestimmt würden sie irgendwo die Schweiger treffen, die sie dann durch die Schlucht brächten.

»Wir brauchen sie nicht nur dafür, daß sie uns durch die Schlucht bringen«, sagte der Prinz. »Der Weg dorthin ist lang und schwer, und wir haben keine passende Ausrüstung und keine Karten, um den Weg zu finden. Es gibt auch nur einen einzigen Übergang, eine Brücke über eine Schlucht, um die Bergrücken zu überwinden. Diesen Platz finde ich ohne Karte nicht.«

Sie erinnerte sich an die Brücke und erzählte ihm, daß die Schweiger sie nach ihrer Überquerung zerstört hatten, und daß ihr damals zum ersten Mal die Idee gekommen war, daß ihr Vater vielleicht einen Suchtrupp ausgeschickt haben könnte.

»Ja«, sagte er, »die Brücke war zerstört.«

Sie wollte nun Näheres über seine Reise durch das Land der Schweiger wissen. Er fing an zu erzählen, auch davon, wie der Lehrer und der Minister gezwungen waren, immer weniger gut zu sein, von den weißen Schweigern, die wie vom Erdboden verschluckt gewesen waren, vom Kampf mit den gelben Schweigern. Sie weinte. Sie hatte den Lehrer, der sie seit ihrer Kindheit unterrichtet hatte, sehr gern gehabt. Dann sprachen sie darüber, wie sie die Schlucht durchquert hatten, sie mit den Schweigern und er mit dem Lehrer und dem Haushofmeister.

Er lachte. »Ich habe versucht, eine Fledermausschlange zu jagen, aber es ist mir nicht gelungen.«

»Die Schweiger haben gesungen«, erzählte Malila. »Damit haben sie sich die Fledermausschlangen vom Leib gehalten. Habt ihr auch gesungen? Ich erinnere mich noch an die Melodie.«

»Wir haben nicht gesungen«, antwortete er. »Der Lehrer hat auf der alten Okarina gespielt.«

Er pfiff die Melodie, und Malila sang dazu.

»Die Krone!« sagte sie plötzlich. »Woher hattet ihr eine Drachenkrone, um hinüberzukommen?«

»Ich habe einen Drachen gejagt«, sagte er wie nebenbei und lächelte sie an.

Das war sein erstes Lächeln. Ein angenehmer Schauer lief über Malilas Rücken. Sie sagte nichts. Wieder fühlte sie sich wie ein Dompteur, dem ein wildes Tier zum ersten Mal aus der Hand frißt.

»Wo ist die Krone jetzt?«

Der Prinz machte den Mund auf, sagte dann aber doch nichts.

»Ist das die Krone, von der du im Fieber gesprochen hast?«

»Vermutlich«, sagte er.

Plötzlich verstand sie. »Das war es, was du hier versteckt hattest!«

»Du bist eine kluge Frau.«

»Jetzt verstehe ich endlich, warum wir uns so lange verborgen haben und warum wir hierhergekommen sind. Was wolltest du mit ihr tun?«

»Sie ist viel wert«, sagte er leichthin.

Wenn sie zu den Drachenwäldern kamen, würde er noch einmal einen Drachen jagen müssen. Er würde den Haushofmeister zu ihrem Vater schicken müssen, und in seiner Abwesenheit würde er Malila die Krone aufsetzen und das Geheimnis der Schluchtdurchquerung erfahren. Dann konnte er ihrem Vater damit drohen, daß er eine Armee aus dem Westreich holen und sein Land erobern würde.

Sollte er dem König wirklich drohen? Er konnte seinen Plan auch ausführen, ohne ihn im voraus kundzutun. Er mußte nicht drohen, denn er hätte den König ohnehin in der Hand und könnte mit ihm tun, was er wollte. Dann wäre die Rache doppelt süß. Plötzlich verstand er, was hinter dem Plan mit der Drohung stand, und plötzlich wurden ihm seine eigenen Gefühle klar. Er hatte keine Lust, ins Westreich zu reisen und mit einem Heer zurückzukommen. Er wollte nur Malila. Die Drohung diente nur dem Zweck, ihren Vater zu zwingen, sie ihm zu geben. Und was war mit der Prophezeiung? Der Prinz wollte nicht daran denken. Er wollte den Geist seines Großvaters nicht verärgern, der vielleicht in diesem Moment über seinem Kopf schwebte. Ich werde mir eine Krone besorgen, dachte er, und ich werde Malila bei mir behalten, und dann werde ich überlegen, was zu tun ist.

Wie von weitem drang Malilas Stimme in seine Gedanken, als sie zum zweiten oder dritten Mal fragte: »Wer hat die Krone genommen?«

»Die Schweiger«, sagte er. »Sicher hat ihnen der Haushofmeister gesagt, daß ich sie hier irgendwo versteckt habe.«

»Ich weiß, daß man etwas Bestimmtes braucht, wenn man einen Drachen jagen will«, sagte Malila. »Ich habe mal so etwas gelesen, aber nirgendwo steht, um was es sich handelt. Ich glaube, niemand weiß es. Ist dieses Geheimnis bei euch vom Vater auf den Sohn weitergegeben worden?«

»Stand dort, daß wir wissen, wie man einen Drachen jagt?«

»Nur daß dein Vorfahre es gewußt hat, und daß ihr es möglicherweise auch heute noch wißt.«

Der Prinz lachte bei dem Gedanken daran, wie er es herausgefunden hatte. »Nun, mein Großvater ist gestorben, bevor er es mir erzählen konnte. Ich habe es zufällig herausgefunden.«

»Weißt du, daß du heute das erste Mal gelächelt hast?«

»Ich?« Der Prinz erschrak und faßte sich ans Gesicht.

»Nicht jetzt. Vorhin.«

Jemand verdeckte das Licht im Höhleneingang. Aus Gewohnheit sprang der Prinz auf und zog sein Schwert. Doch dann setzte er sich wieder. Dort stand der Haushofmeister und hinter ihm der Langgesichtige und das Heer der Schweiger.

Malila rannte zum Haushofmeister und fiel ihm um den Hals. Mit einem Blick hatte sie erfaßt, daß seine Haare weiß geworden waren.

20. KAPITEL
ZURÜCK

Sie waren wieder zu dritt, als sie die Hochebene der Wolfskatzen überquerten, doch statt des Lehrers war nun die schöne Malila bei ihnen. Der Prinz ging allein auf die Jagd, die beiden anderen nahmen von dem Proviant, den ihre drei Hasenpferde trugen. Sie brauchten kein Fleisch.

Je näher sie den Wäldern kamen, um so mehr Pflanzen wuchsen, und die Luft war rein und voller Düfte. Je mehr Blumen wuchsen, um so heller wurde das Gesicht der Prinzessin. Der Prinz hingegen wurde immer verschlossener. Er hatte wieder aufgehört, das Lagerfeuer mit ihnen zu teilen, sondern aß an seinem eigenen. Er saß abseits und ritt nicht mehr neben ihnen. Oft lud Malila ihn ein, zu ihnen zu kommen, doch er weigerte sich. Und wenn sie kam und sich neben ihn setzte, bat er sie zu gehen.

In ihrer ersten Nacht im Wald, als sie ganz in ihrer Nähe das Heulen der Drachen hörten, nahm der Prinz seinen Bogen und die Pfeile und rief sein Pferd. Malila wurde wach und sprang auf. Sie rannte ihm nach und rief: »Wohin gehst du?«

»Jagen«, antwortete er von seinem Pferd herab.

»Einen Drachen?«

»Eine Krone.«

»Wozu brauchst du sie?« fragte Malila erstaunt.

Er gab keine Antwort, blieb aber stehen und betrachtete sie im Licht des silbernen Mondes. Sie wartete einen Moment, doch er sagte kein Wort. Dann ritt er davon. Sie rannte ihm nach, von einem unerklärlichen Drang getrieben, ihn zurückzuhalten, doch er entfernte sich und war bald verschwunden.

Auf der kleinen Lichtung stand ein Drache, den Kopf zum roten Mond erhoben. Der Prinz brach in Lachen aus bei diesem Anblick und trat vor. Der Drache drehte den Kopf nach ihm. Der Prinz lachte noch immer, als der Drache den Schwanz hob und auf ihn losging. Plötzlich schoß Feuer aus seinem Maul. Der Prinz riß seinen Bogen hoch, doch er wußte schon, daß er sein böses Lachen verloren hatte, das Lachen seiner Vorväter, das Lachen, das den Drachen das Blut in den Adern gefrieren ließ und das er von seinem Großvater gelernt hatte, während dieser ihn schlug und ihm mit glühender Kohle die Beine verbrannte. Er versuchte es immer wieder, aber vergebens. Malila hatte ihn mit ihrem Lächeln vergiftet.

Das war das erste Mal in seinem Leben, daß der Prinz von Furcht ergriffen wurde. Zum ersten Mal hatte er Angst um sich. Er wollte nicht sterben. Nein, er wollte leben. Doch was bedeutete sein Leben, wenn er Malila nicht bekam und sie nicht auf sein Schloß bringen konnte? Er mußte sich einen anderen Plan ausdenken. Er mußte sie rauben und mit ihr in den Drachenwäldern bleiben. Auf irgendeine Art und Weise mußte es ihm gelingen, die Zustimmung der Schweiger zu bekommen, um hierbleiben zu dürfen. Es mußte eine Lösung geben. Er rannte. Diesmal nicht, um den Drachen zu täuschen, er wollte sich keinen Vorteil verschaffen, ihn in keinen Hinterhalt locken. Diesmal rannte er um sein Leben. Er rannte in den dichten Wald hinein, wo die dicken, hohen Stämme so nah beieinander standen, daß der Drache vielleicht nicht zwischen ihnen hindurch paßte. Hatte sein Großvater etwa recht gehabt, als er versuchte, die andere Seite seiner Persönlichkeit aus ihm herauszureißen? Immerhin war seine Mutter eine der lächelnden Frauen gewesen.

Die Flamme, die jedesmal hinter ihm aufloderte, wenn der Drache ausatmete, brannte heiß auf seinem Rücken, und die Büsche um ihn herum fingen bereits Feuer. Da tauchte plötzlich sein treues Pferd auf. Doch als er stehenblieb und aufspringen wollte, traf ihn etwas Hartes, Spitzes am Rücken. Der Prinz verstand sofort, was passiert war. Das war eine Kralle des Drachen. Mit letzter Kraft sprang er auf das Pferd und klammerte sich an seinen Hals. Doch nicht lange. Sobald das Pferd das Feuer hinter sich gelassen hatte und langsamer wurde, rutschte der Prinz kraftlos zu Boden. Das Pferd blieb stehen und wieherte leise.

So fühlt man sich also, wenn man verliert, dachte der Prinz und spürte, wie sein Blut stockte. Plötzlich sehnte er sich danach, Malila zu sehen, sofort, jetzt. Ihre Stimme zu hören, die wie das Klingen der Glocken an den Frühlingsfesten des Ostreichs klangen. Den Festen, an denen er nie teilgenommen, die er immer nur von weitem beobachtet hatte. Wieder stieg der Neid in ihm auf, mit dem er früher die weißgekleideten Kinder betrachtet hatte, die kleine Glocken in den Händen hielten und sie läuten ließen. Wie er sie deswegen gehaßt hatte! Wenn sie auf ihren Umzügen näher gekommen wären, hätte er vielleicht mit Pfeilen auf sie geschossen, aber sie blieben auf dem fernen Sandweg, und er schoß nur seine bösen Blicke auf sie ab. Manchmal hatten sie ihn auch entdeckt und mit den Fingern auf ihn gezeigt, dann hatte er sich sofort umgedreht und war weggegangen. Er hatte damals schon gewußt, daß er anders war als sie.

»Akratan!« Das war ihre Stimme! »Akratan!«

Ich träume, dachte der Prinz.

Malila beugte sich über ihn. Ihre Augen leuchteten, als spiegelten sie die Flammen des Drachen, und ihre Haare funkelten im Mondlicht, als wären sie mit Silberstaub bedeckt. Noch immer war der vor Wut schnaubende Drache zu hören.

Er lächelte sie an. »Ich bin verdorben. Ich habe mein Lachen verloren, ich kann schon nicht mehr den Drachen das Blut in den Adern stocken lassen.«

Malila wurde böse. »Wozu brauchst du einen Drachen?«

»Die Krone«, flüsterte er.

»Aber wer braucht eine Krone?«

»Ich weiß, wie man mit ihrer Hilfe das Geheimnis der Nebelschlucht herausfindet.«

»Und was würdest du dann tun?«

Er konnte nicht antworten. Malila bückte sich, ihr Gesicht kam dem seinen sehr nahe. Es zeigte einen tiefen Schmerz. Sie drehte sein Gesicht zu sich und sagte: »Was wolltest du tun? Was wolltest du mit der Krone tun?«

»Deinem Vater meinen Willen aufzwingen«, flüsterte er schließlich.

Wie aus einem Nebel drang ihre Stimme zu ihm, als sie fragte, was er erreichen wollte, was der König hätte tun sollen. Sie flehte ihn an, ihr zu antworten, und gegen seinen Willen sprach er die Worte aus: »Ich wollte ihn zwingen, mir dich zu geben, Malila.«

»Aber Akratan«, stieß sie erregt aus. »Dafür brauchst du ihn nicht. Du kannst mich auch ohne ihn bekommen.«

*

Bis heute steht in der Hauptstadt des Ostreichs, des Reiches der aufgehenden Sonne, wie die Schweiger sagen, ein mit Blumen geschmücktes Denkmal – der heldenhafte König Akratan, der auf einem wilden Drachen reitet, ein gezogenes Schwert in der Hand, und neben ihm, auf einem starken, wilden Pferd, die schöne Königin Malila. Ihre Taten und die ihrer Freunde und Feinde und die Geschichte des großen Kampfes an der Nebelschlucht zwischen den Soldaten des Königs des Westreichs, des Landes der untergehenden Sonne, wie es die Schweiger nennen, und den freiwilligen Kämpfern des Ostreiches und ihren Verbündeten, den Schweigern, sind rundherum auf dem Sockel des Denkmals eingemeißelt.